W0322273

Deepak Chopra

Seelenverwandte

Deepak Chopra

Seelenverwandte

Roman

Aus dem Amerikanischen
von Maria Zybak

KNAUR

Titel der Originalausgabe: Soulmate
Originalverlag: G. P. Putnam's Sons, New York

Die Folie des Schutzumschlags sowie die Einschweißfolie sind
PE-Folien und biologisch abbaubar.
Dieses Buch wurde auf chlor- und säurefreiem Papier gedruckt.

Besuchen Sie uns im Internet:
www.knaur.de

Copyright © 2001 Deepak Chopra
Copyright © 2003 der deutschsprachigen Ausgabe bei
Droemersche Verlagsanstalt Th. Knaur Nachf., München
Alle Rechte vorbehalten. Das Werk darf – auch teilweise –
nur mit Genehmigung des Verlags wiedergegeben werden.
Umschlaggestaltung: ZERO Werbeagentur, München
Umschlagfoto: Photonica, Hamburg
Satz: Ventura Publisher im Verlag
Druck und Bindung: Ebner & Spiegel, Ulm
Printed in Germany
ISBN 3-426-66108-X

2 4 5 3 1

Für meinen Vater

Du hast mich entzweigerissen, mein Herz aufgebrochen.
Du hast mich mit Liebe gefüllt.
Du hast deinen Geist in mich gegossen.
Nun kenne ich dich, wie ich mich selbst kenne.

Erster Teil

Eine Liebesgeschichte

1

Liebe ist der Schlüssel zu einem Geheimnis.
Aus Raj Rabbans Tagebuch

Wer an die Liebe glaubt, sollte Raj Rabbans Geschichte hören, der mit 25 Jahren noch nie verliebt gewesen war. Eigentlich hatte er kaum eine Vorstellung, wie das vor sich ging. Als Rechtfertigung diente ihm, wie so vielen Menschen, die Arbeit. Raj hatte eine Zeit lang in der Notaufnahme eines Krankenhauses in Manhattan gearbeitet. Sein Umgang beschränkte sich überwiegend auf Opfer von Schießereien, die auf dem OP-Tisch verbluteten, auf Drogenabhängige mit einer Überdosis im Körper, die von der Polizei irgendwo aufgelesen worden waren, und auf Selbstmörder, deren Tötungsversuch erfolgreich verlaufen war. Während seines Medizinstudiums hatte er sich mehrere Monate liebevoll um die Bedürfnisse einer Leiche gekümmert, so dass ihn bei seinen Rendezvous, wenn er überhaupt Zeit dafür fand, stets ein leichter Geruch nach Formaldehyd umgab. Im Ernst. Die Mädchen rochen es an seinen Fingern, selbst wenn er sich vorher die Hände blutig schrubbte.

Um ehrlich zu sein: Die größte Liebe, die Raj je erfahren hatte, hatten die Augen seiner Mutter widergespiegelt, als er drei Jahre alt war. Amma behandelte ihn wie eine Mischung aus Gottesgeschenk und Mogulprinz. Sein Lieblingsnachtisch als kleiner Junge war warmes Karottenhalva mit einer dünnen Schicht essbarer Silberfolie gewesen.

»Und noch ein letztes Stückchen für dich«, pflegte seine Mutter zu sagen und drückte ihm einen glänzenden Silberschnipsel an die Stirn. Sie hatte ihm sogar den Namen Rajah gegeben.

Raj machte die Erfahrung, dass kleinen Prinzen der Übergang zum normalen Erwachsenen große Schwierigkeiten bereitet. Er wollte nicht ewig angebetet werden. Das heißt, nicht nur angebetet. Schließlich machte er seinen Eltern ein Geschenk, das sie ungeheuer erleichterte, als er jemanden fand. Eigentlich fanden sie die betreffende Person für ihn, was ihrer Erleichterung jedoch keinen Abbruch tat. Sie war eine gutherzige und schöne junge Frau, und sie mochte ihn. Daddy-ji machte ihr klar, dass sie die ganze Familie heiraten würde.

»Sei ein braver Junge, brich deiner Mutter nicht das Herz«, sagte Daddy-ji zu Raj vor dem Fest Shivaratri, das sie gemeinsam feiern wollten. Raj war sich nicht sicher, wo seine Mutter stand. Jedes viel versprechende Mädchen war die Richtige, solange es nicht ernst wurde. Was nun das bewusste Mädchen betraf, so fing Raj an, sie zu lieben. Nur nicht genug.

»Wie wär's heute Abend?«, fragte sein Vater an Devali, dem Lichterfest.

»Nein, nicht heute Abend«, sagte Raj. Er hatte nicht die Absicht, jemandem das Herz zu brechen, und das Mädchen mochte er mit jedem Tag lieber. Doch Raj musste sich um seine Zukunft kümmern, denn was hätte er ihr sonst zu bieten? Da die junge Frau nicht nur gutherzig, sondern auch geduldig war, stimmte sie zu. Es gab keinen Grund zur Eile.

Bis Weihnachten änderte sich die Situation für Raj.

Das Mädchen wurde ihm auf einmal immer wichtiger. Ihr Name – Maya – bekam eine konkrete Bedeutung. Sie war nicht mehr bloß das Mädchen, das er nach dem Willen seiner Familie heiraten sollte. Maya gehörte zu ihm, und der Gedanke, noch länger warten zu müssen, wurde ihm unerträglich.

Doch das sollte nicht mehr von Belang sein. Was Raj noch nicht wusste: Er wurde verfolgt. Liebe und Tod waren wie zwei Schwestern – die eine schön, die andere Angst einflößend –, die das Schicksal miteinander verbunden hatte. Beide hatten Raj bereits erspäht, bloß sah er nur die schöne Schwester, während er die andere, die einen Schritt hinter ihr ging, nicht bemerkte.

Die Schöne hieß Molly. Raj begegnete ihr in jenem Sommer in der New Yorker U-Bahn. Mit ihren feuerroten Haaren und dem pinkfarbenen Hochzeitskleid war sie auch kaum zu übersehen. Raj war nach einem kurzen Urlaub auf dem Weg zu seiner Wohnung und schleppte zwei abgewetzte Koffer die 42. Straße entlang zur Grand Central Station. Auf seinem Anrufbeantworter warteten bereits vier Nachrichten von Maya, und er wollte sie so schnell wie möglich zurückrufen.

Es war drückend schwül, einer dieser heißen Tage im August, die einem selbst ohne Gepäck genug zu schaffen machen. Die Braut setzte sich nicht, sondern hielt sich an einer Schlaufe fest; sie hatte wohl Angst, sich den langen Satinrock zu ruinieren, der schon erste Knitterfalten zeigte. Ihre Augen begegneten sich, und sie wandte den Blick ab. Er nicht. Schließlich wurde einem in der U-Bahn nicht alle Tage ein solch aufregender Anblick geboten.

»Brauchen Sie Hilfe?«, fragte er und bemühte sich, eher freundlich-besorgt als neugierig zu klingen.

Das Mädchen zog die Augenbrauen hoch und sagte: »Nicht so sehr wie Sie.« Raj war zwar kräftig, aber die beiden Koffer enthielten die Hälfte seiner Lehrbücher der vergangenen drei Jahre und einige Kleider, die Maya in dem Häuschen am See gelassen hatte, weil sie schon frühmorgens in die Stadt zurückmusste. Es war ihr erster gemeinsamer Urlaub gewesen, und sie hatten die meiste Zeit damit verbracht, über ihre bevorstehende Hochzeit zu reden.

Raj blickte das Mädchen immer noch unverwandt an, als mehrere Punks in den Wagen drängten und sie anrempelten. »Vorsicht!«, sagte sie warnend, doch niemand achtete darauf. Ein kleines Orchideensträußchen, das sie an einem Seidenband ums Handgelenk trug, wurde abgerissen und fiel zu Boden. Sie hob es auf, betrachtete es einen Moment prüfend und warf es dann fort. Als sie sich ungeduldig vorbeugte, um aus dem Fenster zu sehen, legte sich ihr rotes Haar wie ein prachtvoller Umhang um die Schultern. Raj spürte die fließende Bewegung, als berührte es seine Haut. Die Empfindung verwirrte ihn.

»Na los, fahr zu«, murmelte das Mädchen bei sich.

Er vollführte Verrenkungen, um den hereindrängenden Fahrgästen ausweichen und über den Gang hinweg mit ihr sprechen zu können. »Kommen Sie zu spät zu Ihrer Hochzeit?« Die Metalltüren des Zuges würden sich jeden Moment schließen, und dann würde man in den ratternden Waggons sein eigenes Wort nicht mehr verstehen.

Das Mädchen wurde erneut auf ihn aufmerksam, und dieses Mal wandte sie sich nicht ab. »Es ist nicht meine Hochzeit«, erwiderte sie. »Ich bin eine der Brautjungfern, und mein Wagen hat den Geist aufgegeben. Es blieb mir nichts anderes übrig, als die U-Bahn zu nehmen.« Sie reckte herausfordernd das Kinn. »Und ich vermute, Sie heiraten nicht allzu oft. Bräute tragen Weiß. Für heute ist Ihr guter Ruf gerettet.« Ein Lächeln hellte ihre beunruhigte Miene auf. Ein umwerfendes Lächeln.

Die Zugtüren schlossen sich nicht, stattdessen gab der Fahrer einige Minuten später durch, dass es auf der Strecke einen Brand gebe und der gesamte Verkehr Richtung Norden vorerst blockiert sei.

Raj lachte. »Jetzt stecken Sie wirklich in der Patsche«, rief er laut, um das verärgerte Gemurmel der anderen Fahrgäste zu übertönen. »Wohin müssen Sie überhaupt?«

»Zur Kathedrale St. John the Divine«, antwortete sie, »noch ein ganz schönes Stück.« Nun wusste er Bescheid: eine aufgeregte Brautjungfer, die mitten im Stadtverkehr festsitzt, weil ihr Wagen im ungünstigsten Moment den Geist aufgibt. Sie bekommt ihn nicht mehr in Gang, lässt ihn stehen und läuft los zur U-Bahn.

»Kommen Sie mit mir!«, rief Raj. Ohne sich um seine beiden Koffer zu kümmern, schob er sich durch ein halbes Dutzend Anzugträger. Er würde einfach davon ausgehen, dass sie ein spontaner Typ war. Zutreffend, wie sich herausstellte. Raj bahnte sich einen Weg durch die Menge bis zum Treppenaufgang. Er hätte damit rechnen müssen, dass das Mädchen ihm nicht gefolgt war, doch sie stand hinter ihm. Ein enormer Vertrauensbeweis, wirklich.

»Und jetzt?«, fragte sie.

»Laufen Sie einfach die Treppe hinauf, wenn das mit diesem Kleid geht.«

»Keine Sorge«. Ihr Gesicht war gerötet, aber ihre Augen

blickten belustigt, wahrscheinlich amüsierte sie sich über ihn. Raj drehte sich um und lief voraus. Sie kamen auf der Südseite der Grand Central Station heraus. Vor dem Hotel unmittelbar daneben stand eine lange Reihe gelber Taxis, und eine Minute später saßen sie – keuchend, aber triumphierend – in einem von ihnen, dicht nebeneinander auf der Rückbank, und brausten die Park Avenue hinauf.

»Nehmen Sie die Abkürzung durch den Park«, wies Raj den Fahrer an, ohne sich darum zu kümmern, dass der Pakistani ihm einen Blick zuwarf, der zu sagen schien »Junge, anders geht es wohl schlecht«.

»Passen Sie bitte auf, dass Sie das Kleid nicht zerknautschen«, sagte das Mädchen.

»Sie wissen schon, dass man Ihr Auto abschleppen wird?«, sagte Raj.

Sie zuckte mit den Schultern. »Und was wird man mit Ihren Koffern machen? Ich heiße Molly, ich glaube, das habe ich noch nicht gesagt, und ich komme mir ziemlich lächerlich vor. Brautjungfern haben kein Geld bei sich. Ich musste jemand bitten, mir das Fahrgeld für die U-Bahn zu geben.«

»Ich heiße Raj, das ist die Abkürzung von Rajah.«

»Ich fand gleich, dass Sie sehr exotisch aussehen. Das ist übrigens ein Kompliment. Sie sind aus ...?«

»Indien, aber ich bin als Kind nach Amerika gekommen.«

»An meiner Schule kannte ich ein Mädchen aus Indien. Sonst niemanden. Sie sind der Zweite.«

»Es leben eine Menge Inder hier.«

Molly blickte nervös über die Schulter des Fahrers nach vorne und machte ein besorgtes Gesicht. Die Hochzeit beschäftigte sie offenbar weit mehr als Raj, so exotisch er auch sein mochte. Ein irrationaler männlicher Instinkt ließ Raj glauben, dass es seine Aufgabe sei, den Verkehr in Gang zu bringen. Er fluchte auf jeden Lieferwagen, der in zweiter Reihe parkte, und spürte, wie seine Nackenmuskeln sich jedes Mal verkrampften, wenn der Fahrer scharf bremsen musste, weil ein anderes Taxi ihm hinterhältig den Weg abschnitt. Molly ließ sich in den rissigen schwarzen Ledersitz zurücksinken, die vielen Meter Spitze auf dem Schoß zusammengerafft. Sie hatte resigniert, was immer noch kommen mochte.

»Mir ist gerade etwas lächerlich Selbstverständliches durch den Kopf gegangen«, sagte sie. »Bei einer Hochzeit wird keine Pause gemacht. Ob man eine Stunde oder fünf Minuten zu spät kommt, ist ziemlich gleich.« Nun schien sie ihn wieder wahrzunehmen. »Ich muss mir etwas einfallen lassen, wie ich mich für Ihre Großzügigkeit revanchieren kann«, fügte sie hinzu.

»Sie können mich zu einem Drink einladen«, erwiderte Raj. »Und vielleicht kann ich meine Verlobte mitbringen.«

»Ah, eine faire Warnung«, sagte Molly. »Wann haben Sie sich verlobt?«

»Wir sind noch gar nicht verlobt, nur fast, aber meine Freundin fühlt sich sicherer, wenn ich ›Verlobte‹ sage.«

Im Taxi stellt sich, ähnlich wie beim Zahnarzt oder Friseur, leicht eine risikolose Vertrautheit zwischen Fremden ein. Bald hatten die beiden eine gemeinsame Wellenlänge gefunden und sich über die Musik der *Troubles* unterhalten, ihren Charterflug nach Paris in jenem Sommer, sein Loch von einem Apartment am Rand von Spanish Harlem, das keine anständige Frau jemals gezwungen sein sollte zu betreten, wenn sie nicht vor Ekel sterben wollte.

»Ich werde Sie natürlich nicht fragen, ob Sie mit den Gandhis verwandt sind«, sagte Molly.

»Vielen Dank. Ich werde Sie auch nicht fragen, ob Verwandte von Ihnen für die IRA in Belfast Bomben gebaut haben.« Ihr Nachname Mahoney verriet Raj, woher ihre Familie stammte. Es stellte sich heraus, dass es sie beinahe zufällig vom County Mayo nach Kansas City verschlagen hatte. Noch war das Taxi nicht einmal in die Nähe der Kirche gekommen. Also redeten sie darüber, dass New York im August ein Vorgeschmack auf die Hölle sei, über ihre fromme Großmutter, die jeden Tag zur Kirche ging, seine fromme Großmutter, die ihr Heim während der Unruhen zwischen Hindus und Moslems im Jahr 1947 mit einer alten Armeepistole verteidigt hatte.

»Diese indische Schulfreundin von mir«, sagte Molly, »also, ich hatte damals von nichts eine Ahnung. Als wir uns zum ersten Mal trafen, fragte ich sie, ob sie aus Puerto Rico käme. Das wird sie wohl eher als Beleidigung empfunden haben.«

»Einen Friedenspreis dürften Sie dafür kaum bekommen«, erwiderte Raj nachsichtig.

Raj ertappte sich dabei, wie er fasziniert Mollys kleine Gesten beobachtete; die leichte Bewegung ihrer Hand, mit der sie eine widerspenstige Haarsträhne zurückstrich, wenn sie ihr rechtes Ohr bedeckte; fiel eine Strähne über das linke Ohr, schien es sie aus irgendeinem Grund nicht zu stören. Das ruhelose Trommeln der Finger, die gewohnt waren, eine Handtasche oder einen Rucksack zu halten. Das unvermittelt aufblitzende Lächeln, das beinahe im selben Augenblick zurückgenommen wurde, als wäre etwas viel zu Persönliches leichtsinnig an einen Fremden vergeudet worden.

»Also ist das Ihr erstes Jahr als richtiger Arzt?«, fragte Molly.

»Genau. Dieses Jahr mache ich mein Praktikum, und danach bin ich Stationsarzt.« Molly strich sich durchs Haar, und Raj meinte erneut dessen seidige Weichheit auf seiner Haut zu spüren. »Aber bei den Visiten muss man so tun, als wäre man ein richtiger Arzt, auch wenn man noch studiert«, fügte er hinzu.

»Das heißt doch, dass Sie den Leuten etwas vormachen?«, bemerkte sie stirnrunzelnd.

»Man könnte es so sehen, aber es gibt den Patienten auch ein Gefühl von Sicherheit, wenn man gerade die klaffende Wunde näht, die sie sich mit dem Küchenmesser beigebracht haben, oder ihnen zu erklären versucht, dass sie ihr Angina-Medikament unbedingt nehmen müssen.« Raj wollte nicht, dass sie von ihm enttäuscht war. »Es beruhigt sie.«

»Aber trotzdem machen Sie ihnen etwas vor«, beharrte sie.

»Okay. Also ich möchte als Psychiater arbeiten«, sagte er, »aber vielleicht sind das für Sie auch keine richtigen Ärzte.« Jedenfalls sahen es seine Eltern so.

»Psychiater?«, hatte Daddy-ji gestöhnt. »Ich wette, kein Arzt kuriert weniger Leute und verdient dabei weniger Geld.«

Rajs Mutter hatte geweint, bis sie dunkle Ringe unter den Augen hatte, und war dann aus dem Zimmer gelaufen, um die Tränenspuren zu beseitigen.

Raj und Molly bemerkten es kaum, als das Taxi vor der Kirche hielt.

»Sieht aus, als wäre ich da«, sagte Molly unschlüssig und

spähte aus dem Fenster, ob nicht irgendwelche anderen Hochzeitsgäste zu sehen waren. Doch die Stufen der Kathedrale waren leer; nur einige Obdachlose hatten sich dort unter schmutzigen Decken ausgestreckt, um sich einen guten Platz für die kommende Nacht zu sichern.

»Laufen Sie lieber los«, sagte Raj und fischte ein Bündel zerdrückter Geldscheine aus der Hosentasche. Molly hatte die Tür des Taxis noch nicht geöffnet, und so beugte sich Raj hinüber und hielt sie ihr auf, peinlich darauf bedacht, ihr pinkfarbenes Kleid nicht mit seinem schweißnassen nackten Arm zu berühren. »Warum steigen Sie nicht aus?«, fragte er.

Molly tippte auf ihre Uhr. Die Fahrt hatte vierzig Minuten gedauert. Sie deutete auf die leeren Stufen vor der Kirche. »Oh, verstehe. Eigentlich habe ich gehofft, dass Sie es so interessant fanden, sich mit mir zu unterhalten, dass Sie sich einfach nicht losreißen können«, sagte Raj.

Die forsche Bemerkung überraschte sie, und sie lachte. »Da wären Sie aber ein echter Glückspilz«, meinte sie, und dann beugte sie sich zu ihm hinunter und gab ihm einen Kuss – nah genug bei seinem Mund und gerade lange genug, dass er ihm im Gedächtnis bleiben würde – und sprang aus dem Taxi. »Ein kleines Abschiedsgeschenk.«

Sie trat einen Schritt zurück, zog ihre Schuhe aus und begann, zur Kirche hinaufzulaufen. Raj sah ihr nach, wie sie zwei Stufen auf einmal nahm, das riesige Portal erreichte und dann in der Dunkelheit des Gotteshauses verschwand. *Sie ist überzeugt, dass sie es schaffen wird,* dachte er. Molly hatte ihm erzählt, dass sie von einer Karriere als Schauspielerin träumte und bereits mehrere Engagements bekommen hatte. *Jetzt kann sie ihren großen Auftritt proben,* dachte Raj, *und sie wird ihre Sache bestimmt sehr gut machen.*

Maya war nicht verärgert, als Raj eine Stunde zu spät anrief. »Natürlich trägt eine Braut nicht Pink«, kommentierte sie Rajs Geschichte lachend. »War sie schön?«

»Treffender als ›schön‹ wäre wohl ›auffallend‹«, log Raj.

»Du kannst ja richtig galant sein«, neckte Maya ihn. Sie verabredeten sich für das Wochenende zum Abendessen.

Ein Arzt im Praktikum arbeitet sechsunddreißig Stunden hintereinander und hat anschließend zwölf Stunden frei, und dieser Knochenjob verlangte Rajs ganze Konzentration. Nur spätnachts, wenn er sich auf dem Klappbett im Ruheraum ausstreckte, ertappte er sich dabei, dass er an den Rotschopf aus der U-Bahn dachte. Nicht ständig, aber immer wieder. Wenigstens hatte er dann etwas zu tun, während er langsam in den Schlaf hinüberglitt, statt nur auf die gelben Flecken an der Zimmerdecke zu starren, deren Form ihn an Großhirnlappen erinnerte. Oder darüber nachzudenken, was er eigentlich wirklich wollte.

Seine Eltern kamen aus einer Kultur, die Hingabe an das Schicksal als höchstes Lebensziel lehrt, und selbst Raj, ein Stiefkind Amerikas, hatte diese Überzeugung irgendwie verinnerlicht. Was nicht hieß, dass er sie voll und ganz annehmen konnte. Frühe Unterweisungen aus seiner Kindheit gingen ihm durch den Kopf. Hingabe bedeutete Loslassen. Es bedeutete, das, was man ist, als höchstes Geheimnis zu betrachten. Einfach ausgedrückt bedeutete es, dass man seiner Seele Vorrang vor dem Weltlichen gab. Daddy-ji hatte einen bescheidenen Platz im Leben, doch er hatte Raj mehr als einmal beiseite genommen und ihm von seinen

Überzeugungen erzählt: Der Mann, der sich dem Schicksal hingibt, kann sich auf alles einlassen, ist immer achtsam. Nicht darum bemühst du dich loszulassen, damit dich nichts mehr berührt, sondern damit du genug Raum hast, um herauszufinden, was wirklich ist.

Hat Christus uns nicht gelehrt, in diesem neuen, fremden Land, dass wir *in* der Welt, doch nicht von dieser Welt sein sollen?

Raj machte das Gegenteil, ohne überhaupt darüber nachzudenken. Er griff nach der Welt mit beiden Händen, und seine größte Angst war, dass er nicht genug in ihr sein könnte. Er kannte ein Dutzend junge Leute aus indischen Familien, die genauso waren. Wenn Hingabe ein leeres Gefäß war, das sich mit Gnade füllen sollte, dann fühlte sich Raj an vielen Tagen ziemlich leer. Was ihm Erfüllung bringen würde blieb bis auf weiteres dahingestellt.

Vorerst konnte er sich ganz auf die Arbeit in der Notaufnahme konzentrieren, und danach kam die Psychiatrie. Um sich einen guten Start zu sichern, suchte Raj die Nähe des Chefarztes der psychiatrischen Abteilung. Die Medizinstudenten nannten ihn Baron Bruno. Er war von kräftiger Statur und bärtig und erinnerte alle an einen professionellen Ringer. Sein richtiger Name, ein erstaunlich sanfter, war Clarence. Er wirkte wie ein tapsiger Bär, aber niemand anderen als ihn wünschte man sich an seiner Seite, wenn ein Crack-Abhängiger im Wartezimmer durchdrehte. Und Clarence ließ ihn bei den verwirrten Patienten, die die Polizei bei ihnen ablud, die Aufnahme durchführen. Sie begann stets mit einer körperlichen Untersuchung, die jedoch in einer kurzen psychiatrischen Beurteilung mündete.

»Machen Sie es kurz, aber präzise«, riet ihm Clarence.

»Sie sind das erste Gesicht, das sie sehen, wenn sie abgestürzt sind, und auf Ihre erste Meinung werden sich später alle anderen verlassen.«

»Sie vertrauen auf mein Urteil?«, fragte Raj nervös. Er hatte seit dem Studium erst ein Mal kurz in der Psychiatrie gearbeitet.

»Nein, ich vertraue auf unser Arzneimittelverzeichnis«, erwiderte Clarence. »Machen Sie es sich nicht zu kompliziert. Schauen Sie unter ›Beruhigungsmittel‹ und ›Antidepressiva‹ nach. Außer bei Psychotikern, Schizophrenen und allen anderen, die mit Halluzinationen ankommen, können Sie in neunzig Prozent der Fälle auf diese Medikamente zurückgreifen. Stellen Sie die Standarddosierung fest und verschreiben Sie dann die halbe Dosis.«

»Die halbe?«, fragte Raj.

»Das ist sicherer. Bei diesen Leuten ist ohnehin schon ziemlich viel kaputt. Wir sollten es nicht noch schlimmer machen.«

»Alles klar«, sagte Raj. Sie wussten beide, dass der Chefarzt nach den Vorschriften jedes von Raj ausgestellte Rezept überprüfen musste, deshalb fühlte er sich abgesichert.

Die Arbeit konnte einen leicht überfordern. »Was tun wir wirklich für diese Menschen?«, fragte Raj, als er neben Clarence vor dem Automaten stand, an dem schwarzer Kaffee, gefüllte Doughnuts und Chips zu haben waren. Auf der Psychiatrie war nach einem Selbstmordversuch ein junges Mädchen eingeliefert worden, die übliche Routine bei einer Überdosis, doch diesmal hatten die Eltern ihn angeschrien und ihm beinahe ins Gesicht gespuckt, als sie erfuhren, dass ihre Tochter dort erst einmal für vierundzwanzig Stunden unter Beobachtung bleiben musste; das war Vorschrift.

»Solange Sie die Antwort auf diese Frage nicht wissen, werden Sie als Psychiater überleben«, entgegnete Clarence und drückte den Hebel für eine Packung Twinkies-Kuchen.

»Wollen Sie damit sagen, dass Unwissenheit meine Motivation sein wird?«, fragte Raj.

»Ich will damit sagen, dass alle Verrückten Menschen sind und alle Menschen verrückt. Sie werden den Rest Ihres Lebens damit verbringen, diese kosmische Gleichung zu lösen.«

Zwei Wochen später erwischten Rajs Eltern ihn telefonisch in seinem Apartment und mahnten, es sei allmählich an der Zeit, dass er für seine Hochzeit mit Maya einen der Priester im Tempel auswähle. Abgesehen von der Zeremonie selbst, zu der ein heiliges Feuer, Reis und Ghee gehöre, ein Schimmel für den Bräutigam und eine Sänfte für die Braut, müsse man auch an die Horoskope denken. Wer denn die Horoskope für sie beide erstelle?

»Bloß keinen Schimmel, wir sind doch nicht in Delhi!«, sagte Raj. »Ihr würdet euch finanziell ruinieren, und ich käme mir vollkommen lächerlich vor.«

»War nur ein Scherz«, sagte Daddy-ji. »Wir möchten einfach, dass du nicht mehr länger wartest.«

»Maya lächelt so viel, wenn ich sie sehe«, warf Amma ein. »Ich bin sicher, dass sie insgeheim unglücklich ist.«

Raj hatte keine vernünftige Entschuldigung parat, warum er sich bislang nicht um die Hochzeitsvorbereitungen gekümmert hatte. Oder warum er nicht einfach Maya darum gebeten hatte; sie hätte diese Aufgabe gerne übernommen und alles bestens geregelt.

Seinem Vater riss langsam die Geduld. »Du hast wohl den Verstand verloren! Sie ist doch ein nettes Mädchen!«

Daddy-ji betrieb schon fast seit dem Tag, als er nach Amerika gekommen war, ein kleines Lebensmittelgeschäft in Queens. Er verspürte kein Bedürfnis, einen Blick in die Welt jenseits seiner untadelig arrangierten Gemüse- und Obstpyramiden, lecker belegten Sandwiches, Wurstwaren, Zigaretten und bunten Blümchenaufkleber zu werfen. Die Väter von Nachbarskindern vergötterten die Football-Spieler der NFL oder die Pitcher der Yankees, doch Raj spürte schon früh, dass sein Vater anders war. Seine persönlichen Götter waren Ordnungsliebe, eine bescheidene Handelsspanne und stets ein wachsames Auge auf die Kinder in der Nähe der Zeitschriftenregale zu haben.

»Ich liebe sie, sie liebt mich, also hör auf, ständig Druck zu machen«, sagte Raj zu Daddy-ji.

Raj hörte seinem Vater nur mit halbem Ohr zu, während er die *Times* vom Sonntag durchblätterte, ehe sie in den Müll wanderte. Sein Blick blieb an einem Namen hängen: Mary Mahoney. Sein Herz machte einen Satz. Es war eine ganzseitige Anzeige für ein Erfolgsstück, eingeleitet von den Lobeshymnen der Kritiker. Raj sah genauer hin. *Oh, Wildnis.* Er bekam eine Gänsehaut auf den Armen. »Sag mal, Daddy, ist Molly nicht ein Kosename für Mary?«, fragte er.

»Wir kennen keine Mädchen, die Molly heißen.«

Eine Stunde später rief Maya an, um auszumachen, wann sie sich zum Abendessen trafen. Sie hatte am späten Nachmittag noch eine Vorlesung, konnte danach aber in eines der indischen Cafés in der 56. Straße kommen. Raj fragte, ob sie Lust habe, anschließend ins Theater zu gehen.

»Zu *Cats?*«

»Nein, ein richtiges Theaterstück. Eugene O'Neill«, antwortete Raj.

Die Anzeige lag ausgebreitet vor ihm. Er registrierte, dass über dem Titel des Theaterstücks der Name eines berühmten jungen Hollywoodstars prangte. Molly, wenn sie es tatsächlich war, teilte sich die folgende Zeile mit zwei anderen Schauspielern. Es wirkte ziemlich beeindruckend, mehr als eine Schauspielerin nach einigen wenigen Engagements normalerweise erwarten konnte.

Maya erschien im Bombay Café gleich bei der Seventh Avenue mit zehn Minuten Verspätung. Raj hatte sich unterdessen an der Bar ein Bier bestellt und dachte, dass von all den jungen Frauen, die durch die Tür kamen – für die meisten hatten wohl die indischen Eltern eine Verabredung mit einem unbekannten Partner arrangiert –, Maya die Schönste war. Sie trug einen schicken Zweiteiler, keinen Sari, und hatte einen leicht silbrig glänzenden Lippenstift aufgelegt. Maya war eine Punjabi mit begehrenswert heller Haut, worüber sich Raj allerdings keine Gedanken machte, und hatte große, freundliche Augen. Seine Familie stammte aus Südindien und hatte die Heimat in den letzten Tagen der britischen Herrschaft verlassen. Daddy-ji wollte sich zu ihrer Wanderschaft nicht näher äußern – vielleicht war es eine Geschichte, über die man besser schwieg –, doch seine dunklere Haut hatte ihn als kleinen Jungen im Norden empfindlich werden lassen.

In der Schule hatte Daddy-ji es immer widerspruchslos hingenommen, wenn irgendwelche Viertklässler ihn mit dem bösen Spruch »nicht schwarz, nicht weiß, echt khaki« verspotteten. Dieses Schimpfwort war für einen der Anglo-Inder reserviert, der darauf wartete, als Letzter für die Football-Mannschaft ausgewählt zu werden. Für Raj war seine Hautfarbe kein Problem, und trotzdem klebte das alte Stigma irgendwie noch an ihm.

»Diese Duplex-Garagen sind ein Horror«, stieß Maya ganz außer Atem entschuldigend hervor, weil sie die drei Straßen von der Parkgarage bei der Tenth Avenue gerannt war.

»Wie war's bei Gericht?«, fragte Raj und gab dem Ober ein Zeichen, dass sie sich jetzt an ihren Tisch setzen wollten.

»Ach, eine traurige Geschichte. Drei kleine Kinder, alle unter fünf Jahren. Die Mutter ist keine üble Frau, aber sie werden ihr die Kinder wegnehmen.« Maya stellte ihre Aktentasche unter den Tisch, als sie ihren Platz am Fenster eingenommen hatten. Sie machte an der Columbia University gerade ihren Magister in Sozialpädagogik und arbeitete nebenbei in der Kinder- und Jugendhilfe. Zweimal in der Woche nahm sie bei Gericht an Anhörungen teil, bei denen es um vernachlässigte Kinder ging.

»Hast du zu Gunsten der Mutter ausgesagt?«, fragte Raj. Der Kellner brachte ihnen große rote Speisekarten aus Plastik, doch sie wussten bereits, was sie essen wollten. »Für mich Rgan josh«, sagte Raj. Maya nahm das Fisch-Vindaloo.

»Ich sollte gar keine Aussage machen, sondern mich nur zur familiären Situation äußern. Und die sieht schlecht aus. Eine Tagesstätte für die Kinder kann sich die Mutter nicht leisten, und der Vater ist gerade ins Gefängnis gekommen. Es ist nicht ihre Schuld, dass die Kleinen ausgebüxt sind«, erwiderte Maya.

»Wessen Schuld war es denn, wenn nicht ihre?«, entgegnete Raj.

»Ich weiß, ich weiß«, seufzte Maya. Sie ließ sich oft zu sehr auf die Fälle ein, die sie als Beobachterin verfolgte. Raj hatte den Verdacht, dass Maya diesen Leuten vielleicht sogar privat ihre Unterstützung anbot. Sie war einfach so gutherzig. Als das Essen kam, riss Maya ein Stückchen Fladenbrot ab, nahm damit ein wenig Reis und Fisch-Curry auf und schob den Bissen in den Mund. Raj griff automatisch zur Gabel. Im Unterschied zu Raj war Maya in Amerika geboren; ihre Eltern waren in die USA gegangen, weil ihr Vater sich dort als Ingenieur bessere Chancen erhoffte.

Maya war erstaunt, als Raj ihr erzählte, dass er seit seiner Kindheit kein einziges Mal in Indien gewesen war. »Das kann ich mir überhaupt nicht vorstellen«, sagte sie in einem Ton wie jemand, der gerade hört, dass man es nicht für nötig befunden hat, einen sterbenden Verwandten im Krankenhaus zu besuchen. Maya hatte nämlich seit ihrem zwölften Lebensjahr schon mehrmals die Sommerferien in Delhi oder Bombay verbracht.

»Aber ich bin nie zu Treffen der indischen Studenten gegangen«, sagte sie. »Es ist erniedrigend, ständig darüber zu jammern, wer wir sind. Mich interessieren weder die Tamil Tigers in Sri Lanka noch irgendwelche korrupten Politiker oder sonst jemand.«

Für diese Einstellung bewunderte Raj sie sofort. Maya nahm es ebenso wie er nicht besonders wichtig, ob er dazugehörte oder nicht.

»Reizt dich irgendeine der spirituellen Richtungen, wenn du in Indien bist?«, fragte er.

»Reizen? Vielleicht«, erwiderte sie, »aber ich wüsste nicht, woran ich mich orientieren sollte. An nackten Sadhus, die auf der Straße betteln? An Gurus, die ein Unternehmen vor einer großen Firmenübernahme konsultiert? In meiner Familie besteht der Sinn des Lebens darin, seine Unzufriedenheit zu päppeln und möglichst viel Geld zusammenzuraffen. Das sind doch zwei typisch indische Eigenschaften.«

»Aber du bist anders.«

»Natürlich. Finde ich zumindest. Genau wie du.«

Raj lachte und fühlte sich sehr wohl. Im Gegensatz zu den anderen Mädchen, mit denen seine Eltern ein Rendezvous arrangiert hatten, war Maya weder schüchtern noch in Torschlusspanik. Von ihrer ersten Begegnung an war sie aufrichtig gewesen, und sie hatte Raj nicht wie einen Fremden behandelt, der mit einer anderen Fremden ein paar flüchtige Stunden verbringt. Sonst konzentrierten sich die Frauen immer darauf, nicht derart seltsam, bedürftig oder offenherzig zu erscheinen, dass sie das Gefühl hatten, sich lächerlich zu machen. Er bekam nie zu sehen, wie sie wirklich waren.

Maya blickte aus dem Fenster auf die vorbeigehenden Menschen. »Nicht der Ort, an dem wir uns befinden, bestimmt die Zugehörigkeit, sondern *wer* wir sind.«

»Und wer bist du?«, fragte Raj.

»Ein Teil davon«, erwiderte sie und deutete auf die Menschenmenge draußen. »Und Teil von etwas anderem.«

Das Theaterstück hatte offenbar enormen Erfolg. Aus Limousinen und Taxis entstiegen unaufhörlich neue Besucher, sodass sie sich durch eine dicht gedrängte Menschenmenge schieben mussten. Füllige, in Pelze gehüllte Damen schritten vorsichtig über den Bürgersteig, damit ihre spitzen Absätze nicht in einem Kanalgitter hängen blieben, während ihre Gatten hinter ihnen ungeduldig drängelten. Im Vorbeigehen nahm Raj auf dem Plakat am Eingang Mollys Namen wahr, und er hoffte, dass Maya seine Nervosität nicht bemerkte. Wenig später saßen sie bereits auf ihren Plätzen, und der Vorhang hob sich.

Und da war sie nun. Molly spielte keine unbedeutende Nebenrolle, indem sie etwa als Dienstmädchen im Salon Kaffee servierte oder im zweiten Akt als Statistin eine Ausflugsgesellschaft komplettierte; vielmehr war sie die weibliche Hauptfigur, ein sympathisches, auf witzige Weise aufbrausendes Mädchen, das in seinen ebenso sympathischen Bühnenpartner verliebt war. Raj war fasziniert und erstaunlicherweise auch ängstlich. Es kam ihm vor, als balanciere Molly auf einem Seil, und er müsse den Atem anhalten, damit sie nicht herunterfiel. Doch es bestand keine Gefahr. Molly beherrschte jede Geste. Der kokette Seitenblick, den sie ihrem Angebeteten zuwarf, hatte nichts mit ihrer realen Person zu tun, sondern war ein vollendet kalkulierter Effekt; ebenso das leichte Beben in ihrer Stimme, das mädchenhafte Unschuld symbolisierte, und der scheu sich hebende Busen, der erotische Gedanken weckte, ohne ihnen nachzugeben.

Maya beugte sich zu ihm und flüsterte: »Sie ist unglaublich gut. Wie lernt man so etwas?«

Raj wusste keine Antwort darauf. Er konnte diese himmlische Figur auf der Bühne spüren, doch Molly blieb etwas anderes für ihn: der Körper, gegen den er im Taxi gedrückt worden war, der leichte Atem, der ihn gestreift hatte, als der

Wagen mit seinen altersschwachen Stoßdämpfern um eine Ecke schlingerte und sie auf seine Seite kippte. Die physische Erinnerung ließ ihm Wärme ins Gesicht steigen. Es versetzte ihm einen Stich, als die jungen Liebenden sich küssten.

In der Pause wäre Raj am liebsten sitzen geblieben, doch Maya schwärmte für Guy, den Hollywoodstar. »Er ist wahnsinnig sexy, besonders mit dieser Partnerin. Die hätte das Zeug zum Broadway-Star«, meinte sie begeistert.

Raj hörte kaum, was sie sagte. Irgendetwas geschah mit ihm.

»Entschuldige«, unterbrach sich Maya. »Hör ich mich an wie ein Kulturbanause?«

»Nein, überhaupt nicht.« Raj schwang sich aus seinem Sitz. »Gehen wir etwas trinken?«

Die Wärme und das Gedränge im engen Foyer machten Raj benommen. Er bestellte sich an der Bar sofort einen Scotch. »Und einen Orangensaft«, fügte er mit einem Blick auf Maya hinzu.

»Nur, wenn es für dich ist, Schatz. Ich möchte nichts«, warf Maya ein und sah sich interessiert um; Raj drang nicht weiter in sie. Er konnte nur noch an Molly denken, wie sie im Licht der weißen Spots und hauchzartem bläulichem Mondschein erstrahlte. Raj musste sie wieder sehen. Er spürte plötzlich ein ungeheures, übermächtiges Verlangen.

»Kannst du mal halten?«, sagte er zu Maya und hielt ihr sein Glas hin.

»Warum?«

»Ich glaube, mein Piepser hat sich gemeldet. Hier ist es einfach zu voll, ich hätte ihn fast überhört. Ich muss kurz nach draußen.«

Maya machte ein enttäuschtes Gesicht, sie befürchtete, dass er in die Klinik gerufen würde. Er werde nur gehen, wenn es sich um einen absoluten Notfall handle, versprach Raj. »In zwei Minuten bin ich wieder da, geh du doch schon hinein. Sollte ich es bis zum Ende der Pause nicht schaffen, warte ich am Eingang auf der Broadway-Seite auf dich.«

Maya zögerte. Es hatte bereits zum zweiten Mal geläutet, und im Foyer waren kaum noch Leute. Schließlich konnte Raj sie doch zum Hineingehen überreden, und nachdem sie ihm mit einem gequälten Lächeln einen Kuss gegeben hatte, tat sie es auch.

Von einer seltsamen Erregung erfasst, stürmte Raj aus der Tür und erspähte einen Blumenverkäufer, der unter dem Vordach am Broadway gerade seine Ware aufbaute. Als der Mann in Zellophan eingewickelte Rosen aus seinem Lieferwagen holte, fischte Raj einen Zwanzig-Dollar-Schein aus der Hosentasche.

»Geben Sie mir sechs Stück«, sagte er.

Der Mann warf einen kurzen Blick auf den lockenden Geldschein, ohne seine Arbeit zu unterbrechen. »Dafür bekommst du vier, Kumpel«, sagte er. Raj nahm die vier Rosen und lief an den Platzanweisern vorbei wieder ins Theater zurück; dann ließ er sich von seinem Instinkt leiten. Eine der Seitentüren sah viel versprechend aus. Er würde darauf vertrauen müssen, dass sie nicht bloß in irgendeine Kammer führte – und er hatte Glück. Dahinter lag eine Art Gang, von nackten Glühbirnen nur spärlich erleuchtet. Raj lief weiter, wagte kaum zu atmen und hoffte, dass niemand ihn sah.

Er fühlte sich nicht mehr benommen, sondern vollkommen klar im Kopf. Sein spontaner Entschluss erschien ihm absolut richtig. Aus dem Theater drang gedämpftes Lachen, sonst hörte Raj nur das Geräusch seiner Schuhe auf dem blanken Betonboden. Plötzlich öffnete sich eine Tür, und Raj stand einem großen dunkelhäutigen Mann mit einem roten Mantel gegenüber, der in ein Handy sprach.

»Von einer doppelten Portion Käse hat man mir nichts gesagt, aber einen gemischten Salat, ja«, sagte er. Als er Raj bemerkte, bedeckte er die Sprechmuschel mit der Hand.

»Sie haben sich hinter die Bühne verirrt, mein Guter. Wenn Sie denselben Weg zurückgehen, kommen Sie zu Ihrem Sitzplatz«, sagte er.

»Ich bin Arzt, ich habe hier Zugangsrecht«, erwiderte Raj und fischte nach seinem Notarztausweis, den jeder Praktikant bekommt, sobald er in der Ambulanz arbeitet.

Der Wachmann nickte ausdruckslos und sagte ins Telefon: »Nein, es wird nicht abgeholt, es soll geliefert werden!«

Raj zog den Ausweis aus der Tasche und hielt ihn kurz hoch. Sein Instinkt sagte ihm, dass er weitergehen und dem Wachmann keine Zeit lassen sollte, sich Gedanken darüber zu machen, warum ein Arzt mit Rosen in der Hand unterwegs war. Er brauchte mehrere Minuten, bis er die richtige Tür gefunden hatte. Als er klopfte, kam keine Antwort. Raj drehte probeweise am Türknauf. Es war offen.

Warum war er hier? War es ihm vom Karma bestimmt, von irgendeiner unbekannten Macht, oder lediglich ein Anfall von Verliebtheit? Die Liebe wird stets als großes Mysterium bezeichnet, nicht jedoch die Verliebtheit. Letztere ist die oberflächliche Leidenschaft, das Abenteuer, das meistens in Zerknirschung endet und selten zu einer dauerhaften Bindung führt. Doch was ist mysteriöser als plötzlich erwachendes Verlangen? Besonders wenn dieses Verlangen sich derart verborgen hält, dass man sein Bild im Spiegel kaum erkennt? Verliebtheit ist wieder geborene Hoffnung.

Von weitem drangen erneut lautes Lachen und Applaus an sein Ohr. Raj hatte das Gefühl, dass er jemandem das Herz brechen würde.

2

Die Liebe ist weise genug, uns von einer Klippe springen zu lassen, wenn es die einzige Möglichkeit ist, frei zu sein. Auf dem Weg zu Mollys Garderobe hatte Raj sich alle möglichen Erklärungen für sein Verhalten zurechtgelegt.

Ich musste dich sehen, weil ich seit unserer Begegnung an nichts anderes mehr denken kann ... Das konnte er nicht sagen, es war nicht ehrlich.

Ich weiß, dass ich nicht hier sein sollte, aber gib mir nur fünf Minuten. Was war er, ein Staubsauger-Vertreter?

Wenn du für mich dasselbe empfindest wie ich für dich, dann weißt du, warum ich hier bin. Schon besser.

Doch als er die Garderobe endlich gefunden hatte, war Molly nicht da. Damit hatte Raj am allerwenigsten gerechnet, und fast hätte er nach ihr gerufen, aber dann sah er sich erst einmal um. Der Raum war nicht viel größer als eine Gefängniszelle; er hatte einen Betonboden, und an einer Wand stand ein Spind. Molly hatte sich mit kleinen persönlichen Erinnerungen umgeben – mit Bildern ihrer Familie, einem Off-Broadway-Poster, Ballettschuhen aus Satin an der Wand. Raj trat näher an die Fotografien heran, um sie auf potenzielle Liebhaber oder einen Ehemann zu untersuchen – ihm fiel plötzlich ein, dass er nicht einmal wusste, ob Molly verheiratet war. Doch Hochzeitsfotos würde sie in diese winzige Garderobe wohl kaum mitbringen.

Raj setzte sich vor den Schminkspiegel, der auf einem wackeligen Tisch stand. Ein blasses, nervös wirkendes Gesicht blickte ihm entgegen. Manchmal ist es wirklich sehr unfair, dass der innere Mann mit all seinen Sehnsüchten und Idealen überhaupt nicht sichtbar wird. Raj wandte sich ab, um sich nicht ansehen zu müssen. Es dauerte eine halbe Sekunde, bis er bemerkte, dass Molly in der offenen Tür stand.

»Wie sind Sie hier reingekommen?«, fragte sie, und ihr Gesicht ließ keine Regung erkennen.

»Ich musste einfach kommen, weil –«

»Moment. Ist etwas passiert? Ich habe nur eine Minute Zeit, dann muss ich wieder auf die Bühne.«

Raj sprang auf. »Nein, nein. Mein Überfall wirkt vermutlich sehr seltsam. Ich saß im Publikum.«

»Ach so.« Molly stand noch immer in der Tür und unterdrückte die ersten Warnsignale.

»Also, eigentlich bin ich heute ins Theater gekommen, um Sie wieder zu sehen. Wir haben nicht einmal unsere Telefonnummern ausgetauscht«, stieß Raj hervor. Seine Stimme klang schrill und gehetzt. Er zwang sich, ruhiger zu werden, und wagte es nicht, auf sie zuzugehen aus Angst, sie könnte davonlaufen.

Auch Molly schwieg eine Weile, und währenddessen erkannte Raj, dass seine schlimmsten Befürchtungen unbegründet waren. »Ist schon okay. Ich war nur überrascht. Eigentlich erstaunlich, dass Sie mich gefunden haben«, sagte Molly, kam in die Garderobe und lächelte.

Zwar hatte Raj ihr nicht annähernd seine wahren Gefühle eröffnet, doch trotzdem hatte er weiche Knie, so erleichtert war er, dass sie ihn nicht für irgendeinen aufdringlichen Spinner hielt. Als sie vor ihm stand, nahm er all seinen Mut zusammen und breitete die Arme aus. Molly erwiderte die Umarmung ohne zu zögern. Dann löste sie sich wieder, und er sah an ihrem leicht verhangenen Blick, dass sie noch ganz im Bann des begeisterten Beifalls stand, den sie gerade bekommen hatte.

»Tut mir Leid, dass ich etwas durcheinander bin«, sagte sie, noch leicht außer Atem. »Ich bin nur schnell hergelaufen, um mein Make-up aufzufrischen.« Sie setzte sich an den Frisiertisch und begann, sich zu schminken. »Sie bleiben doch bis zum Schluss, oder?«

»Hier?«, fragte Raj unsicher zurück, weil er dachte, sie erwarte vielleicht von ihm, dass er die Garderobe verlasse.

»Dann entgeht Ihnen der Rest des Stücks, aber wenn Sie hier bleiben wollen, gerne. Haben Sie Maya mitgebracht? Sehen Sie, ich habe ein gutes Gedächtnis.« Raj zuckte schuldbewusst zusammen, als er daran erinnert wurde, dass er Molly Mayas Namen genannt hatte.

Immer noch aufgedreht, stand Molly auf und ging, den langen Rock ihres Kostüms raffend, damit er nicht auf dem schmutzigen Boden schleifte, zur Tür.

»Nein«, antwortete Raj. »Ich bin allein hier.«

Irgendetwas ließ Molly innehalten. Sie wandte sich um und nahm ihn zum ersten Mal bewusst wahr. »Warum sind Sie eigentlich gekommen? Ich fühle mich nicht überrumpelt, ich bin nur etwas erstaunt.«

»Ich glaube, ich habe mich verliebt«, erwiderte Raj.

»In mich?«

Raj brachte keinen Ton mehr heraus, und Molly hielt ihre Hand eine Sekunde zu spät vor den Mund; die Worte waren schon gesagt. »Woher wissen Sie das?«

»Woher ich das weiß? Ich habe mich nicht auf die Couch gelegt, um es herauszufinden. Ich bin einfach gekommen.« Da er nicht wusste, was er nun tun sollte, streckte Raj ihr in seiner Verlegenheit die Rosen entgegen. Molly starrte sie einen Augenblick an, als wären sie vom Himmel gefallen.

»Ist das nicht verrückt? Ich dachte, Sie sind Psychiater«, sagte sie.

Raj lachte nervös auf. »Und ich hatte befürchtet, Sie seien verrückt, als ich Sie zum ersten Mal gesehen habe. Eine am Altar verschmähte Braut, die nicht loslassen kann und zwanghaft durch die Stadt streift an einem Hochzeitstag, der niemals endet.«

»Oder nie begonnen hat. Wie gemein von Ihnen«, sagte Molly, ohne ihren leichten Unmut zu verbergen.

Raj streckte ihr erneut die Blumen entgegen. »Bitte nehmen Sie sie. Bitte.«

Molly nahm die Rosen und legte sie auf den Tisch. »Ich bin gerührt«, sagte sie. »Ein wenig erschrocken und gerührt, um ehrlich zu sein. Aber für beides habe ich jetzt keine Zeit. Ich muss gehen.« Wie um ihre Worte zu unterstreichen, drangen erneut Geräusche von der Bühne herüber, die Molly eilig zu gehen veranlassten, und ehe Raj reagieren konnte, war sie verschwunden.

Er stand da wie gelähmt. Seine impulsive romantische Geste war zwar angekommen, das Resultat jedoch gleichzeitig vollkommen unbefriedigend. Was empfand sie für ihn? Was konnte sie für ihn empfinden? Wahrscheinlich war es noch ein Glück für ihn, dass ihre Begegnung praktisch zwischen Tür und Angel stattgefunden hatte, denn Raj war im Begriff gewesen, irgendetwas von einer Macht zu stammeln, die stärker sei als sie beide. In der Kultur, in der er aufgewachsen war, sprachen Liebende oft schwärmerisch vom Karma, das sie zusammengeführt habe. Daddy-ji und Amma hätten bestimmt so etwas gesagt; es gehörte zur

Atmosphäre Indiens. In Mollys Ohren hätte es vielleicht geklungen, als nähme man ihr die Möglichkeit einer freien Entscheidung.

Rajs Nervosität ließ allmählich nach, und er fragte sich, ob dem Schicksal in diesem Fall nicht eine Menge anderer Dinge in die Hände spielten. Einsamkeit. Die Schönheit eines Mädchens. Seine berufliche Belastung, die ihn fast zu einem Leben in mönchischer Enthaltsamkeit zwang. Die Hormone. Angesichts dieser Liste wurde sein Kopf wieder klarer. Es gab im wirklichen Leben doch einiges zu bedenken, ehe er sich den Göttern des Karma überantwortete.

Als Raj einen verstohlenen Blick in den Spiegel warf, blickte ihm noch immer der blasse und nervöse Fremde entgegen. Er musste sich wieder in den Griff bekommen, doch hier lauerte auch eine Falle, denn wenn er das Fenster zur Vernunft öffnete, tauchte Maya wieder auf. Was hatte er ihr nur angetan? Zumindest hatte er einen wunderbaren Menschen betrogen, der ihn bedingungslos liebte.

Eine fremde Stimme riss ihn aus seinen düsteren Gedanken. »Störe ich? Die Tür war offen.«

In die Garderobe trat ein großer, gut aussehender Mann. »Ich habe Sie noch nie gesehen. Sind Sie ein Freund von Molly? Ich jedenfalls schon. Weiß sie, dass Sie hier sind, oder haben Sie jemanden bestochen?«

Der Fremde schien sehr von sich überzeugt, und sein Ton ging Raj derart auf die Nerven, dass er schlagartig wieder in die Realität zurückgeholt wurde. »Sie hat mich gebeten, hier zu warten«, sagte er. »Aber das können Sie gerne auch tun.«

Der Fremde lächelte verbindlich, irgendeinem Sittenkodex gehorchend, der ihn zur Höflichkeit zwang. »Vielen Dank für Ihre Erlaubnis«, murmelte er und warf seinen

Mantel über einen Stuhl, setzte sich jedoch nicht. Raj fragte sich, wie viele Leute in Mollys Welt wohl ein solches Verhalten an den Tag legten. Es machte ihm bewusst, welch ein Eindringling er im Grunde war. Der Fremde blätterte beiläufig ein Theaterprogramm durch, das auf dem Tisch lag, goss sich aus einem Krug Wasser in ein Glas und wartete.

»Bradley!«

Beide Männer blickten überrascht auf. Molly kam herein und schlang ihre Arme um den Hals des Fremden. Raj hatte nicht damit gerechnet, dass die Vorstellung schon nach fünf Minuten zu Ende sein könnte und nicht erst nach einer halben Stunde.

»Warum hast du mir verschwiegen, dass du heute so überragend spielen wirst?«, sagte der Fremde sichtlich zufrieden. »Lüg doch ein bisschen und sag, es lag daran, dass du mich in der vierten Reihe hast sitzen sehen.« Raj wich alles Blut aus dem Gesicht.

»Das Lügen überlasse ich dir«, erwiderte Molly, ohne sich aus der Umarmung zu lösen. »Das kannst du doch so gut.« Die beiden waren offenbar sehr vertraut miteinander, das konnte ein Blinder sehen. Raj hätte sich am liebsten sang- und klanglos davongeschlichen, doch da entwand sich Molly den Armen des Fremden und drehte ihn herum, so dass die zwei Männer sich anblickten. Ihre Stimme klang fröhlich und munter, als sie die beiden einander vorstellte.

Sie ist immer noch ganz aufgedreht, dachte Raj. Er streckte Bradley die Hand entgegen, und dieser schüttelte sie ohne Nachdruck.

»Ich dachte, wir gehen aus«, sagte Bradley.

»Das tun wir auch. Raj hat einfach spontan vorbeigeschaut«, erwiderte Molly.

»Das glaube ich gern. Da wäre er auch nicht der Erste, oder?« Einen Augenblick lang fühlte Raj sich ziemlich schlecht, bis ihm etwas auffiel, das ihn tröstete. Molly war rot geworden. Hinter der äußeren Aufgedrehtheit fühlte sie sich offenbar doch ziemlich unsicher.

»Er ist ein neuer Freund von mir«, fügte sie rasch hinzu. »Wir rennen gemeinsam Hochzeitsgesellschaften hinterher.« Als Molly bemerkte, dass Raj sie forschend ansah, breitete sich von ihrem Hals aufwärts eine noch tiefere Röte aus und machte jeden Versuch, gelassen zu erscheinen, zunichte. Sie lief schnell zu ihrem Spiegel.

»Ich habe noch nicht mal Zeit gehabt, mir diese Schmiere abzuwischen. Also raus, alle beide. Fünf Minuten.« Sie griff zu Papiertüchern und Cremes und begann wie wild in ihrem Gesicht herumzufuhrwerken.

»Wir haben den Befehl verstanden«, sagte Bradley lachend und zog Raj mit vor die Tür, wo sich eine kleine Schar Fans versammelt hatte. Raj fühlte sich innerlich leer. Er blickte in Bradleys hübsches, zufriedenes Gesicht, der sich auf dem Gang nach Freunden umsah.

»Sie ist sehr gut, nicht wahr?«, sagte Bradley. Er redete in die Luft, als wäre diese Bemerkung für den Nächstbesten gedacht, dessen Ohren scharf genug waren, sie zu hören. Raj hörte ein leises Klicken hinter sich. Er drehte sich um und sah, wie die Tür der Garderobe sich einen Spalt öffnete und ein Stück von Mollys Gesicht sichtbar wurde. »Komm rein«, flüsterte sie. Der Spalt wurde ein wenig breiter, und er schlüpfte hinein.

Molly schloss die Tür, entfernte sich ein paar Schritte von ihm und lief, noch immer mit einem Kosmetiktuch zugange, auf und ab. »Was ist bloß los?«, seufzte sie. Plötzlich strömten ihr Tränen über die Wangen und hinterließen helle Spuren im Gesicht.

»Vielleicht melden sich Gefühle bei dir«, sagte Raj. »Das ist in Ordnung. Spul den Film einfach zurück. Es ist zehn Minuten früher, du freust dich, mich zu sehen, und ich bin aufgeregt, weil es tatsächlich dein Name war in der Zeitung, nachdem ich dich beinahe verloren hatte. Begreif doch, ich bin ein ganz normaler Mensch. Zumindest war ich normal. Ich habe diese Begegnung nicht geplant. Es war nicht meine Absicht hier reinzuplatzen, als dein Verlobter mit dir allein sein wollte.«

»Himmel, ich glaube dir nicht«, sagte Molly. Und dann, mit der einzigen Irrationalität, die das Leben lebenswert macht, küsste sie ihn. Es war nicht der längste oder innigste Kuss, den Raj jemals bekommen hatte. Einen tieferen Eindruck hinterließen ihre warmen Hände, und dass sie leicht taumelte, als sie hastig auf ihn zuging. Doch das, was er suchte, konnte er spüren – das Signal, dass Molly vielleicht ihm zugedacht war, und dass sie vielleicht mit ihm zusammen sein wollte.

»So«, sagte sie wie jemand, der soeben ein Gemälde vollendet oder die letzte Rate einer Rechnung bezahlt hat, nachdem sie sich von ihm gelöst hatte. »Wir sind beide impulsiver, als gut für uns ist, das für den Anfang. Ich hoffe, du entpuppst dich nicht als Katastrophe. Und er ist nicht mein Verlobter.«

Raj sah, dass Molly durch den Kuss ruhiger geworden war. Als heftig an die Tür geklopft wurde und Bradley den Kopf hereinstreckte, wirkte Molly wieder fröhlich und selbstbeherrscht. Hinter Bradley kamen, nachdem sie geduldig gewartet hatten, sechs Fans in die Garderobe, darunter einige Schauspielschüler. Zwei Mädchen besuchten, wie sich herausstellte, dieselbe Schauspielschule in TriBeCa wie Molly vor drei Jahren. Lob und Beifall sprudelten aus ihnen wie Leitungswasser. *Wunderbar, hinreißend, göttlich.* Solche Ausdrücke gehörten nicht zu Rajs Wortschatz, und er hatte nie erlebt, dass jemand damit um sich warf, außer im Fernsehen. Molly zeigte sich geduldig und liebenswürdig, unterhielt sich aufmerksam mit jedem und warf Raj nur hin und wieder einen kurzen Blick zu.

»Kennen Sie sie schon lange?«, fragte Raj Bradley, der von irgendwo eine bereits geöffnete und wieder verkorkte Flasche Wein herbeigezaubert hatte.

»Seit acht Jahren. Geben Sie mir doch ein paar von diesen Plastikbechern dort drüben«, fügte Bradley hinzu. »Am besten drei. Ich nehme an, Sie bleiben.« Raj fand die Becher und hielt sie Bradley hin, damit er eingießen konnte.

»Ich habe keine Ahnung von dem Ganzen«, sagte Raj.

»Oh, das sollten Sie aber!«, entgegnete Bradley. »Sie sind doch in Molly verknallt, oder? Dann ist es eine Vorbedingung.« Er hätte Raj damit zu verstehen geben können, dass er hier fehl am Platz sei, doch seine Stimme verriet so etwas wie amüsiertes Mitgefühl.

Raj warf einen Blick auf seine Uhr und wurde hektisch. »Ich muss jetzt gehen. Aber ich werde versuchen, wiederzukommen. Sagen Sie Molly, wenn sie warten kann, dass ich am Hintereingang sein werde.«

Ehe Bradley reagieren konnte, war Raj schon aus der Garderobe gerannt, ohne dass Molly etwas bemerkte, sie stand mit dem Rücken zu ihm. Er lief die dunklen Gänge entlang, vorbei an dem Wachmann. Im menschenleeren Foyer wartete Maya auf ihn.

»Hast du mich gesucht?«, fragte sie. »Ich dachte, du hättest Broadway-Seite gesagt. Was ist passiert?«

»Nichts. Nur ein kleines Durcheinander. Ich muss in die Klinik zurück, aber ich habe meine Schicht ein wenig verschieben können, damit ich dich noch sehen kann. Wie spät ist es jetzt?«

»Halb elf«, antwortete Maya.

»Das ist gut. Ich habe versprochen, um elf da zu sein. Ist es in Ordnung, wenn du allein nach Hause fährst?« Raj wusste, dass Maya nichts dagegen haben würde. Während sie ihm einen Abschiedskuss gab, dachte sein Kopf bereits über den kürzesten Weg zum Hintereingang nach. Keine Schuldgefühle, keine Gewissensbisse wegen der Lüge überkamen ihn. Selbst als Maya sicher im Taxi saß und er loslief, um sich mit Molly zu treffen, empfand Raj sein Verhalten nicht als Betrug. Leidenschaft ist kein vernunftbegabtes Tier.

Bradley und Molly warteten vor dem Bühneneingang auf ihn. »Ich weiß, es ist spät«, sagte Molly, »aber ich muss jetzt unbedingt noch ein Reuben-Sandwich essen. Hat sonst noch jemand Hunger?«

»Ich mische guten Wein lieber nicht mit Pastrami«, erklärte Bradley und hob bekräftigend den Plastikbecher, den er noch immer in der Hand hielt. Als sie allein waren, sagte Molly zu Raj: »Komm, lass uns zu Fuß gehen. Du brauchst frische Luft.« Und so machten sie sich in der sommerlichen Schwüle, deren Feuchtigkeit auf den Fenstern von Geschäften und Cafés kondensierte, auf den Weg zur Eighth Avenue mit ihren rund um die Uhr geöffneten Sandwichbars. Eine ganze Weile sagte keiner der beiden ein Wort.

»Eigentlich bist du im Moment perfekt«, murmelte Molly

dann. »Wenn ich überhaupt nichts mehr über dich erfahren würde, wäre alles viel ungefährlicher. Mit ›perfekt‹ meine ich, dass du ein vollkommen Fremder bist, die Art, wie du einfach deinen Gefühlen gefolgt bist und mich erobern wolltest.«

»Mir wird komisch bei dem Gedanken, wie es weitergehen soll«, sagte Raj.

Molly lächelte. »Ich weiß nicht, was du dir vorgestellt hast. Vielleicht würdest du jetzt lieber abhauen. Sag es mir einfach.«

»Nein, ganz sicher nicht«, erwiderte Raj mit fester Stimme.

»Komm her«, sagte Molly, hob die Hand und berührte seine Wange.

»Nur ein sehr ungewöhnlicher Mensch tut, was du getan hast«, sagte sie sanft. »Ich lebe nicht hinter dem Mond. Ich weiß, wie schwierig das war. Aber vielleicht sollte ich mir Sorgen machen.«

»Ich wollte niemanden verletzen. Das war nicht meine Absicht«, erwiderte Raj. »Ich kann nicht erklären, warum ich dich so toll finde.«

Molly lachte geschmeichelt und ein wenig verlegen. »Du klingst wie ein kleiner Junge, der mein Tagebuch gelesen hat.«

Dem wollte Raj nicht widersprechen. Doch es würde ihn nicht weiterbringen, wenn er zu ihren Füßen dahinschmolz. Molly las seine Gedanken. »Wenn du so bleibst, wie du in diesem Augenblick bist, hält es mit uns keine zwei Wochen, aber wo kann es hinführen?«, fuhr Molly fort.

»Ich habe keinen Plan in der Tasche. Wir müssen es einfach herausfinden«, antwortete Raj.

Mit einem Seufzer ergriff Molly seinen Arm. »Pläne sind nutzlos«, sagte sie. »*Hör zu, handle, fühle.* So findest du deinen Weg.« Von den Gehsteigen stieg noch immer die Hitze des Tages auf, und die feuchte Luft trug üble Gerüche aus den engen Seitengassen heran, doch Raj fühlte sich wie nach einem mühsam errungenen Sieg – erschöpft, aber glücklich.

Als sie bei dem Lokal mit den guten Pastrami-Sandwiches ankamen, war Raj zu müde, um etwas zu essen. »Darf ich dir einfach zusehen?«, fragte er. Auf eine solch demütig-schlicht vorgebrachte Bitte war Molly nicht gefasst. »Du hast so viel Vertrauen zu mir. Vielleicht finde ich bald heraus, dass du auf diese Weise ein Dutzend Mädchen herumgekriegt hast.«

»Nein, mach dich nur nicht zu sehr über mich lustig.«

»In Ordnung, bleib sitzen und sieh mir zu, wie ich esse, aber dann solltest du Druck ablassen«, sagte sie. »Und ich bin ein wenig müde und nervös. Ich brauche ein schönes Fußbad und muss nachdenken. Können wir in ein paar Tagen noch mal einen Versuch machen?« Raj nickte widerstrebend.

»Schau nicht so ängstlich«, schloss Molly. »Vielleicht sage ich Ja.«

Raj fand sich in einer neuen Realität wieder – verwirrt, aufgeregt und angespannt. Seine Beziehung mit Maya führte er fort. Sie gingen abends miteinander essen, so oft es ihre Zeit erlaubte, und Maya schlief bei ihm, wenn Raj zweimal im Monat einen freien Tag herausschinden konnte. Doch auch sein und Mollys Leben begannen sich zu verflechten. Nach jenem ersten Abend erwähnte sie Maya nie mehr, und sie achtete sehr darauf, dass Raj immer frühzeitig wusste, wann sie keine Vorstellung hatte. Es kam selten etwas dazwischen; meistens stahlen sie sich nachmittags ein paar gemeinsame Stunden.

»Ich frage mich, warum wir zusammen sind«, sagte Molly einmal an einem Sonntag, als sie sich entspannt auf einer Parkbank ausgestreckt hatte. »Was hat mich dazu gebracht, mit dir aus der U-Bahn auszusteigen? Die Hochzeit hatte ich ohnehin schon versäumt.«

»Ein spontaner Impuls«, meinte Raj. »Das hast du selbst gesagt.«

»Das ist die amerikanische Erklärung«, erwiderte Molly. »Irgendetwas läuft zwischen uns, und wir wollen beide herausfinden, was es ist. Ich möchte nicht voreilig ein Wort wie ›Liebe‹ in den Mund nehmen. Nicht jetzt, und nicht zu schnell.«

»Ich bin ganz deiner Meinung«, stimmte Raj zu. »Außerdem, wenn jemand sagt ›Ich liebe dich‹, gibt der andere es fast automatisch genauso zurück. Es verliert dadurch.«

»Ich weiß, erwiderte Molly. »Es sollte etwas bedeuten.«

»Welches Wort schwebt dir dann vor?«, fragte Raj.

»Das Wort, das dir gerade in den Sinn kommt, aber du sollst es nicht aussprechen.«

»Ah, ein Rätsel«, sagte Raj. »Ich mag Rätsel.« Und er fragte sich, während er noch lächelte, ob das wirklich stimmte.

Als sie ihn zum ersten Mal in seinem Apartment besuchte, schaute Molly neugierig in seinen Kühlschrank, während er im Wohn- und Esszimmer eine passende Jazzmusik heraussuchte.

»Was ist das?«, fragte sie verwundert und starrte auf die oberen Etagen. »Das sieht ja aus wie eine kleine Armee.« Fein säuberlich nach der Größe geordnet standen dort zahlreiche kleine, in Folie gewickelte Plastikbehälter.

»Essen für eine Woche«, antwortete Raj. »Spaghetti marinara, Kohlsalat und Instant-Bananenpudding.«

Sie rümpfte die Nase. »Du ernährst dich also hauptsächlich von kaltem Kohl, matschigen Nudeln und künstlich aromatisiertem Zeug.«

Raj trat neben sie und schloss die Kühlschranktür. »Ich muss eben gut organisiert sein, und die Zeit, die ich mit Kochen oder Essen gehen spare, kann ich nutzen, um Fachzeitschriften zu lesen oder mich auszuruhen.« Es ärgerte ihn, dass sie nicht begriff, unter welchem Druck er beruflich stand. »In meiner ersten Woche als ›Arzt im Praktikum‹ bekam ich die Nachtschicht auf einer kardiologischen Station am Veteran's Hospital zugeteilt, einem riesigen Kasten in Queens, und das bedeutete achtzig herzkranke Patienten, deren Leben von mir abhängen konnte. Außerdem musste ich die Krankenakten auf dem neuesten Stand halten, und von Mitternacht bis sechs Uhr morgens war ich auch für die Notaufnahme zuständig. In den ersten vier Stunden habe ich zwei Herzinfarkte gehabt, ein blutendes Magengeschwür, eine Diabetikerin mit einem Insulinschock, die jeden Moment ins Koma fallen konnte, und einen Mann, der sich entweder beim Rasieren geschnitten hatte oder Selbstmord begehen wollte. Es gibt nicht viele Männer, die um zwei Uhr morgens beschließen, sich gründlich zu rasieren. Kein Patient starb während meiner Schicht, was an ein Wunder grenzte, und als ich auf meine schmale Metallliege in irgendeinem winzigen, dunklen Zimmer fiel, den man zum Ruheraum für Praktikanten umfunktioniert hatte, konnte ich immer nur eines denken: *Gestern war ich noch Student.* Es macht dich fertig, wenn du unvorbereitet eine derart große Verantwortung aufgezwungen bekommst, und du machst dir vor Angst in die Hose.«

Molly sah beeindruckt aus. Als er sie später nach Hause brachte, küsste Raj sie sanft und sagte: »So etwas wie zwischen uns habe ich noch nie erlebt. Ich komme mir vor, als würde ich neben mir stehen und mich beobachten. Als würde ein anderer sich bewegen und reden. Es ist seltsam.«

Eine andere Frau hätte vielleicht gedacht, er wolle sich zurückziehen, aber Molly begriff sofort, um was es ging. »Ich weiß genau, was du meinst. Das ist mein Leben. Ich fühle mich jeden Abend so, wenn ich auf die Bühne gehe. Ich sehe *ihr* zu, und sie ist so gut, so selbstsicher. Manchmal wünsche ich mir, ich könnte sie überhaupt alles tun lassen.«

»Würde sie jetzt auch eine Rolle spielen«, fragte Raj.

»Das meine ich nicht. Wenn du dir selbst zusehen kannst, dann weißt du, dass es nur eine Rolle ist. Die meisten Menschen wissen das nicht. Sie verfangen sich derart in ihrer Rolle, dass sie sie für real halten. Aber wenn du dich selbst beobachten kannst, dann ist das, als wärst du frei, findest du nicht?« Molly hatte zwar ihre Bühnen-Persona schon einmal als *sie* bezeichnet, doch so hatte sie noch nie über diese Dinge geredet. Es war *sie*, die auf der Bühne Fliederduft verströmte und sich mit gekonnter Grazie bewegte. Molly selbst war ein anderer Mensch; sie musste man getrennt von dem, was man sah, kennen lernen.

Als sie vor Mollys Wohnungstür standen, verspürte Raj das Bedürfnis, ihr von einer der seltsamsten Geschichten in seiner Familie zu erzählen. Daddy-ji hatte einen älteren

Bruder mit Namen Girish. Niemand sprach von ihm und wenn, dann in einem Ton, wie man von einem Toten redet. Als Raj fünfzehn war, reiste Daddy-ji einmal überstürzt nach Indien, weil seine Mutter schwer krank war. Die Krankheit hätte ihren Tod bedeuten können, doch sie wurde wieder gesund, und als Daddy-ji nach Hause zurückkehrte, nahm er als Erstes ein Bild von Girish aus seinem Koffer und stellte es auf den Kaminsims, wo alle anderen Familienfotos ihren Platz hatten.

Amma wunderte sich sehr, dass der Bruder gewissermaßen wieder in den Stand der Ehrbarkeit versetzt wurde. »Der Junge ist alt genug, er kann ruhig alles hören«, meinte Daddy-ji. Die drei ließen sich auf Sitzkissen vor dem Familienschrein nieder. »Mein Bruder war verloren für uns, aber du weißt nicht, warum«, sagte er zu Raj. »Nun sollst du es erfahren.«

Girish war, wie sich herausstellte, bei schweren Gefechten in Kaschmir verwundet worden und hatte im Lazarett neben einem muslimischen Feldwebel gelegen, der in der indischen Armee diente und in derselben Region in ein Granatfeuer geraten war. Die beiden Männer wurden Freunde und später, als sie aus dem Lazarett entlassen waren und sich am Stadtrand von Jabalpur nahe der Kaserne niederließen, auch Nachbarn.

»Dieser Feldwebel hatte eine schöne Frau«, fuhr Daddy-ji fort. »Girish schenkte ihr keine Beachtung. Sie brachte ihnen Minztee oder Kebab, dann verschwand sie wieder, wie es der Brauch ist. Ich glaube kaum, dass mein Bruder sie mehr als ein Mal unverschleiert gesehen hat. Doch eines Tages bekam ich ein Telegramm, dass er mit ihr fortgegangen war. Einfach so. Der Ehemann tobte, und dann weinte er drei Monate. Lange Zeit hörte niemand etwas von den beiden, bis mein Bruder in Poona auftauchte, um einen Gehaltsscheck einzulösen. Und selbst dann hatte er nichts zu sagen, außer dass sie zusammen waren.«

»Wann war das?«, fragte Raj.

»Du Glücklicher warst noch gar nicht auf der Welt«, erwiderte Daddy-ji.

Der Skandal spaltete die Familie. Die beiden Brüder sprachen nicht mehr miteinander, und Girish hörte praktisch für zwei Jahrzehnte auf zu existieren. Bis ihre Mutter sterbenskrank wurde und Girish befürchtete, dass er Daddy-ji vielleicht nie mehr wieder sehen würde.

»Eines Abends fing mich mein Bruder vor dem Haus deiner Großmutter ab. Er hatte unter dem Vordach gewartet. Ich versuchte ihn abzuschütteln, doch er hielt mich eisern fest. Er hatte lange Zeit stumm gelitten.«

Es war eine sehr seltsame Geschichte, die Daddy-ji sich nun von der Seele redete. Alles begann damit, dass Yasmin, die Frau des Feldwebels, eines Tages überraschend bei Girish vor der Tür stand. Sie war zwar verschleiert, aber trotzdem war ihm nicht wohl bei dem Gedanken, sie in sein Haus zu lassen. Doch sie bat ihn so flehentlich, dass er schließlich beiseite trat. Alle islamischen Anstandsregeln missachtend, entblößte Yasmin ihre Schulter. »Siehst du das?«, sagte sie. Dann zeigte sie ihm ihren rechten Arm. An beiden Stellen war eine kleine rote Pustel zu sehen, nicht größer als ein Pickel.

»Sie tun so weh«, jammerte Yasmin.

Girish schwitzte Blut und Wasser. Er fragte die Frau seines Nachbarn, was diese Pusteln mit ihm zu tun hätten, und Yasmin sagte, dass sie einen Traum gehabt habe. »Ich habe geträumt, dass du sie berührt hast, und sie sind verschwunden. Überall am Körper habe ich solche Pusteln, und ich leide schreckliche Qualen«, erzählte sie unter Tränen. Es war nichts zu machen. Sie wollte einfach nicht gehen, und obwohl Girish dachte, dass sie entweder verrückt oder von einem Dämon besessen sein müsse, berührte er ihre Schulter und den rechten Arm.

»Wie seltsam«, sagte Amma, doch sie schien etwas zu verstehen, das Raj nicht erfassen konnte.

»Mehr als seltsam«, meinte Daddy-ji. »Am nächsten Tag kam diese Yasmin überglücklich wieder. Wundersamerweise waren alle Pusteln an ihrem Körper verschwunden. Sie ließ vor Girish ihre Kleider fallen, und jeder Zentimeter Haut war makellos rein. Am nächsten Tag gingen sie zusammen fort und überließen den Feldwebel seinem Zorn und seinen Tränen.«

Raj verstand nicht, warum Girish nun wieder wohlgelitten war, da seine Beichte diese Flucht nur noch skandalöser machte. Erst Jahre später erzählte ihm Daddy-ji den Rest. »Mein Bruder ist nicht abergläubisch, doch als er Yasmins nackten Körper sah, verliebte er sich. Nicht in die Frau, sondern in ihre Seele. Er war zutiefst überzeugt, dass zwei Seelen durch ein Wunder vereint werden können, und so hatte er keine andere Wahl, als sein Schicksal anzunehmen und mit ihr fortzugehen.«

Dieses Wunder schließlich konnte Rajs Familie akzeptieren. Es brachte seinen Onkel zu den Lebenden zurück.

»Warum denkst du gerade jetzt an diese Geschichte?«, wollte Molly wissen.

»Weil Girish Yasmin erst zu lieben begann, als er ihre Seele erkannte. Er muss genau das Gefühl gehabt haben, über das wir gerade sprachen, wenn man sich gewissermaßen von oben selbst zusieht und nicht mit der Rolle identisch ist, die man spielt. Er war außerhalb seiner selbst, wie in Yasmins Traum.«

Molly fand die Geschichte seltsam und schön zugleich. »Wir sollten alle in dieser Weise voneinander träumen. Jede Liebe sollte mit einer Berührung beginnen, die man unbedingt braucht.« Raj ging es mit Molly ebenso, und deshalb empfand er diesen Moment als den Zeitpunkt, an dem sie eins zu werden begannen.

Ein paar Tage später kamen sie wieder auf die Geschichte zu sprechen. »Ich glaube, dein Vater hat etwas unterschlagen«, sagte Molly. »Wollte Girish denn nicht mit Yasmin schlafen, als sie ihm ihren Körper zeigte?«

»Vermutlich konnte er seine Hände nicht bei sich behalten«, lachte Raj. »Das wäre wieder die amerikanische Version.«

Bald darauf sah er Molly zum ersten Mal nackt. Es geschah nicht an dem Abend, als sie seinen Kühlschrank inspiziert hatte. Eine Woche später führte er sie den schmalen, schlammbraun gestrichenen Flur, den er immer noch nicht neu angemalt hatte, entlang zu seinem Schlafzimmer, dessen wellige Jalousie die Neonreklame für Budweiser Bier vom Lokal gegenüber kaum abschirmte. Beide waren müde, aber ziemlich aufgekratzt nach einem Kinofilm, der ihnen sehr gefallen hatte.

Er fragte nicht: »Bist du sicher?«, und sie sagte ihm nicht, was er tun solle. Sie überwanden den heiklen Teil mit Lachen und Zuneigung; es war ihnen ernst mit der Entscheidung zu diesem Schritt, und es herrschte stillschweigende Einigkeit zwischen ihnen, dass Sex keinerlei Versprechen bedeutete. Raj war ungeheuer erleichtert, dass Molly überhaupt ein erotisches Verlangen nach ihm zeigte. Sie stand neben dem Bett und zog jedes Kleidungsstück so bedachtsam aus, als wäre es eine Schuluniform, die am nächsten Morgen kein Fältchen aufweisen durfte. Als sie ihren Rock auf den einzigen Stuhl im Zimmer zurechtlegte, lachte sie leise.

»Was ist?«, fragte Raj, der bereits entkleidet auf dem Bett saß, auf sie wartete und ihr langsames Ritual genoss.

»Ein Mann sollte niemals sehen, wie eine Frau sich aus der Strumpfhose schält. Das ist fast so unsexy wie die Wanderstiefel auszuziehen.«

»Den Mann vor dir stört es nicht.«

Raj streckte seine Hand nach ihr aus, Molly ergriff sie und kam näher. Als er sie küsste, zuckte ein Muskel in ihrer Wange, und Raj begriff, dass sie mit ihrer nervösen Bemerkung keineswegs beabsichtigt hatte, eine Distanz zu ihm zu schaffen, aber auch nicht, sich bewusst zu machen, dass sie mit ihm intim werden wollte. Molly hatte einfach nicht besonders viel Erfahrung, und sie befand sich in einem fremden Schlafzimmer.

Er bemühte sich, aufmerksam und sanft zu sein, und als der Moment kam, alles zu vergessen, gaben sich beide der innigen Umarmung hin. Es erregte ihn zu spüren, dass sie sich ihm endlich körperlich öffnete, so, wie es hoffentlich bei ihrem ersten Kuss gewesen war.

Doch wenig später, als er zu ihr hinüberlangte, um sie erneut zu streicheln, rückte Molly ein Stück von ihm ab und sagte mit einer Stimme, deren Gelassenheit ihn beunruhigte, dass sie gehen müsse.

»Warum?«, sagte er. »Wir sind doch beide gekommen, oder?«

»Frag nicht«, sagte sie fast flüsternd. Molly sah gequält aus; es war das erste Mal, dass er etwas sagte, was sie enttäuschte. Er wollte sich entschuldigen, doch als Molly aufgestanden war, wurde sie wieder fröhlich und liebevoll und beugte sich, während sie ihr Top überstreifte, tief über das Bett, um ihn zu küssen. Sie bat ihn, sie nicht zur U-Bahn zu begleiten, und als sie die Tür hinter sich schloss, überkam Raj eine tiefe Nachdenklichkeit. Doch das Zimmer war nicht leer. Molly war noch immer da, ohne anwesend zu sein. Ob sie es wohl auch so empfand, überlegte Raj. Würde er bei Molly sein, wenn sie ihr leeres Apartment betrat?

3

Früh am Morgen, nachdem Molly gegangen war, läutete das Telefon. Raj lag noch im Bett – es war erst sechs Uhr –, war jedoch bereits wach und hing seinen Gedanken nach. Er nahm ab und flüsterte: »Es war wunderschön, weißt du das?«

»Raj?« Die Stimme am anderen Ende gehörte Maya. Die Worte blieben ihm im Hals stecken, sein Herz pochte so heftig, dass es ihm in den Ohren dröhnte.

Schließlich murmelte er: »Habe ich etwas Seltsames gesagt? Ich war noch am Schlafen.«

Zuerst kam keine Antwort, und als Maya wieder zu sprechen begann, klang ihre Stimme aufgeregt. »Meine Eltern sind gestern Abend Hals über Kopf nach Indien geflogen. Mein Großvater hat einen Autounfall gehabt, es kann sein, dass er stirbt.«

Es war Baba, der Großvater, der ihr am nächsten stand, der ihr Spielsachen geschenkt hatte, die sie noch immer in einer besonderen Schublade aufbewahrte. »Ich bin gleich bei dir«, sagte Raj.

Maya öffnete im Bademantel. Sie sah blass aus, bemühte sich jedoch, nicht zu weinen. »Ich sollte bei ihm sein, aber es geht nicht, wegen der Schule und meinem Job. Gestern Abend dachte ich, es würde mir nichts ausmachen, wenn meine Eltern wegfahren, aber jetzt fühle ich mich schrecklich allein«, sagte sie.

Raj zog sie zum Sofa, um sie zu trösten. »Vielleicht wird er wieder gesund. Denk nicht gleich an das Schlimmste.«

»Nein, irgendetwas stimmt nicht. Nicht nur mit Baba, mit dir«, fuhr Maya zögernd fort.

Raj blieb vor Schreck fast das Herz stehen. »Mit mir? Was meinst du?«, sagte er.

»Weißt du es denn nicht?«, fragte Maya.

»Nein, ich habe keine Ahnung. Sag es mir.« Raj überlegte fieberhaft, mit welchem Stichwort er Mayas Aufmerksamkeit von sich ablenken könnte, aber ihm fiel nichts ein.

»Ich habe das Gefühl, du willst gar nicht mit mir zusammen sein, und wenn du da bist, bist du trotzdem irgendwo anders«, sagte Maya und begann zu weinen, als endlich heraus war, was sie nicht einmal sich selbst hatte eingestehen wollen.

»Red keinen Unsinn«, entgegnete Raj, und diese Bemerkung schien Maya noch mehr zu verletzen.

»Das ist kein Unsinn«, sagte sie. »Es ist sehr schwer für mich. Ich liebe dich.«

»Ich liebe dich auch. Wir werden bald heiraten, und da tauchen solche Zweifel einfach auf«, erwiderte Raj. Die Objektivität in seiner Stimme stärkte sein Selbstvertrauen. »Derartige Gefühle sind vollkommen normal. Das Unbewusste versucht dadurch die Ängste zu bewältigen, die mit einem solchen Schritt verbunden sind.«

»Glaubst du wirklich?«, fragte Maya und wischte sich die Augen.

Raj zog sie fester an sich. »Ja, das tue ich. Manchmal überfallen uns eben Ängste und Zweifel, das ist alles.«

Es dauerte eine Weile, aber dann fühlte Maya sich langsam besser. Sie trocknete sich die Augen mit einem Papiertaschentuch, ihr Gesicht war verquollen vom Weinen und nicht geschminkt. »Ich hole dir etwas zu Trinken«, sagte sie.

»Nein, bleib sitzen«, erwiderte Raj. »Ich bringe dir eine Tasse Tee.«

Als sie den Tee halb ausgetrunken hatte, bat Maya Raj, sie fest in den Arm zu nehmen. Sie war die ganze Nacht wach gewesen, und so schlief sie, an Raj gekuschelt, bald ein. Er spürte, wie ihr Atem langsam ruhiger wurde. Schreckliche Gewissensbisse quälten ihn, aber gleichzeitig fühlte er sich hilflos. Er hatte Maya nicht das Geringste vorzuwerfen, sie wollte nichts anderes, als ihn glücklich machen. Warum betrog er sie dann? Hätte er vor Gericht gestanden, er hätte keine schlüssige Verteidigung zustande gebracht. Er betrog sie nicht aus Lust am Abenteuer, oder weil er jemand suchte, der ihn besser verstand. Es war auch nicht der Reiz der Heimlichkeit. Er hegte keinen Groll gegen Maya, es gab nichts, das ihn an ihr geärgert hätte. Zu behaupten, er liebe sie nicht, wäre eine Lüge gewesen. Er wusste, dass er sie liebte.

Raj griff zur Fernbedienung, stellte den Ton am Fernseher ab und starrte geistesabwesend auf den Bildschirm; sein Gewissen ließ ihm keine Ruhe. Die CNN-Nachrichten liefen wie ein zusammenhangloser Film vor ihm ab. In Haiti war ein Schulbus von der Straße abgekommen und umgestürzt. Vor dem Weißen Haus protestierten Abtreibungsgegner. In irgendeinem Land ohne Hoffnung rannten verängstigte Kinder eine Straße entlang auf der Flucht vor lautlosen Bomben und Maschinengewehren.

»Ich muss gehen«, flüsterte Raj, als er spürte, dass Maya sich bewegte. Sie musste den Eindruck haben, dass er zur Arbeit ging, als er sie verließ. Das stimmte jedoch nicht. Raj verbrachte den Tag in der Stadt und erledigte alle möglichen Dinge. Anschließend ging er ins Kino. Er rief weder Maya noch Molly an.

Es dämmerte bereits, als Raj nach Hause kam. Er zog sich rasch um und nahm dann den Bus zum »Heartbreak House« – Mollys Spitzname für die psychiatrische Abteilung, in der Raj arbeitete, und sie hatte Recht. Es war tatsächlich ein Hort der Traurigkeit. Offiziell hieß der Trakt Jacob and Enid Seckler Pavillon. Der Name klang nach Badehütten um einen Swimmingpool und Espresso-Bar. Dem war nicht so. Ein heiter wirkender, rundum verglaster Aufenthaltsraum und rot gemusterte Teppiche können keine Wunder wirken. Als Raj im sechsten Stock aus dem Aufzug trat, schlug ihm das vertraute Elend wie ein Schwall giftiger Fabrikdämpfe entgegen.

Vor dem Aufzug drückte sich ein untersetzter, kahlköpfiger Mann herum, um den Nächstbesten abzufangen. »Ich habe Schmerzen, ich brauche mehr von dem Zeug«, jammerte er. Raj erkannte ihn; es war ein depressiver Langzeitpatient, der ziemlich häufig Selbstmordversuche unternahm, um ins Krankenhaus zu kommen. Er hatte eine ausgeprägte Tendenz zur passiven Aggression.

Eine der Krankenschwestern kam herbeigelaufen. »Wir haben alle Schmerzen, Mr. Morgenstern. Bitte stellen Sie sich wieder an.« An der Schwesternstation wurden zweimal täglich Medikamente ausgegeben. Im Moment formierte sich die Schlange zum Neunzehn-Uhr-Ritual.

Mr. Morgenstern blieb stur. »Sie geben mir nicht, was mein Doktor mir verordnet hat. Ich habe ihm gesagt, dass ich Schmerzen habe, und er hat gesagt, ich könnte mehr von dem Zeug haben.«

»Stellen Sie sich erst einmal an«, sagte Raj. »Ich werde mir Ihre Krankenakte so bald wie möglich ansehen.« Er folgte Mr. Morgenstern, der sich widerstrebend wegführen ließ, in die Abteilung.

»Du bist früh dran«, sagte Mona. »Heute Abend ist es ziemlich ruhig. Soll ich dir etwas zu trinken holen?«

»Nein, vielen Dank«, erwiderte Raj. Mona, Katholikin, eine freundliche, hilfsbereite junge Frau Anfang zwanzig, hatte ihr großes Tablett mit Medikamenten vor sich. Eigentlich arbeitete sie nicht gern mit geistig und psychisch Kranken; sie fühlte sich am nützlichsten, wenn sie ihre Medikamente ausgab. Auf dem Tablett standen weiße Pappbecher aufgereiht, jeder gefüllt mit einer Basisdosis Magnesiamilch und Seconal. Die Patienten hatten immer eine schlechte Verdauung, und die Schlaftablette kam dem Personal ebenso zugute wie ihnen. Zusätzlich enthielten die meisten Becher Psychopharmaka zur Behandlung verschiedener seelisch-geistiger Erkrankungen.

Zu den Patienten, die ziellos um Mona herumwanderten, zählten etwa gleich viele Männer und Frauen jeden Alters. Nur wenige freundeten sich mit jemandem an; die meisten verurteilten ihre Krankheit zu mehr oder weniger rigorosem Einzelgängertum.

»Diese Pille ist Rattengift«, murmelte eine Frau und starrte in den Becher, den Mona ihr reichte. »Sie haben sie mir untergeschoben, das weiß ich. Aber das Gift schadet mir nicht, ich bin dagegen geschützt«, fuhr sie fort und beschrieb mit ihrer freien Hand einen magischen Kreis um den Becher.

»Schön, Frances«, sagte Mona. »Der Doktor wird das

sicher berücksichtigen, wenn er später Ihre Krankenakte durchsieht.«

Mit dem Doktor meinte sie Raj, der für die Station verantwortlich war, solange er Bereitschaftsdienst hatte. Es galt die feste Regel, dass ins Krankenhaus eingewiesene Patienten nicht mehr direkt von einem niedergelassenen Arzt außerhalb betreut wurden. Sie befanden sich dann in der Obhut der Psychiatrie, und das bedeutete, dass Raj bei ihrer Behandlung mehr zu sagen hatte als der ursprünglich behandelnde Arzt. In der Praxis jedoch änderte er kaum einmal die Medikation oder vermerkte neue Anweisungen auf dem Krankenblatt, es sei denn, der Patient entwickelte eine starke allergische Reaktion oder wurde zu einer Gefahr für sich selbst. Im Normalfall brauchten die Patienten vor allem einen sehr gut ausgebildeten, einfühlsamen, verständnisvollen, niemals gelangweilten und stets engagierten Babysitter.

»Hallo, Ira, wie geht es Ihnen?«, fragte Raj einen der älteren Männer, einen klapperdürren Psychotiker, der sich immer heftig gegen die Einweisung wehrte, wenn die Familie bei einem akuten Schub nicht mehr mit ihm zurechtkam und ihn ins Krankenhaus brachte.

»Beschissen, und es wird mir nicht besser gehen, solange niemand auf meinen richtigen Doktor hört, statt nach der Pfeife eines Anfängers wie Ihnen zu tanzen.«

Wenn er nicht verrückt spielte und in Geschäften fremde Menschen anschrie, zeigte Ira sich sehr abhängig. Er ärgerte sich fürchterlich, dass Dr. Schiff, ein Assistenzarzt im dritten Jahr, zum psychoanalytischen Institut gewechselt und ihn allein gelassen hatte. Er attackierte jeden neuen Arzt, der ihn betreute, auch wenn ihm hundertmal versichert wurde, dass er in guten Händen sei.

»Lassen Sie mich einen Blick auf meinen Arbeitsplan werfen, vielleicht können wir uns heute Abend unterhalten«, sagte Raj. »Ihr Fall ist sehr interessant.« Er sprach damit eine magische Formel aus, die nie ihre Wirkung verfehlte.

Iras mageres Gesicht hellte sich auf. »Her damit«, blaffte er Mona an und griff nach dem Pappbecher, den sie ihm entgegenhielt. »Darauf können Sie Ihr Haus verwetten, dass mein Fall interessant ist. Ich weiß, dass Dr. Schiff eine Menge dazu zu sagen hatte.« Tatsächlich war Norm Schiff so schnell gegangen, dass er nur wenige abschließende Notizen über seinen Patienten hinterlassen hatte, doch Raj lächelte und nickte. »Wir sprechen miteinander«, sagte er und bedachte die anderen Patienten mit einem freundlichen und interessierten Blick, ein automatischer Reflex, der ihnen signalisierte, dass er niemanden bevorzugte. Alle wollten dieses eine Gut haben, das kostbarer ist als Gold: Zuwendung.

An der Schwesternstation sah Raj noch zwei weitere Schwestern sitzen. Die eine schrieb an Tagesberichten für die Teambesprechung, die regelmäßig donnerstags stattfand; die andere las einen Liebesroman. Beide blickten auf, als sie seine Stimme hörten, doch Raj ging schnellen Schrittes weiter, ehe sie ihn in ein Gespräch verwickeln konnten.

»Machen Sie sich doch nicht so rar!«, rief ihm eine der Schwestern nach.

»Der hat doch eine knackige Figur, findest du nicht?«, sagte die andere, eine allein erziehende Mutter namens

Joanie, die mit solchen Anspielungen nie hinter dem Berg hielt, zu ihrer Kollegin. Joanie fand nämlich, dass Hemmungen auf einer psychiatrischen Station unangebracht waren. Ihre Flirtversuche schmeichelten Raj und machten ihn gleichzeitig ein wenig verlegen, doch er hatte nur Molly im Kopf und wollte deshalb nicht auf ihre Bemerkung reagieren. Joanie hatte schon mehr als einem Jahrgang von Praktikanten Trost gespendet. Problematisch wäre es nur gewesen, wenn jemand bei den Gruppensitzungen getratscht hätte.

Raj ging in sein kleines Büro und schloss die Tür. Von den beiden Frauen in seinem Leben kam ihm spontan immer wieder eine in den Sinn, und das war Molly. Auch jetzt musste er an sie denken. Reflexhaft griff Raj zum Telefon und wählte Mayas Nummer.

»Geht's dir besser?«, fragte er. »Gibt es etwas Neues von Baba?«

»Nein. Ich bin so deprimiert. Wie war's bei der Arbeit?«, fragte Maya mit matter Stimme zurück.

»Ich bin noch im Krankenhaus. Mich hat eine Doppelschicht erwischt«, log Raj.

Sie tauschten noch ein paar mitfühlende Sätze aus, dann hängte er ein. Ob aus schlechtem Gewissen oder Unsicherheit – Molly rief er nicht an. Selbst nach einigen Wochen war ihm noch nicht klar, welches Maß an Nähe sie akzeptieren würde. Wie seltsam, dass das kostbare Gut, von dem Rajs Patienten gar nicht genug bekommen konnten, bei ihr vielleicht nicht willkommen war, sie vielleicht abschreckte oder verärgerte. In der Psychiatrie ist Liebe ein Problem, weil alles ein Problem ist. Die Kollegen von der Station würden bei der nächsten Gruppensitzung am Freitag sehr genau darauf achten, ob er irgendwelche Veränderungen im Verhalten zeigte. Sollte Raj nicht eindeutig Stellung beziehen, weil seine Gedanken von dem Fall, den sie gerade besprachen, abschweiften, würde jede seiner Äußerungen und Verlegenheitsgesten von der Tischrunde interpretiert werden, schweigend oder laut ausgesprochen. Das hätte Raj nicht gestört, wenn er nicht etwas zu verbergen gehabt hätte. Er hatte schon ein Dutzend sehr private Dinge über Maya erzählt. Der Pavillon war eine eigene Welt, für die er sich freiwillig entschlossen hatte. Was aber nicht hieß, dass er ihnen als Nächstes Molly zum Fraß hinwerfen würde, nicht solange er sie schützen konnte.

Es klopfte leise an der Tür, und Habib streckte den Kopf herein. »Ich habe deinen Namen auf dem Dienstplan gesehen«, sagte er. »Wie geht's? Mich beschäftigt noch immer die Geschichte, die du mir erzählt hast. Von dem Mädchen in der U-Bahn.«

»Von wem?«, fragte Raj zurück. Er erinnerte sich nicht mehr daran, dass er Habib von der Episode mit der Rothaarigen im Hochzeitskleid erzählt hatte, als es noch ebendas gewesen war – eine Episode.

»Du solltest mir ein Rendezvous mit ihr arrangieren. Ich bin für alles offen. Ehrlich gesagt, bricht bei mir langsam der Notstand aus«, sagte Habib. »Sie ist Schauspielerin, oder?«

»Ich glaube nicht, dass eure Arbeitszeiten sonderlich gut zusammenpassen«, entgegnete Raj. Habib, ein Saudi aus wohlhabender Familie, war Assistenzarzt im ersten Jahr, Raj also ein Jahr voraus. Sein Praktikum nach dem Studium an der Tufts University hatte er im Beth Israel abgeleistet, einem der renommiertesten Krankenhäuser in Boston. Er hatte eine draufgängerische Art, war aber ein kluger Kopf.

»Die einzigen Ladys, deren Arbeitszeiten sich mit unseren vereinbaren lassen, schmoren schon in der Hölle«, erwiderte Habib gut gelaunt.

»Es würde nicht funktionieren«, sagte Raj.

Habib sah ihn scharf an. »Habe ich da was nicht mitgekriegt?«, fragte er. Von einem Psychiater in der Ausbildung wurde erwartet, dass er seine Kollegen auf der Station wie Familienmitglieder behandelte. Diese Art zwangsweiser Intimität soll Vertrauen und Offenheit entwickeln helfen. Im Moment empfand Raj jedoch kein besonders großes Vertrauen.

»Es gibt nichts zu beichten«, entgegnete er, seine ausweichende Antwort sorgfältig abwägend. »Ich habe ihre Telefonnummer nicht.«

»Warum hast du das nicht gleich gesagt?«

»Ich wollte es dir schonend beibringen.« Raj bemühte sich, es nach einem Scherz klingen zu lassen.

»Eigentlich finde ich, ihr beide solltet langsam zu Potte kommen«, sagte Habib. »Alle Frauen, besonders eine neue, bringen die alte Kacke ziemlich schnell zum Vorschein. Du würdest in der Gruppe so viel quatschen, dass ich überhaupt nichts sagen müsste. Wäre mir ganz recht. Ich reiche dir dann die Taschentücher.«

Raj wandte sich wieder seinen Krankenblättern zu. Selbst wenn Habib ihm die Geschichte nicht abnahm, konnte Raj sich darauf verlassen, dass er sie nicht an die große Glocke hängen würde. Oder machte ihm Habib etwas vor?

»Welche Dosis bekommt Meeker im Moment?«, fragte Raj und blätterte in den Notizen, die vor ihm lagen. »Er ist sehr unruhig und schlecht ansprechbar. Ich glaube, er redet wieder wirres Zeug, wenn niemand von uns in der Nähe ist.« Bei bestimmten Patienten verursacht eine zu hohe oder zu niedrige Dosis Unruhe und chaotisches Verhalten, genau das Gegenteil der gewünschten Wirkung, insbesondere bei einer Schizophrenie mit ihren plötzlichen Schwankungen.

»Habe ich vergessen. Steht in den Unterlagen«, antwortete Habib. »Die Notizen des behandelnden Arztes sind ein totales Durcheinander. Also, viel Spaß. Ich verschwinde.«

Die Tür schloss sich, und Raj wusste, dass sie sich beide etwas vorgespielt hatten. Von Raj wurde erwartet, dass er gelassen und beherrscht blieb, egal, welche Turbulenzen er privat gerade erlebte. Von Habib wurde erwartet, dass er offen, aber nicht indiskret klang. Alles, was Raj erzählte, würde teilnahmsvoll aufgenommen und dann sofort den anderen Kollegen und Clarence berichtet werden. Dass Molly Schauspielerin war, musste bereits ihre Neugier geweckt haben. Raj konnte sich ihre Kommentare vorstellen.

Vielleicht kann er mit Gefühlen nicht umgehen.

Deshalb braucht er eine Frau, die sie für ihn auslebt.

Oder sie überzogen darstellt.

Vielleicht eine Hysterikerin.

Kann gut sein.

Ein seltsames Spiel, wirklich. Die nächsten fünf Stunden vergingen mit rekordverdächtiger Langsamkeit. Raj hielt den Blick auf den Stapel Krankenblätter gesenkt, spürte jedoch, wie sein aufgestautes Verlangen immer stärker wurde. Bilder vom Liebesspiel mit Molly beherrschten seine Gedanken. Er befand sich in jenem Stadium, in dem sie den Schlüssel für sein höchstes Glück und sein tiefstes Elend in Händen hielt. Es wurde ihm bewusst, als er an jenem Morgen aufwachte, doch jetzt überfiel ihn dieses Gefühl mit noch stärkerer Macht und erfasste jede Faser seines Körpers. Als es ein gutes Stück nach Mitternacht, aber noch nicht ein Uhr war, griff er zum Telefon.

»Hallo?«, meldete sich eine matte Stimme.

»Ich bin's. Hast du schon geschlafen?«

»Könnte man so sagen.« Molly hörte sich nicht an, als hätte er sie aus dem Schlaf gerissen. Normalerweise kam sie gegen Mitternacht vom Theater nach Hause und ging kurz vor ein Uhr ins Bett.

»Wegen gestern Nacht. Ich muss ständig daran denken«, sagte Raj. Am anderen Ende Stille, lange genug, dass ihm fast das Herz stehen blieb.

»Lass mich den Fernseher leiser stellen, ja?«, sagte Molly. Der Fernseher im Hintergrund hörte sich nicht besonders laut an, und Raj fragte sich, ob Molly vielleicht nicht einfach Zeit schinden wollte. Als sie wieder ans Telefon kam, sagte sie: »Ich habe auch daran gedacht. Heute Abend bin ich auf der Bühne fast mit Guy zusammengestoßen, weil ich so in Gedanken war.« Guys Existenz ärgerte Raj noch immer. Er war weder schwul noch drogensüchtig noch irgendetwas anderes, das Raj beruhigt hätte. »Ich habe immer wieder daran gedacht, wie lieb du warst.«

»Wirklich?«, fragte Raj nach und hoffte, noch mehr in der Art zu hören. Erneut Stille am anderen Ende, und dann sagte er: »Tut mir Leid, dass ich dich gestört habe. Ich weiß, wie spät es ist und wie müde du bist, aber ich wollte deine Stimme hören.«

»Gute Idee. Ich hatte vor, mich gleich nach der Letterman-Show zu entmaterialisieren.«

»Du sollst dich nicht allzu viel über mich lustig machen, hatten wir ausgemacht, erinnerst du dich?«, sagte Raj.

»Ja. Versprochen. Mir wäre auch nach einer Wiederholung der letzten Nacht. Ein paar Details habe ich schon vergessen«, erwiderte Molly. »Ich glaube, es würde uns beiden gut tun, unser Gedächtnis aufzufrischen.«

»Absolut. Ich liebe dich, und jetzt geh schlafen. Ich rufe dich an, wenn ich hier rauskomme.«

»Das ist fein.«

Es klickte im Hörer, und so glücklich Raj auch war, etwas schmerzte ihn ein wenig. Er hätte von Molly vorhin gerne »ich liebe dich auch« gehört. Er stand auf und begann, einige Dehnübungen zu machen.

Dennoch empfand er das winzige Büro als beklemmend, und so entschloss er sich zu einem kleinen Rundgang. Der Korridor lag verlassen da, doch aus den Zimmern, an denen er vorbeiging, drangen die typischen nächtlichen Geräusche der Station – stoßweises Husten und Schnarchen, ein Stöhnen in schlechten Träumen, das Geflüstere zweier alter Damen, die die Schlaflosigkeit einander näher brachte, das leise Gebrabbel eines Paranoikers, der unablässig in der Bibel las, bis ihm vor Erschöpfung die Augen zufielen.

Als Mona ihn von weitem entdeckte, ging sie auf ihn zu; sie begegneten sich auf halbem Weg zur Schwesternstation. »Joanie hatte gestern ein deprimierendes Rendezvous. Kannst du dir vorstellen, dass man einen ganzen Abend mit einem Kerl verbringt, und er will einfach nicht zur Sache kommen«, erzählte Mona lachend und zog Raj zum leeren Aufenthaltsraum. Sie ließen sich in zwei Sessel sinken, die jemand neben den Fernseher geschoben hatte.

»Joanie ist doch nicht interessiert, oder? Ich meine, an mir?«, fragte Raj.

»Das könnte ich dir sagen, aber es wäre ehrlicher, wenn ich mir die Antwort für die Gruppe aufspare, oder nicht? Dann ist sie auch da.«

Raj brachte ein schiefes Lächeln zustande. Es gefiel ihm, dass Mona dieses ganze »Wir sind eine Familie«-Gerede mit Humor nahm. »Ich habe mich verliebt«, sagte Raj. »Von den anderen weiß es noch niemand.«

»Heißt sie Maya?«, fragte Mona.

»Das ist die andere.«

Mona nahm die Neuigkeit gelassen auf. »Soll dieses Geständnis unter uns bleiben? Dann verstoßen wir eigentlich gegen unsere Vereinbarung mit der Gruppe«, fügte Mona hinzu.

»Hör auf damit«, erwiderte Raj. »Es ist mir ernst.«

Mona bekam einen weichen Gesichtsausdruck. »Du bist also in jemanden verknallt, der keine Medikamente nehmen muss? Das ist wunderbar, wirklich.«

»Danke, aber mir macht es ganz schön Probleme. Ich habe diese Frau überfallen wie ein Irrer, und es wundert mich, dass sie nicht gleich die Polizei gerufen hat. Sie möchte schon eine engere Beziehung mit mir, das spüre ich, aber wie soll es weitergehen?«

»Fragst du das, weil du Gefahr witterst?«, hakte Mona nach.

»Ist es sehr gefährlich, wenn man auf Wolke sieben schwebt?«, fragte Raj zurück.

»Klar. Und ich glaube, das ist das Problem. Es sei denn, du willst dich bloß ein bisschen amüsieren«, erwiderte Mona sehr rasch; sie wusste, wovon sie sprach. Doch dann zögerte sie.

»Was ist?«, fragte Raj.

»Du hast sie mit einem emotionalen Überfall erobert. Manche Frauen kommen gut damit klar, aber für den Mann ist es schwierig. Sie muss auch ein Stück auf dich zugehen, mit ihren Bedürfnissen, Problemen oder persönlichen Dingen. Anders läuft es nicht. Du kannst Ängste nicht einfach links liegen lassen, und außerdem werden irgendwann auch Abwehrmechanismen wieder aktiv.«

Raj hörte ihr aufmerksam zu. Monas kluger Kommentar überraschte ihn nicht, denn alle Schwestern auf der Station hatten eine spezielle psychologische Ausbildung. Doch Mona war eine der wenigen, die intuitiv erfasste, wie die Menschen in ihrem tiefsten Innern funktionierten, eine besondere Gabe, von der Raj nicht wusste, ob er sie bereits entwickelt hatte. Und genau deshalb hatte er zu Mona am meisten Vertrauen.

»Ist das deine übliche Taktik, dass du eine Frau derart überfällst?«, wollte Mona wissen.

»Überhaupt nicht! Ich habe so etwas noch nie gemacht. Mein Gott, ich war eigentlich mit Maya verabredet und bin hinter die Bühne gerannt, nur um dieser Frau nahe zu sein. Molly heißt sie. Ich habe Rosen gekauft und ihre Straßenkleidung gestreichelt, die über einem Stuhl hing. Wenn du in der Gruppe darüber redest, bringe ich dich um.«

»Mann!« Mona warf ihm einen bedeutungsvollen Blick zu. »Das war echt daneben, was du gemacht hast – mit Maya.«

»Sie weiß nichts davon. Ich bin vorsichtig gewesen«, entgegnete Raj rasch und spürte, dass Mona sein Verhalten entschieden missbilligte. »Und jetzt habe ich ständig Schuldgefühle.«

»Aber sie sind nicht so groß, dass du es ihr sagst?«

»Nein.«

»Wenigstens klingst du, als würdest du es bedauern«, bemerkte Mona. In ihre Stimme hatte sich ein neuer, skeptischer Unterton eingeschlichen. Wenn Patienten die Kontrolle über sich verloren, konnte Mona brutal direkt mit ihnen sein, und Raj hatte keine so hohe Position, dass sie sich hätte zurückhalten müssen. »Ich fände es wesentlich besser, wenn wir das in der Gruppe bereden würden. Tut mir Leid. Mir wird wohler sein, wenn wir die Sache durchgesprochen haben«, meinte sie.

Raj war bestürzt, als sie aufstand und ging. Er hatte gedacht, er könne Mona sein Herz ausschütten, doch der Schuss war nach hinten losgegangen. Es konnte durchaus sein, dass man ihn in der Gruppe demontierte. An jenem Tisch war um des Versuches willen, an die wahren Gefühle heranzukommen, schon viel Blut geflossen. Monas missbilligende Haltung war kein gutes Zeichen. Sie und Habib waren mit der Zeit zu seinen Verbündeten geworden, und sie hatten sich gegenseitig in Schutz genommen, wenn die Gruppensitzung allzu sehr zum Verhör geriet. Das konnte sich natürlich auch ändern. Doch was immer in der Gruppe geschehen würde, Raj nahm sich vor, bei Maya alles wieder gutzumachen.

Ihm ging eine Menge durch den Kopf, als er aufblickte und eine Patientin, Mrs. Klemper, im Bademantel auf sich zukommen sah. Ihre Augen funkelten boshaft. »Sie sind sehr spät noch auf«, sagte Raj und bemühte sich, innerlich wieder ruhig zu werden. »Können Sie nicht schlafen? Vielleicht haben die Schwestern etwas, das Ihnen hilft.«

Mrs. Klemper schnaubte und wedelte gleichgültig mit der Hand wie ein Nilpferd, das eine lästige Mücke verscheucht. »Was soll ich mit einer Pille? Sie wollen mir ausweichen. Meinen Sie, ich sehe nicht, dass Sie Sorgen haben? Bei dem Gesicht, das Sie machen?«

Raj spürte, wie ihn Mutlosigkeit überfiel. Obwohl er in jener Nacht der Bereitschaftsarzt war, stand er in der Stationshierarchie offiziell weit unten, was die meisten Patienten jedoch gar nicht wahrnahmen. Für sie war jeder Arzt eine Autorität mit Ausnahme »ihres« Arztes, der stets höher rangierte als alle anderen. Einige mit einem besonders ausgeprägten Gespür erkannten dennoch, wer noch grün hinter den Ohren war und wem man diesen Umstand unter die Nase reiben konnte. Und Mr. Morgenstern, der passiv-aggressive Patient mit den Bauchschmerzen, war nicht einmal derjenige, der sich am lautesten oder unangenehmsten äußerte.

Diese Ehre gebührte Claudia – Mrs. Klemper –, einer Frau um die fünfzig aus Brooklyn, die, seit Raj im Sommer in der Psychiatrie angefangen hatte, bereits fünfmal in die Klinik gekommen war. Immer wenn ihr Mann eine Affäre hatte, tauchte sie wieder auf, wie durch eine Drehtür. Da Mr. Klemper, der viel auf Reisen war, regelmäßig seinen Appetit auf Gelegenheitssex befriedigte – das behauptete Claudia bei einem ihrer Zusammenbrüche jedenfalls unter

Tränen –, hatte sie ständig Anlass zu Klagen. Sie, das ewige Opfer, hatte sich nie gefragt, warum sie sich ausgerechnet einen Schürzenjäger wie Mr. Klemper gesucht hatte, oder warum seine mit unfehlbarer Sicherheit vorhersagbaren Exkurse in Sachen Fleischeslust sie derart fertig machten.

Mrs. Klemper fand es vollkommen normal, dass sie ihren Zorn auf der Station abreagierte. Vor einer Woche zum Beispiel war sie in den Raum mit den Lebensmittelvorräten eingebrochen und hatte begonnen, Dosen mit Fertigsuppen, Kaffee, Nussmischung und Kondensmilch um sich zu werfen. Ihr derangiertes Kleid ließ den halben Busen sehen, und ihre grauen Haare flogen in wirren Strähnen um den Kopf, als sie Raj, ihren Arzt, wütend anbrüllte: »Sie wissen verdammt noch mal überhaupt nichts über mich!«

Es kostete viel Mühe, bis Claudia sich nach jenem Wutanfall wieder beruhigte. »Warum zum Teufel schickt man ausgerechnet Sie her, einen kleinen Jungen?«, kreischte sie. »Richtige Ärzte sind Idioten, aber im Vergleich zu Ihnen Einsteins. Kapiert?«

Jetzt hatte Claudia wieder ihren Koller, und wahrscheinlich hätte sie ihren Zorn an jedem x-Beliebigen ausgelassen, aber wie die Dinge lagen, würde es Raj treffen. Sie würde ihn lynchen, weil er sich noch nicht um sie gekümmert hatte, seit er im Dienst war. Raj überlegte angestrengt, was er sagen könnte. Claudia war die einzige Patientin, die auf seinen Satz »Ihr Fall ist sehr interessant« mit einem zynischen Lächeln reagiert und geantwortet hatte: »Dieser abgedroschene alte Scheiß? Etwas Originelleres könnten Sie sich schon einfallen lassen!«

Claudia brach das Schweigen. »Sie sehen traurig aus, mein Junge? Hat Sie jemand in den Hintern gebissen?«

»Ich bin nicht traurig, Claudia.«

»Wenn Sie meinen.«

»Vielleicht sind Sie traurig. Können Sie deshalb nicht schlafen?«, fragte Raj. Er kam sich bei dieser Entgegnung zwar nicht besonders intelligent vor, aber wenigstens hatte er die oberste Regel der Psychotherapie beachtet: *Sprich mit einem Patienten niemals über private Dinge.*

»Traurig? Wie kommen Sie darauf? Nur weil meine Ehe im Eimer ist und ich vollkommen allein dastehe, wenn er mich verlässt? Ich würde einen Luftsprung mit Salto machen, wenn ich mir dabei bloß nicht die Knochen brechen würde.«

»Ich weiß, Sie haben allen Grund, traurig zu sein. Das ist in Ordnung, Ihnen kann hier nichts passieren. Sie müssen dem Problem nicht ausweichen, indem Sie es ins Lächerliche ziehen«, erwiderte Raj und dachte, dass er sich allmählich professioneller anhörte. Mrs. Klemper wirkte nicht mehr so aggressiv wie zuvor. Raj spürte es; er hatte lange darauf gewartet, dass sie sich ein klein bisschen öffnete und ein Stück von der massiven Angst offenbarte, die hinter ihrer Maske von Feindseligkeit steckte. Er tätschelte ihre Hand. »Was immer Sie mir erzählen wollen, ich höre Ihnen zu«, sagte er.

»Wirklich?«, erwiderte Mrs. Klemper.

»Ja. Hier ist es ruhig, und wir sind allein. Was möchten Sie mir erzählen?«

»Na gut«, sagte sie und dachte kurz nach. »Zuerst mal, dass ich, wenn ich den Mumm hätte, mir ein Fleischermesser schnappen und meinen Göttergatten vom Bullen zum Ochsen machen würde. Und zweitens, dass ich nicht weiß, was ich komischer finden soll: Ihre Versuche, mein

Vertrauen zu gewinnen, oder das lächerliche Gesicht, das Sie machen.«

Mrs. Klemper grinste ihn triumphierend an und stand auf. Wahrscheinlich wird sie den Rest der Nacht sehr gut schlafen, dachte Raj, als sie in ihren Plüschpantoffeln zu ihrem Zimmer schlurfte. Wenn er die Episode später in der Gruppe erzählte, würde ihn sicher ein Kollege darauf hinweisen, dass er sich nicht zu viele Illusionen machen sollte, jedem helfen zu können. Es gibt keine Zaubermittel, um die menschliche Seele zu heilen, wenn sie nicht geheilt werden will.

4

Raj beschloss, häufiger die Nachtschicht zu übernehmen, damit er abends mit Molly essen gehen konnte, ehe sie ins Theater musste. An Maya dachte er kaum noch, und wenn sie ihn sehen wollte, flüchtete er sich in Ausreden. Er und Molly hatten auf halbem Weg zwischen Broadway und Krankenhaus ein Bistro für sich entdeckt. Eines Abends tauchte Bradley mit ihr auf.

»Einen Tisch für drei heute?«, fragte der Oberkellner. Er war gewohnt, dass sie nur zu zweit kamen. Raj nickte, und sie folgten ihm zu einem Tisch, den man neben der Schwingtür zur Küche hingequetscht hatte. Bradley gab sich forsch und lässig, und Raj fragte sich, ob er überhaupt je anders sein konnte.

»Sie hat mich mit der Aussicht auf eine gute Paella hierher gelockt. Diese Stadt ist eine Wüste, was spanisches Essen angeht, aber sie behauptet, dieses Lokal sei *muy bueno.*«

»Du bist sauer, das spüre ich«, sagte Molly.

»Nein, ich freue mich, dass wir hier zusammensitzen«, log Raj und versteckte sich hinter der Speisekarte, während Molly sich wieder Bradley und den Feinheiten der katalanischen Küche zuwandte. Nicht, dass Bradley für ihn noch immer ein Fremder gewesen wäre. Raj wusste inzwischen, dass er Molly bei den Sommeraufführungen kennen gelernt hatte, als er mit dem Gedanken spielte, Theaterregisseur zu werden. Mittlerweile saß er in der Maklerfirma seiner Familie. Raj sah ein, dass er auch anderen Leuten in ihrem Leben Raum geben musste. Molly würde ihm nicht ein Bündel

Erinnerungen in die Hand drücken und sagen: »Hier, verbrenn sie.«

Mitten im Essen kam ihm die Situation plötzlich unerträglich vor. »Bradley, ich halte es langsam nicht mehr aus. Ich möchte mit Molly allein sein. Ich lebe für diese kurzen Momente, und meistens kann ich sie kaum eine halbe Stunde sehen, ehe meine Schicht beginnt.«

Bradley schien zuerst ein wenig aus der Fassung zu geraten, doch ihm blieb keine Zeit zu antworten, denn Raj fuhr erregt fort: »Es macht mich verrückt, dass du ihr so viel länger als ich nahe bist, und ich bete zu Gott, dass Molly mich eines Tages ebenso sehr bewundert wie dich. Würde es dir etwas ausmachen, jetzt zu gehen?«

Die anderen beiden starrten ihn stumm an. Dann legte Molly ihre Serviette beiseite und stand auf. »Entschuldigt mich, ich muss mal eben verschwinden«, sagte sie, und zu Bradley gewandt: »Du bleibst, hörst du?«

Bradley meinte trocken: »Gut gebrüllt, Löwe«, hob die Weinflasche und fragte Raj: »Noch ein Glas?«

»Nein«, erwiderte Raj bedrückt. »Jetzt habe ich es ganz schön vermasselt. Du solltest bleiben. Tut mir Leid.«

»Warum? Uns dreien ist eines doch ziemlich klar: Wenn Molly über das Wasser gehen würde, würdest du mit einem Handtuch auf der anderen Seite knien und ihr die Füße trocknen. Darf ich?« Bradley goss sich noch ein Glas Wein ein und lehnte sich zurück. »Hat sie dir von uns erzählt?«

»Nicht so richtig.«

»Wie du weißt, kennen wir uns schon lange, seit sie das College in Wisconsin beendet hatte und nach New York kam. Sie hat mir über eine häßliche Trennung von einer großen Liebe hinweggeholfen, die, wie sich herausstellte, bestimmte finanzielle Vorteile im Hinterkopf hatte. Es waren die schlimmsten Weihnachten meines Lebens, um es dezent auszudrücken. Ich habe Molly beigestanden, als sie vor drei Jahren befürchtete, schwanger zu sein. Das war die schlimmste Zeit ihres Lebens, aber falscher Alarm. Molly hat mehr Vertrauen zu dir als zu beinahe jedem anderen Menschen, den ich mit ihr gesehen habe. Und übrigens: Wir haben nie miteinander geschlafen.«

Bradley sagte alles in einem Ton herunter, als würde er einem Kunden den Stand seines Aktiendepots mitteilen.

»Oh«, war Rajs einziger Kommentar, denn er hatte keine Enthüllungen irgendwelcher Art erwartet. Er machte sich keine Illusionen, dass Molly noch nie mit jemandem geschlafen hätte, doch trotzdem kränkte es ihn, von einer Fast-Schwangerschaft zu hören, und er musste sich anstrengen, die Bilder von Molly mit einem anderen im Bett wieder aus dem Kopf zu bekommen.

»Sie ist gar nicht so seltsam, auch wenn sie manchmal so tut«, fuhr Bradley fort. »Molly ist ein besonderer Mensch, und sie lebt nach einem bestimmten Code. Den verrät sie dir aber nicht.«

»Hat sie ihn dir verraten?«

Bradley schüttelte den Kopf. »Nicht direkt. Manche Leute lernst du aufgrund dessen kennen, was sie dir erzählen, aber Molly offenbart sich in dem, was sie nicht sagt. Ich habe nie von ihr gehört »Ich bin es wert«, und sie hat mich nie kaltschnäuzig abgefertigt. Sie flucht nicht, was ihre Eltern durchaus tun – ich habe es selbst gehört –, und das sicherste Zeichen, dass sie verliebt sein könnte, ist, dass sie dieses Wort um nichts in der Welt in den Mund nimmt.«

»Warum? Das verstehe ich nicht. Will sie mich quälen?« Die Verzweiflung siegte über den Stolz, und Raj stellte fest, dass er Bradley mittlerweile als seinen Vertrauten betrachtete.

»Es geht nicht um dich, es ist ihr Code. Ich glaube, es ist einfach zu viel Liebe da, als dass man darüber reden könnte.«

»Und wenn ich nach demselben Code lebte, würden wir uns niemals sagen, was wir empfinden. Das ist doch unsinnig«, maulte Raj. »Ich kann schließlich nicht Gedanken lesen. Soll das vielleicht ein Test sein?«

»Männer unterziehen sich ständig Tests, ganz automatisch. Sogar wenn kein Mensch es von uns verlangt.« Bradley trank sein Glas aus, und eine Sekunde lang empfand Raj leise Bewunderung für ihn. Seine lässige Art gefiel ihm nicht besonders, aber der Mann war nicht so oberflächlich, wie er andere oft glauben machen wollte.

Molly wirkte melancholisch, als sie zurückkam, und man plauderte nicht mehr über spanisches Essen, sondern aß schweigend die Teller leer. Sie spürte eindeutig, dass die beiden Männer über sie geredet hatten. Als die Rechnung kam und Raj aufstand, sagte sie zu Bradley: »Ich möchte Raj zum Krankenhaus begleiten. Ist das okay?« Bradley hatte nichts dagegen; sie verabschiedeten sich mit einem raschen Kuss auf die Wange. Molly hängte sich bei Raj ein, und sie verließen das Lokal. Es war ein schwüler Abend. Die Backsteinfassaden glühten im schwächer werdenden Licht orange auf, doch die Hitze des Tages wollte noch immer nicht nachlassen.

Nach fünf Minuten des Schweigens sagte Molly: »Tratscht nicht über mich. Das mag ich einfach nicht.«

»Wir haben nicht über dich getratscht«, erwiderte Raj, weniger um sich zu rechtfertigen als deshalb, weil der geringste Unmut ihrerseits ihm eine kindliche Angst einjagte. »Er hat mir geholfen, dich besser zu verstehen.«

»Du bist zu sehr gewohnt, deine Patienten zu erforschen«, entgegnete Molly. »Mach mich nicht zu einem deiner Fälle. *Hör zu, handle, fühle.*« Sie sagte diese Worte mit einer Eindringlichkeit, die ihn überraschte.

»Ich bin ziemlich verrückt nach dir, das ist kein Geheimnis«, sagte er. »Willst du, dass ich mich mehr um dich kümmere?«

»Nein. Du kümmerst dich, als wäre ich zerbrechlich, als wäre ich ein Schmetterling, der in deinen Händen zu zerfallen droht. Und weißt du, warum? Weil du dich dadurch sicher fühlst.« Raj wusste, dass sie Recht hatte. Im Studium lernten unsichere Studenten, dass man seine Angst, von einer Lawine des Leids überrollt zu werden, am schnellsten verliert, wenn man sich kopfüber hineinstürzt. Helfer schließen mit Gott heimlich einen Handel, dass sie vor Angst bewahrt bleiben, wenn sie anderen nur genug helfen.

Eine Weile gingen sie schweigend nebeneinander her, und Raj entspannte sich. Als er seine innere Ruhe wiedergefunden hatte, erzählte er Molly von seinem Bewerbungsgespräch für eine der vier Assistenzarztstellen, die in diesem Herbst im Krankenhaus neu besetzt wurden.

»Du sitzt vor ein paar altgedienten Therapeuten, die sich sehr förmlich verhalten«, erzählte Raj. »Alle rauchen Pfeife, sagen nichts und lassen dich schmoren.«

»Sie reden nicht mit dir?«, wiederholte Molly.

»Nein, nur wenn es sein muss. Du sollst richtig schwitzen und egal, was du sagst, sie werfen sich dauernd kurze Blicke zu, sodass du dir garantiert vorkommst wie ein Idiot.«

Einer dieser Therapeuten hatte ihn gefragt: »Warum könnten Sie Ihrer Meinung nach ein guter Psychiater werden?« Es war Halverson, in dessen Händen auch die Supervision der Nachwuchskräfte lag. Raj empfand diesen Umstand als Vorteil, und er wusste, dass diese Frage für Halverson entscheidend war. Von seiner Antwort hing eine Menge ab, denn dass alle Kandidaten helle Köpfe und ehrgeizig waren, wurde vorausgesetzt. Sämtliche Formulierungen, die Raj sich zurechtgelegt hatte, waren mit einem Mal wie weggeblasen.

»Na ja«, stammelte er, »wenn die Leute anfangen zu schreien, habe ich nicht das Bedürfnis wegzulaufen. Ich bin bereit, bei ihnen zu bleiben und zuzuhören.«

Aus irgendeinem rätselhaften Grund wurde diese Antwort von Seiten des Komitees mit beifälligem Gemurmel quittiert. Raj erfuhr auf Umwegen, dass er bei den Bewerbern um eine der vier Stellen mit an der Spitze lag. »Hast du sie mit klugen Sprüchen eingewickelt?«, hatte Habib gefragt. Ein Jahr zuvor hatte er dieselbe Prozedur durchgemacht.

»Nein. Ich habe gesagt, dass ich hören möchte, was die Patienten zu erzählen haben«, hatte Raj erwidert.

»Ah.« Habib hatte getan, als wäre das eine überaus schlaue Antwort gewesen. Es gab heftige Debatten darüber, dass die Methode Halversons und der anderen »Senioren« eigentlich überholt waren. Ihrer Ansicht nach sollte ein

Therapeut jeden Patienten so lange reden lassen, wie er es brauchte, und wenn noch so wenig dabei herauskam. Die moderne Psychiatrie hingegen sah in einem schreienden Patienten den Vorteil, dass sein Mund bereits offen war, eine Pille also umso leichter darin verschwand. Sein Therapeut konnte sich dann guten Gewissens verabschieden.

»Das finde ich sehr seltsam«, bemerkte Molly, als Raj mit seiner Geschichte zu Ende war. »Du hast die Frage zufriedenstellend beantwortet, aber hast du es wirklich so gemeint?«

»Ja. Ich bin noch nicht besonders gut, aber Psychotherapie ist ein Weg, den Leuten bessere Möglichkeiten zu eröffnen, Mensch zu sein«, erwiderte Raj. »Davon bin ich absolut überzeugt.«

»Du hast ein gutes Herz«, sagte Molly.

»Du sagst das, als würde einem guten Herzen etwas anderes fehlen«, entgegnete Raj.

»Einem guten Herzen fehlt gar nichts«, erwiderte Molly. »In deinem Fall ist es das, was dich antreibt.«

»Und was treibt dich an?«, fragte Raj. »Etwas anderes?«

»Ich glaube schon.«

»Dann sag's mir.«

»Ich weiß, dass du das unbedingt wissen willst«, fuhr Molly fort und ließ den Blick über den endlosen Strom von Fremden wandern, die die Straße entlangflanierten. »All diese Menschen«, meinte sie, »tragen ein Leben mit sich, das sie begreifen können. Ich konnte das nie. Wenn ich den Eindruck mache, ich würde es begreifen, dann tue ich nur so. Lach nicht, aber etwas vorzuspielen ist etwas, das ich nicht mag.«

»Glaubst du, dass es jemand wirklich begreift?«, fragte Raj.

»Ob sie es begreifen oder nicht, würde nicht viel nützen«, erwiderte Molly. »Ich warte auf etwas anderes.«

»Sag's mir.«

»Ich möchte erweckt werden«, sagte Molly. »Das soll kein Ratespiel sein. Es ist, als würde man etwas Besonderes sein wollen, aber nicht weil man eingebildet oder hochmütig ist oder sich für ein normales Leben zu schade findet. Ich glaube, jeder trägt einen solchen Samen in sich, der tief innen begraben bleibt, bis ihn ein unsichtbares Licht berührt.«

»Und was, wenn der Samen aufgeht?«, fragte Raj.

»Dann verstehe ich vielleicht, wozu ich auf der Welt bin und worum es im Leben geht.«

»Bist du schon erweckt worden?«, wollte Raj wissen.

Molly lachte. »Nein. Irgendwie vielleicht. Wer weiß?«

»Liebe erweckt die Menschen«, erinnerte sie Raj, »also habe ich deinen Wunsch in gewisser Weise gespürt.« Molly wandte ihm ihr Gesicht zu. Es war nicht das erste Mal, dass er ihr zu verstehen gab, wie stark seine Gefühle für sie waren, doch dieses Mal schien ein leiser Vorwurf mitzuschwingen.

Molly erwiderte: »Ja, die Liebe erweckt uns, doch manchmal ziehen wir uns trotzdem wieder zurück. Gefühle verblassen, und man wird vielleicht weiter zurückgeworfen, als man vorher war.«

»Aha, du willst mich also vorwarnen«, sagte Raj, aber seine Stimme war entspannt. Im Gedankenaustausch harmonierten sie in vielerlei Hinsicht besser als körperlich, und diesen Austausch konnte er pflegen, bis er herausfand, wie gut ihre Seelen zusammenpassten.

Als sie beim Krankenhaus ankamen, wollte Molly zu seiner Überraschung mit dem Aufzug zum Pavillon hochfahren. Sie mochte Krankenhäuser grundsätzlich nicht. Sie hatte sich dicht hinter Raj gehalten, als sie durch die Notaufnahme gingen, und jeden Augenkontakt mit den apathischen und verletzten Menschen vermieden, die dort auf einen Arzt warteten.

Raj drückte den Knopf und beobachtete, wie das Licht an der Stockwerkanzeige abwärts wanderte. »Wenn du es hier unten schon so schrecklich findest, warum willst du dann mit hinaufkommen?«, fragte er sie.

»Weil sie zu einem Ort gehen, von dem ich nichts weiß«, antwortete Molly. »Diese Menschen sind einfach krank.«

»Nicht alle da oben sind verrückt, eigentlich die meisten nicht.«

»Ich möchte es mir bloß mal anschauen, als Besucher. Das geht doch, oder?«

»Klar, für ein paar Minuten.« Sie traten in den Aufzug und fuhren schweigend nach oben. Als sich die Tür öffnete, wunderte sich Molly über die stark gedämpfte Beleuchtung.

»Das soll beruhigend wirken«, erklärte Raj. »Und außerdem ist um acht Uhr Schlafenszeit.«

An der Schwesternstation blickte Mona auf und lächelte, Joanie nahm jedoch keine Notiz von ihnen. *(Sie grübelt noch immer über alte Geschichten nach*, dachte Raj. *Oder einen neuen Kerl, mit dem es nicht recht geklappt hat.)* »Das ist Molly«, stellte Raj seine Begleiterin nervös vor.

Mona nickte ihr zu, ohne zu erkennen zu geben, dass dieser Name ihr durchaus etwas sagte. »Willkommen an diesem finsteren Ort«, sagte sie. Joanie vergrub ihren Kopf noch immer in den Krankenblättern. Sie schien jegliche Reaktion, ob positiv oder negativ, zu unterdrücken.

»Hier werden die Leute also verwahrt«, murmelte Molly und sah sich um.

»Nicht so viele, wie es nötig hätten«, erwiderte Mona. »Es ist ein Verbrechen, wie viele gestörte Menschen draußen herumlaufen. Hier oben sind meistens Leute, deren Familien sich den Klinikaufenthalt leisten können.«

Molly nickte verstehend und ging weiter, den Korridor hinunter. Hinter ihr formte Mona lautlos das Wort »hübsch!« mit den Lippen, und Raj spürte, wie er noch nervöser wurde. Über der Station lag die Melancholie der Abenddämmerung, als er Molly den Gang entlang folgte. Sie hob mehrmals die Hand, um die Wände zu berühren, die mit rotem Stoff in einem passenden Farbton zum Teppich bespannt war. Ob sie wohl denkt, dass sie gepolstert sind, fragte sich Raj. Schließlich gelangten sie zum Aufenthaltsraum, der um die Ecke am Ende des Ganges lag. Raj wollte gerade etwas sagen, als er abrupt stehen blieb und Molly ein Stück zurückzog. Vor ihren Augen war eine hochexplosive Szene im Gange. Zwei Frauen standen sich gegenüber; die eine hatte die Hand erhoben, und die andere, nicht auf den Angriff gefasst, konnte nicht schnell genug reagieren, um ihr Gesicht zu schützen.

»He!«, rief Raj.

Doch keine der beiden nahm Notiz von ihm. Die jüngere Frau, um die zwanzig und neu auf der Station, schüttete der älteren, die mit einem Aufschrei zurücktaumelte, einen Becher schwarzen Kaffee ins Gesicht.

»Schwester!«, rief Raj, während er auf die beiden zuging. Er wusste sofort, dass es sich bei der älteren Frau um

Claudia handelte, die der anderen nun hart ins Gesicht schlug. »Du dummes Stück! Du hast mich verbrüht! Da, sieh her!«

»Ich tue Gottes Werk«, verteidigte sich die Jüngere wimmernd in einem hohen Singsang. Den Styroporbecher fest umklammert, wollte sie Claudia seinen Inhalt erneut ins Gesicht kippen; sie war sich nicht bewusst, dass er bereits leer war. Raj gelang es, sie fortzuziehen, ehe Claudia noch einmal zuschlagen konnte.

»Alles in Ordnung, Mrs. Klemper«, sagte Raj in bestimmtem Ton. »Ich kümmere mich darum.«

»Das sind ja alles Verrückte hier!«, kreischte Claudia. Sie schlug die Hände vors Gesicht. »Mich wird niemand mehr ansehen können.« Und zum ersten Mal, seit Raj sie kannte, brach sie in Tränen aus. Inzwischen kamen Mona und Joanie herbeigelaufen. Die jüngere Frau warf sich in Rajs Armen mit der ungeheuren Kraft einer Manikerin hin und her. Jeder Muskel, jede Sehne schien angespannt, wie bei einer Raubkatze. Mit etwas normalerer Stimme wiederholte sie immer wieder: »Ich tue das Werk Gottes. Ich tue das Werk Gottes.«

»Helft mir mit ihr, bitte«, sagte Raj. Mona ergriff den einen, Joanie den anderen Arm der Frau.

»Das ist Sasha«, sagte Mona. »Sie ist bei Dr. Mathers.« Als die Schwestern die junge Frau fortzuziehen versuchten, begann sie zu stöhnen und sackte schlaff wie ein Mehlsack zu Boden.

»Was bekommt sie?«, fragte Raj.

»Ich muss in ihr Krankenblatt sehen, aber ich glaube, abgesehen von Medikamenten zu ihrer Stabilisierung liegen keine besonderen Anweisungen vor«, erwiderte Mona.

»Seconal und irgendetwas gegen Übelkeit. Sie hat erbrochen.«

»Was quatscht ihr da? Ich verbrenne!«, schluchzte Claudia. Ihr Gesicht war rot vor Zorn, doch Raj hatte die letzten paar Tropfen Kaffee kurz mit dem Finger geprüft; zu seiner Erleichterung war er kalt.

»Sie haben nur einen fürchterlichen Schreck bekommen«, sagte Raj zu ihr, der nicht gleich zwei durchgedrehte Patienten haben wollte. »Fassen Sie mal an Ihre Haut. Der Kaffee hat Sie nicht verbrüht.«

»Reden Sie keinen Mist!« Claudia geriet erneut in Zorn und versuchte nach Sasha zu treten, während die Schwestern noch bemüht waren, ihr auf die Füße zu helfen.

»Sie müssen sich beruhigen«, sagte Raj und zog Claudia ein Stück zurück. »Ich begleite Sie zu Ihrem Zimmer. Wenn Sie hier stehen bleiben, werden Sie nur immer an die Sache erinnert.« Die kritische Situation hatte sich so weit entspannt, dass er einen kurzen Blick über die Schulter werfen konnte. Molly stand etwa drei Meter entfernt, vollkommen bewegungslos, die Augen unverwandt auf Sasha gerichtet. Als die Schwestern sie an ihr vorbeiführten, kam es Raj vor, als strecke Molly die Hand nach ihr aus, halte im letzten Moment jedoch inne.

»Warte hier«, sagte er. »Ich bin gleich wieder da. Oder willst du gehen?« Molly schüttelte den Kopf, und Raj gelang es mit viel Überredungskunst, Claudia in ihr Zimmer zu führen. Als sie sich einigermaßen beruhigt hatte, schaute er noch einmal bei der Schwesternstation vorbei.

»Was hat sie angestellt, diese Sasha?«, fragte er Mona.

»Leute gesegnet, schätze ich«, erwiderte Mona mit einem

Schulterzucken. »Heute werden besonders viele Privatgespräche mit Gott geführt.«

»Weiß Dr. Mathers, dass seine Patientin zu solchen Erregungszuständen neigt?«, fragte Raj.

»Er spricht mit ihr darüber«, antwortete Joanie, die gerade wieder zurückkam, hinter ihnen. »Er hat die Medikamentendosis verringert, um zu sehen, ob dann deutlicher wird, was mit ihr los ist. Aber vielleicht wollen Sie zu ihr hineingehen. Es geht ihr ziemlich schlecht.« Aus Joanies undurchdringlicher Miene war nicht erkennbar, ob das eine versteckte Kritik an Dr. Mathers oder an ihm sein sollte.

»Eine von Ihnen holt mir etwas Haldol aus dem Schrank«, ordnete Raj an. »Ich schaue mal, ob sie es trinkt; wenn nicht, müssen wir spritzen. Und sehen Sie nach, wie viel Seconal sie schon bekommen hat. Wir müssen sie zuerst sedieren, sonst macht sie so weiter.«

Auf dem Weg zu Sashas Zimmer las Raj in ihrer Krankenakte, dass sie mit achtzehn, vor fünf Jahren, ihren ersten schizophrenen Schub gehabt hatte. Ihr behandelnder Arzt, der sie in die Klinik einwies, hatte eine ganze Reihe von Neuroleptika notiert, die sie regelmäßig einnehmen sollte. Sasha vertrug sie sehr schlecht, und als sie die Medikamente nicht mehr nahm, kam es wiederholt zu schizophrenen Episoden mit jedes Mal verstärkten Anzeichen einer Paranoia.

Es war stockdunkel im Zimmer, als Raj eintrat. Aus einer Ecke hörte er ein leises Wimmern, und dort nahm er im schwachen Schein der Flurlampen eine kauernde Gestalt wahr.

»Sasha? Ich bin Dr. Rabban, und ich bin hier, um Ihnen zu helfen«, sagte Raj mit gedämpfter Stimme. »Dazu muss ich Sie aber sehen können. Ich werde nicht alle Lichter anmachen, nur eines.« Er ging bedächtig auf das Bett zu und knipste die darüber angebrachte Leuchtröhre an, die flackernd zum Leben erwachte und ein grünliches Licht auf die verängstigte junge Frau warf. Als er sich hinkniete, um ihr aufzuhelfen, spürte er, wie kalt es dort unten war.

»Ich tue Gottes Werk«, flüsterte Sasha kaum hörbar.

»In Ordnung, aber wir möchten, dass es Ihnen wieder besser geht. Sie müssen Ihre alten Medikamente wieder nehmen«, sagte Raj behutsam. Die Hochspannung von zuvor war verschwunden; sie lag schlaff und schwer in seinen Armen, als er sie ins Bett hob. Dann versteiften sich ihre Glieder auf einmal, und ihr Gesicht verzerrte sich zu einem stummen Schrei. Es war der doppelgesichtige Dämon der Paranoia, der in der einen Minute göttliche Erleuchtung bringt, in der nächsten unerträgliche Qual.

Neben Raj erschien Mona mit einem kleinen Metalltablett, auf dem zwei Döschen standen.

»Lassen Sie es hier«, sagte Raj. »Ich möchte sie zuerst ein paar Minuten beobachten, ehe ich entscheide.« Er tappte vollkommen im Dunkeln bei dieser hochgradig erregten Patientin, die er kaum kannte. Die fünf Minuten brachten nichts; sie warf sich noch immer hin und her und murmelte unverständliche Worte. Er überlegte, ob er Mathers anpiepsen solle, aber was würde das nützen? Er hatte Sasha bestenfalls ein paar Mal zu einstündigen Sitzungen gesehen.

Raj schraubte die Pillenfläschchen auf und schüttelte je eine Kapsel Barbiturat und Thorazine auf die Handfläche. Er goss aus dem Plastikkrug, der auf dem Tischchen neben dem Bett stand, Wasser in ein Glas und schob die Hand unter Sashas Kopf. »Mund auf«, sagte er mit sanfter Stimme, wie zu einem kleinen Kind.

Sie öffnete ihre dunkel umschatteten Augen und wiederholte ihr Klagelied: »Durch mich wirkt Gott. Wer wirkt durch Sie?«

»Mir ist Gott nicht so gnädig«, murmelte Raj mehr zu sich selbst. »Durch mich wirkt niemand anderer als ich selbst.«

Er hätte ihr mit den Fingern den Mund geöffnet und ihr die Tabletten auf die Zunge gelegt, wäre nicht in diesem Moment jemand ins Zimmer gekommen. Er wandte sich um; es war Molly.

»Bin ich schon lange hier?«, fragte Raj. »Ich wollte dich nicht allein im Korridor stehen lassen.« Er deutete mit einer Kopfbewegung auf Sasha, die Molly erblickte und sofort wieder unruhiger wurde. »Sie kommt wieder in Ordnung. Es ist besser, wenn du jetzt gehst.«

Doch Molly ignorierte seine Anweisung und trat an das Bett heran. Sie legte eine Hand auf Sashas Körper. »Ich glaube, das solltest du nicht tun«, sagte sie. Raj wollte nicht, dass jemand einen psychiatrischen Patienten berührte, doch ehe er etwas sagen konnte, fügte Molly hinzu: »Sie ist schwanger.«

»Woher weißt du das? Man sieht ja nichts.«

»Niemand kann es sicher wissen, ehe du einen Test machen lässt, aber manchmal habe ich so ein Gefühl«, erwiderte Molly. »Würden diese Tabletten einer schwangeren Frau schaden?«

»Ja, sie könnten sogar ziemlich schädlich sein«, antwortete Raj. Er nahm die Hand von Sashas Mund und griff zu ihrer Krankenakte. Er hatte nichts übersehen: von einer Schwangerschaft war nichts vermerkt.

»Sie ist nicht verheiratet«, murmelte er vor sich hin. Doch er wusste, das war letztlich egal. Schizophrene wurden leicht Opfer sexuellen Missbrauchs, wenn andere dahinter kamen, wie schlecht sie sich wehren konnten. Molly blieb an Sashas Bett, berührte sie jedoch nicht mehr, als würde sie seine Besorgnis spüren.

»Wenn sie nur einschlafen soll – ich glaube, das wird sie bald«, sagte Molly. Sie reckte sich und knipste die Leuchtröhre aus. »Falls das überhaupt jemand kann bei diesem schrecklichen Licht.« Molly benahm sich nicht, als würde sie etwas Ungewöhnliches sagen oder tun, doch ihre Vermutung konnte Raj durch einen Schwangerschaftstest überprüfen. Er überlegte einen Moment, während er im Dunkeln auf Sashas langsame, regelmäßige Atemzüge horchte. Sie schlafen zu lassen würde nichts schaden. Er würde sofort zur Stelle sein, falls es ihr um drei Uhr morgens einfiel, wieder Gottes Werk zu tun.

»Gut«, flüsterte er und verließ mit Molly leise das Zimmer. Sie gingen schweigend den Korridor entlang zur Schwesternstation, an der Raj Sashas Krankenakte zurückgab. »Ich bringe dich noch zum Aufzug«, sagte er dann. »Wir sehen uns morgen, ja?« Molly nickte, und er spürte auch ohne nachzufragen, dass dieser Vorfall etwas in Bewegung gebracht hatte. Als sie sich ein Stück von den Schwestern entfernt hatten, sagte er: »Mir war noch gar nicht klar, auf welche Proben ich deine Liebe stelle.«

»Ich weiß«, erwiderte Molly.

»Letztens im Restaurant hat Bradley gesagt, du seist ein ganz besonderer Mensch. Man muss schon sehr sensibel sein, um zu spüren, dass dieses Mädchen vielleicht schwanger ist. Wartest du auf einen Mann, der dir ähnlicher ist?«

»Nein, darum geht es nicht«, entgegnete Molly. »Worauf immer ich warte, ich habe ohnehin keinen Einfluss darauf.«

Raj stöhnte innerlich auf. Von hinten hörte er Joanie rufen: »Haben Sie das absichtlich offen gelassen?«

»Was?« Raj drehte sich irritiert um.

Joanie wedelte mit der Krankenakte. »Sie haben nicht notiert, was Sie ihr gegeben haben.«

»Weil ich ihr nichts gegeben habe«, erwiderte Raj. »Einen Moment, ich komme gleich.«

»Die Pillenfläschchen waren aber geöffnet«, fuhr Joanie fort. »Soll ich Dr. Mathers aufwecken?«

»Ich habe doch gesagt, dass ich gleich komme«, blaffte Raj. Joanie grinste nur süffisant. Er wusste, dass sie etwas vorhatte – vielleicht einen neuen passiv-aggressiven Trick, um ihn vor Molly zu blamieren? Er hörte, wie der Aufzug surrend hochgefahren kam.

»Menschen sind wie ein tiefer Brunnen«, sagte Molly, »aber Männer lassen den Deckel drauf. Als ich dich traf, hast du ihn durchbrochen, und ich dachte, der Deckel würde vielleicht ganz fortkommen. Ich will nicht in unbekannte Gewässer springen, deshalb warte ich.«

»Und was soll ich tun, während du wartest?«, fragte Raj.

»Mach dir keine Sorgen«, erwiderte Molly und strich ihm leicht über die Wange. »Wenn ein verrücktes Mädchen denkt, dass Gott durch sie wirkt, kommst du bestimmt gleich nach ihm.«

»Du solltest das nicht allzu ernst nehmen«, sagte Raj. »Sie ist schizophren. Morgen früh wird sie sich als verflucht empfinden.«

Molly trat in den Aufzug. »Und ich wollte dich nicht verletzen mit meiner Bemerkung, dass ich noch immer nach etwas auf der Suche bin. Denn vielleicht habe ich es schon gefunden.«

»Ich liebe dich«, flüsterte Raj.

Die Türen schlossen sich, und Raj empfand eine große Erleichterung ähnlich wie ein Patient, wenn sein Arzt feststellt, dass das verhängnisvolle Röntgenbild irrtümlich ihm zugeordnet wurde. Raj sollte noch lange an Mollys Worte denken. Er ging zur Schwesternstation zurück und überlegte, ob er sich soweit würde beherrschen können, Joanie nicht den Hals umzudrehen.

5

Bei der Teambesprechung am nächsten Morgen musste Raj Farbe bekennen. Alle hatten sich im Büro gleich neben der Schwesternstation versammelt, tranken schwarzen Kaffee und unterhielten sich, während Clarence die Krankenblätter der Patienten durchging, die vor ihm auf dem Boden lagen. Inzwischen war er beim letzten angelangt, ohne einen Kommentar von sich gegeben zu haben; hin und wieder wischte er sich Doughnutkrümel aus dem Bart. In der Nacht geschah meistens nicht viel.

»Vielleicht wollen Sie sich diese Akte noch einmal anschauen«, bemerkte Mona.

»Sasha Blum«, sagte Clarence und überflog dabei das oberste Blatt. »Ein Schwangerschaftstest?« Er wandte sich Raj zu. »Dieses Mädchen hat mitten in der Nacht beschlossen, Ihnen zu offenbaren, dass sie ein Kind bekommt?«

»Mir hat niemand etwas davon gesagt«, meldete sich Mathers zu Wort, ein Assistenzarzt im ersten Jahr, der in Yale studiert hatte. Raj kannte ihn kaum. »Sie ist eine meiner Patientinnen, vollkommen durchgedreht«, sagte Mathers. Clarence sah noch immer zu Raj, auf dessen Antwort er wartete.

»Bei dem Mädchen wurden die Medikamente vorübergehend abgesetzt, auf Anweisung von Dr. Mathers, um zu sehen, wie sie darauf reagiert«, sagte Raj, »und es gab Hinweise darauf, dass sie schwanger sein könnte.«

»Von ihr? Von ihrer Familie? Von wem?«, hakte Clarence nach.

»Als ich auf die Station kam, erfuhr ich von den Schwestern, dass sie erbrochen hatte, und es schien mir sinnvoll, dem nachzugehen«, erwiderte Raj.

Die Krankenakte in der Hand, fuhr Clarence mit kritischer Miene fort: »Das klingt vernünftig, aber lassen wir nicht einen ausgewachsenen psychotischen Schub vollkommen außer Acht? Die Anweisung auf dem Krankenblatt lautet, beim ersten Anzeichen eines Rückfalls sofort wieder Medikamente zu geben. Sie haben diese Anordnung bewusst ignoriert. Warum?« Raj sah überrascht zu Mathers hinüber.

»Weil heute Nacht nichts davon in der Akte stand«, sagte Raj.

»Aber ja! Ich habe die Anweisung doch notiert, ehe ich nach Hause gegangen bin«, widersprach Mathers. »Ich würde die Patientin nie derart hängen lassen. Sie müssen sehr in Eile gewesen sein.«

Raj spürte, wie sich sein Körper vor Ärger verspannte, aber ehe er etwas sagen konnte, wandte sich Mathers an Clarence. »Wie ich gehört habe, wurde die Situation ziemlich brenzlig, und Raj hatte erst kurz zuvor seinen Dienst angetreten. Das soll keine Kritik sein – wir alle wissen, dass solche Dinge nun mal passieren.«

Etliche Kollegen rutschten unbehaglich auf ihrem Stuhl herum, und Rajs Gesicht lief rot an. Mathers hatte Sasha eindeutig hängen lassen, und Raj glaubte zu wissen, wer ihn auf seinen Fehler aufmerksam gemacht hatte. Clarence zog einen gelben Zettel aus der Akte hervor. »Sie haben einen guten Riecher, Rabban. Der Test war positiv. Jetzt können Sie und Mathers überlegen, was Sie mit einer schwangeren Frau mitten in einem schizophrenen Schub am besten machen.«

»Ich habe mir schon etwas überlegt«, warf Raj rasch ein.

»Und das wäre?«, fragte Clarence.

»Moment!«, unterbrach Mathers. »Ist sie nicht immer noch meine Patientin?«

»Plötzlich können Sie es gar nicht erwarten, sich um eine vollkommen durchgedrehte Frau, wie Sie es so elegant formuliert haben, zu kümmern?«, bemerkte Clarence. Mathers verstummte ärgerlich.

»Ich möchte mich gerne für den Rest des Tages zu Ms. Blum setzen«, sagte Raj bedächtig. »Ich bin noch im Dienst, und auf der Station ist nicht viel los. Wenn Sie damit einverstanden sind, dass ich mich intensiv mit ihr beschäftige, bekomme ich eventuell heraus, wer der Vater ist. Und ich könnte vielleicht einschätzen, wie ernst der momentane Schub ist.«

Clarence nickte zustimmend und schob ihm die Akte über den Tisch. »Hier, aber machen Sie einen Bericht für Mathers, bevor Sie gehen. Er wird ihn dann mit mir durchgehen. Liegt sonst noch was an, Leute? Gut, packen wir's an. Die Sitzung ist beendet.«

Raj kochte innerlich, als er aus der Besprechung ging. Dass Mathers die Krankenakte manipuliert und gelogen hatte, verstieß eindeutig gegen das Berufsethos, doch auch Raj war bei Sasha Blum in eine Grauzone geraten. Er konnte Clarence schlecht sagen, dass seine neue Freundin die Schwangerschaft seiner Patientin intuitiv wahrgenommen hatte. Am besten äußerte er sich gar nicht mehr dazu. Als er in Sashas Zimmer trat, lag das Mädchen mit dem Rücken zur Tür auf dem Bett, die Decke beiseite geschoben. Zwischen den zugezogenen Gardinen fiel ein Strahl Sonnenlicht herein, der ihren Körper wie eine scharfe Messerklinge entzweischnitt.

»Sasha?«, sprach Raj sie vorsichtig an.

»Sie ist nicht da.«

»Vielleicht doch«, erwiderte Raj, dankbar, dass sie auf ihren Namen reagiert hatte. »Kann ich mit Ihnen sprechen? Ich habe Neuigkeiten.« Das Mädchen blieb vollkommen reglos, als Raj sich zu ihr auf die Bettkante setzte. Doch die Zeit war zu knapp, um in aller Ruhe auf eine Äußerung von ihr zu warten und jede kleinste Reaktion zu analysieren. »Ich habe eine hoffentlich gute Nachricht. Sie bekommen ein Baby.«

»Ich werde sterben«, flüsterte Sasha nach einer Weile.

»Können Sie mich anschauen?«, fragte Raj mit sanfter Stimme. Sasha rollte langsam herum und legte einen dünnen Arm über das Gesicht, obwohl das Zimmer abgedunkelt war. *Sie will nicht sehen, was sie sehen muss*, dachte Raj. »Haben Sie verstanden, was ich gerade gesagt habe?«, hakte er nach.

»Mein Lehrer brachte mich in die Berge«, sprach Sasha leise weiter, das Gesicht noch immer unter dem Arm verborgen. »Ein paar von uns aßen von den Feldern, andere tranken aus dem Wald. Nächte haben mehr Beine. Kann Miss Havisham die Bomber hören?«

Raj wartete. Die Worte und Bilder schienen lose zusammenzuhängen, doch er besaß genug Fachwissen, um nicht auf jede Phantasie, die Sasha ihm anbot, einzugehen und im Gespräch ergründen zu wollen. Unterhalb der Oberfläche ließen die Bilder erkennen, dass es um Gefahr ging und sich in Sicherheit zu bringen. *Sie muss sich mit diesem Baby sehr bedroht fühlen.*

»Haben Sie verstanden, was ich gerade gesagt habe?«, wiederholte Raj.

»In den Bergen ist es zu kalt, um dort ein Kind aufzuziehen«, murmelte Sasha. »Blaue Jacken sind wärmer. Grün ist schön.« Der Arm sank zur Seite. Ihr Gesicht war eine reglose Maske, aber wenigstens nicht mehr so fratzenhaft verzerrt wie zuvor.

»Ich glaube, Sie haben mich verstanden und möchten vor der Realität flüchten«, beschrieb Raj laut seine Vermutung. »Sie wissen, wohin Sie laufen wollen. Ich werde Sie nicht aufhalten, aber können wir uns vorher ein wenig unterhalten? Es ist wichtig.«

Der Arm bewegte sich ein wenig, als wäre seine Besitzerin unschlüssig, ob sie auf diesen Schutz verzichten wollte. Eines der ersten Klischees, die ein angehender Psychiater lernt, betrifft den Unterschied zwischen einem Neurotiker und einem Psychotiker. Ein Neurotiker ist ein Mensch, der Luftschlösser baut; ein Psychotiker zieht dort ein. Und die Pointe: Ein Psychiater ist derjenige, der die Miete kassiert. Raj wusste, dass Sasha sich mit ihrer ausgeprägten Psychose durchaus in eine Phantasiewelt zurückziehen konnte – die Ereignisse der vergangenen Nacht ließen keinen Zweifel daran. Also war lediglich die Frage, ob sie die Willenskraft aufbrachte, wieder auf die Erde zu kommen. Wenn ihre Krankheit ihr den Weg in die Realität versperrte, blieb ihm keine andere Wahl, als ihr Medikamente zu geben.

»Bewegen Sie die Hand, wenn Sie sich erinnern, wer ich bin«, sagte Raj behutsam in der Hoffnung, einen Kontakt herstellen zu können. Die Maske bekam einen kleinen Riss, und Sasha bewegte leicht die Finger; doch aus ihren Augen blickten noch immer Angst und Erschöpfung in einem

Maß, wie sie kein junges Mädchen verdiente. Raj fiel ein, was Halverson am ersten Tag des Praktikums gesagt hatte: »Wir sind nicht hier, um Seelen zu retten. Das ist unmöglich. Ein verführerischer Gedanke, den Sie sich jedoch nicht gestatten dürfen. Wir sind nicht einmal hier, um die Menschen zu heilen, aber das können wir zumindest versuchen.« Für Raj war diese Lektion gerade in Sashas Fall schwer zu akzeptieren.

»Ich wandere herum«, sagte Sasha.

»Ich weiß«, erwiderte Raj.

»Tun Sie nicht. Ich wandere herum, sobald ich mit meinen Rillen – *meinen Pillen* aufhöre«, stammelte sie und hatte sichtlich Mühe, ihre Gedanken richtig zu formulieren. »Straßen kommen auf Katzenpfoten. Tippelditripp. Du weißt es nie. Und manchmal wache ich neben jemandem auf, der niemals denken würde, dass ich bete, aber das tue ich.« *Sie ist nachts herumgewandert und am nächsten Morgen neben einem fremden Mann aufgewacht.*

»Also ist der Vater des Kindes wahrscheinlich jemand, den Sie gar nicht kennen«, fuhr Raj ernst fort.

Sasha zuckte zusammen. »Wir wollen heute keinen Besuch von Mrs. Rude. Diddeldidu.« Obwohl sie sich nun wieder zurückzog, war Raj froh, dass sie mit ihm zu reden versuchte. Ihr zerrütteter Geist trieb fort, ehe er irgendwo zur Ruhe kommen konnte. All die Tests, die bei einer Schwangerschaft mit derartig vielen möglichen Risiken – von Aids bis zu Drogenmissbrauch bei dem unbekannten Vater – üblicherweise gemacht wurden, wollte ihr Raj in diesem Zustand nicht zumuten. »Sollen wir jemanden anrufen?«

Sasha zögerte. »In meinem Kopfkissen. Mein Kissen ist

eine Tasche. Sie dürfen in meine Tasche schauen, aber nichts nehmen.«

»Gut. Ich werde die Schwestern bitten, in Ihre Tasche zu schauen. Sie werden nichts anderes berühren.« Sasha stand auf und ging zum Fenster, als wollte sie die Vorhänge zurückziehen, lehnte sich stattdessen jedoch an die Wand. Raj wusste, dass sie nicht weinen würde; zu einer solch normalen Reaktion war sie im Moment nicht fähig. Sie hatte keinen Zugang zu dem Ort, an dem unsere wahren Ängste und Sehnsüchte tief unter Tränen verborgen liegen.

Wenn sie planlos durch die Straßen wanderte, würde er ihr Medikamente verordnen müssen, die ihre Halluzinationen unterdrückten, doch diese würden mehr auslöschen als ihre entsetzliche, panische Angst.

»Wir werden alles für Sie tun, was wir können«, sagte Raj. »Ich bin gleich wieder da.« Als er sich zum Gehen wandte, erlebte Sasha erneut einen Moment geistiger Klarheit. »*Menschen sind wie ein tiefer Brunnen.* Ich glaube, das ist es, was mir am meisten Angst macht.« Raj überlief ein kalter Schauer, als er sie Mollys Worte wie ein Echo wiederholen hörte. Er hätte Sasha fragen können, was nun in ihr vorging, aber woher sollte sie das wissen, sie, die schon froh sein konnte, wenn sie sich erinnerte, welchen Monat sie gerade hatten? Ob er wohl ein Brett vor dem Kopf hatte, fragte sich Raj, als er auf den Korridor hinaustrat. Wie viele Hinweise außer diesem hatte er schon bekommen? Worauf deuteten sie, unverwechselbar wie Vogelsang oder die Schreie eines Tieres und ebenso unmöglich zu verstehen?

»Ist das UFO gelandet?«

Raj blickte auf und sah Mathers vor sich stehen. »Mehr oder weniger«, antwortete er. »Ihr Zustand ist unverändert, aber wir können die Medikamente nicht absetzen. Sasha wurde schwanger, weil sie von sich aus aufgehört hat, ihre Medikamente zu nehmen und dadurch wieder den Drang bekam, planlos umherzuwandern.«

Mathers zuckte die Schultern. »Wir haben es eben versucht.«

Als er Rajs skeptischen Blick bemerkte, fügte er hinzu: »Ich weiß, Sie halten mich für gefühllos. Meine Hoffnung war, dass sie klarer wird, wenn ich die Medikamente absetze. Manchmal steigen sie von ihrem Wolkenkuckucksheim auf die Erde herunter, sobald man die Dosis halbiert. Wie viele Psychotiker sehen wir am Tag – zehn? Zwanzig? Die meisten haben ihr Leben ziemlich gut im Griff. Aber diese Sache ist, wie sie ist. Wenn sie heute Abend ihre Tabletten nimmt, wird sie sich nicht einmal daran erinnern, dass es den heutigen Tag gegeben hat.«

Wie oft Mathers wohl noch »sie« sagen würde, anstatt Sasha bei ihrem Namen zu nennen, überlegte Raj. »Und was wird mit ihrem Baby?«, fragte er.

»Das werden wir sehen müssen«, sagte Mathers. »Ich an ihrer Stelle würde es nicht bekommen. Viele Schizophrene vergessen, dass überhaupt ein Baby im Haus ist oder dass es ihnen gehört. Wenn sie bedürftig ist, könnten Sozialamt und Gericht sie zwingen, es wegzugeben. Sie hat Familie, wie ich mich erinnere, und besucht hier in der Stadt ein gutes College. Eigentlich hat sie noch Glück, denn ihr stehen auch andere Möglichkeiten offen.«

Raj erkannte, dass Mathers sich nicht mit ihm anlegen wollte. Er war nicht so gefühllos, wie er sich gab, und was ihn auch bewogen haben mochte, in die Psychiatrie zu gehen – ihre Beweggründe schienen ähnlich zu sein.

Und er hatte hinreichend Intuition, um Rajs Gedanken zu erahnen.

»Stimmt«, fuhr Mathers fort. »Ich bin einer von den Guten. Versuchen Sie doch mal, sich an diese Tatsache zu gewöhnen. Alles schwarz-weiß zu sehen ist ein typisches Symptom für eine Borderline-Persönlichkeit. Wollen wir eine Friedenspfeife miteinander rauchen oder einen Kaffee trinken gehen?«

»Wir müssen noch beraten, wie wir Sasha weiter behandeln.«

»Ich dachte, das hätten wir gerade getan. Sie bekommt wieder Clozapine und bleibt unter strenger Beobachtung, bis es anschlägt – nur für den Fall, dass sie beschließt, wieder mit Weihwasser herumzuspritzen. Dann unterschreibt derjenige, der sich normalerweise um sie kümmert, dass sie die geschlossene Station verlassen darf, und kümmert sich weiter um sie.« Mathers wirkte ungeduldig und in Eile, und aus fachlicher Sicht hatte Raj keine Einwände.

»In Ordnung«, stimmte Raj zu. Mathers schien zufrieden und wollte schon gehen, doch Raj hielt ihn zurück. »Noch etwas. Falls Sie die Absicht haben, sich mit Joanie zusammenzutun, dann lassen Sie sie in Zukunft nicht mehr die Krankenakten Ihrer Patienten nachbessern, okay? Geben Sie mir jetzt freie Hand bei dieser Sasha? Ich denke, das habe ich verdient.«

Mathers kniff die Augen zusammen, und Raj fragte sich, ob er sich gegen diesen Vorwurf wehren würde. Doch er bemerkte lediglich mit einem dünnen Lächeln: »Tun Sie, was Sie meinen, tun zu können. Sasha hat Glück mit Ihnen.«

Raj beichtete Maya nicht, was mit ihm los war, obwohl er es sich fest vorgenommen hatte. Ihr Großvater war schwer krank, und außerdem hatte sie in der Arbeit viel um die Ohren. Der Beruf, den sie sich gewählt hatte, passte sehr gut zu ihr, doch Maya hatte ein zu weiches Herz.

»Du verbringst sehr viel Zeit bei Gericht und noch viel mehr bei der mühsamen Arbeit mit diesen zerrütteten Familien«, sagte Raj eines Tages, als sie in seinem Apartment zu Abend aßen. Maya hatte ein Curry-Gericht vom indischen Imbiss mitgebracht.

»Soll ich denn meine Gefühle abstellen?«, entgegnete Maya.

»Manchmal schon. Das Gericht muss dich für glaubwürdig halten, ob du nun befindest, dass eine Familie wieder zusammengeführt werden kann, oder ob du eine Herausnahme der Kinder befürwortest«, erwiderte Raj.

»Es geht mir höllisch an die Nieren. Vielleicht bin ich doch nicht für diesen Beruf geeignet«, sagte Maya traurig. »Und dann noch wir beide.«

Raj schnürte es die Kehle zu. »Was meinst du?«, fragte er.

»Ich weiß nicht, ob eine Ehe das aushält, wenn beide in der Arbeit tagtäglich so viel Leid erleben. Das kann nicht gut gehen. Ich spüre es doch schon.«

»Seit wann?«

Raj merkte, dass er sich in etwas hineinsteigerte, doch er konnte es nicht ändern. Seine Schuldgefühle trieben ihn dazu.

»Ich weiß es nicht genau. Aber was immer sie mit dir machen, du bist nicht mehr wie früher«, sagte Maya. »Vergiss es. Ich mache dir nur noch mehr Probleme.«

Raj nahm ihre Hand, nicht weil es ihm ein Bedürfnis war,

sondern weil er wusste, er hätte es getan, bevor er Molly begegnet war. »Ich habe keine Probleme, Maya. Ich –«

Er hielt inne, aber nicht, weil ihm der Mut fehlte. Maya würde ihm vielleicht Feigheit vorwerfen, sobald sie alles erfuhr. Doch das war es nicht, nicht in Rajs Augen. Die Liebe hatte ihn betrogen. Sie zog ihn in verschiedene Richtungen, zu zwei sehr unterschiedlichen Frauen, und obwohl sein Anstandsgefühl ihn zu einer Entscheidung drängte – die Liebe wollte es nicht zulassen. Der Liebe sanfte Seite ließ Maya zu der Frau werden, die er am meisten begehrte. Ihre rätselhafte Seite machte Molly zu der Frau, nach der er sich mit jeder Faser seines Herzens sehnte. Es wäre verletzend und lächerlich, Maya zu sagen, sie sei nicht geheimnisvoll genug. Das war nicht das Problem. Man kann Herzensgüte nicht fortwerfen, weil es ihr an Geheimnissen fehlt. Nur dass jetzt, da die Krise greifbar war, ein Mangel an mysteriöser Unergründlichkeit wirklich nicht als Entschuldigung gelten konnte.

»Es gibt jemand anderen«, sagte er.

Maya legte ihre Gabel auf den Tisch und ließ den Kopf hängen. »Seit wann?«, fragte sie leise.

»Seit einer Weile. Du kennst sie – das heißt, du weißt, wer sie ist.«

Maya blickte schockiert drein. »Wen meinst du?«, fragte sie.

»Die Schauspielerin, die wir letztens gesehen haben. Sie heißt Molly«, erwiderte Raj.

»Mein Gefühl war also richtig. Ich habe nur gehofft, dass ich mich irre.« Maya stand auf und raffte ihre Sachen zusammen; als Raj sie berühren wollte, stieß sie ihn fort.

»Ich habe immer gespürt, dass du dir unsicher bist«, stieß

sie hervor, und es hörte sich an, als hätte sie diesen Satz geübt, als hätte sie sich diesen Augenblick schon öfter vorgestellt. »Es ist nicht ihre Schuld. Du wolltest von Anfang an jemand anderen.«

»Das stimmt nicht«, widersprach Raj.

»Ach, halt den Mund!«, fuhr Maya ihn an. »Lass mich wenigstens reden, wenn schon alles nach deinem Kopf gehen muss. Es war gemein von dir, mich ins Theater mitzunehmen. Das werde ich dir nie verzeihen. Es war eine Folter für mich, als du in der Pause verschwunden bist. Ich wollte glauben, dass man dich zu einem Notfall gerufen hatte, aber mein Herz sagte etwas anderes. Doch ich konnte nichts sagen. Ich liebte dich. Ich redete mir ein, dass mein Herz sich irrte. Irgendwie war ich sogar froh, als meine Eltern überstürzt abreisten und ich allein war, weil du mir dann zeigen konntest, dass dir noch etwas an mir lag.«

»Und das war so. Es ist immer noch so«, warf Raj kläglich ein.

»Nein, es ist das, was du Gefühle nennst«, entgegnete Maya erbost. »Zwei Schritte vor, einen zurück. Es ist immer das Gleiche, langsam komme ich dahinter. Man kann eben nicht alles haben. Für mich warst du ein wunderbarer Mensch, und jetzt erkenne ich, wie gemein du sein kannst. Siehst du, Gefühle ändern sich!« Maya brach in Tränen aus. Ohne sich darum zu kümmern, warf sie ihren Rucksack über die Schulter und lief zur Tür. Blind vor Tränen gelang es ihr nicht, die doppelte Verriegelung zu öffnen.

»Warte«, sagte Raj.

»Nein!«, schluchzte Maya, musste sich schließlich aber doch die Tür von ihm öffnen lassen. Raj blickte ihr nach, wie sie den Gang hinunterlief, beide Hände auf den Mund gepresst, damit die Nachbarn ihr herzzerreißendes Weinen nicht hörten.

Obwohl er sich dafür hasste, rief er Molly an und bat sie, zu ihm zu kommen. Er war verrückt nach Liebe, und gleichzeitig vereinnahmte sie ihn. Molly war überrascht, von ihm zu hören. »Du klingst seltsam«, sagte sie.

»Stell mir keine Fragen«, erwiderte er. »Nicht heute. Komm einfach zu mir.«

Molly willigte ohne zu zögern ein, doch als sie bei ihm zur Tür hereinkam, fragte sie erneut: »Was ist los?«

»Nichts, was wir jetzt bereden müssten. Sei einfach bei mir.«

In jener Nacht liebten sie sich anders als sonst. Raj spürte ihre Gegenwart, etwas, das über das Körperliche hinausging. Molly hielt ihn fest umschlungen, als wollte sie ihm klar machen, dass sie keine der vielen verschwommenen Gestalten war, die sich in seine Realität drängten, ohne sie jemals ganz zu teilen. Sie hatte niemals Dinge gesagt wie »Berühre mich hier« oder »Bitte langsamer«, und sie tat es auch in dieser Nacht nicht. Ihr Körper schien ihm selbst zu sagen, was sie wollte, und sein Körper verstand. Da sie beide müde waren, veränderte sich der körperliche Akt, und zu Rajs Überraschung wirkte sich seine Erschöpfung positiv aus. Es war sein wohlig mattes Gewicht, das sich auf sie legte, nicht das Gewicht der ganzen Welt, und sein Geist, zu träge, um seine Leistung zu überwachen, konnte sich endlich entspannen.

In den ersten Momenten danach wagte er nichts zu sagen. Doch anstatt neben ihm befriedigt ins Reich der Träume hinüberzugleiten, setzte Molly sich auf. Sie sah sehr wach aus.

»Das war –« Sie hielt inne, und Raj machte sich einen Moment lang auf etwas Unangenehmes gefasst. »Das war das erste Mal, dass du nicht *sie* geliebt hast«, sagte Molly. Raj zuckte zusammen, denn er dachte, sie meine Maya. Doch dann fiel ihm ein: Molly bezeichnete ihre Bühnen-Persona als *sie*. Ehe Raj antworten konnte, legte Molly ihm ihre Finger auf die Lippen. Das war alles, was sie sagen wollte, alles, was sie gesagt wissen wollte. Und innerhalb von Sekunden verstand Rajs Körper auch dies.

Es war die Art von Sex, die euphorisch machte, zumindest Molly. Sobald er sie nicht mehr in den Armen hielt, wühlte etwas wie die Spitze eines Messers in Rajs Brust, doch er ließ sich zu einem Spaziergang überreden. Der Nachthimmel war erstaunlich klar und spannte sich über ihnen wie ein samtener Baldachin. Sie hatten kein bestimmtes Ziel, doch wie Pilger, die es zum heiligen Fluss zieht, gingen sie in Richtung Broadway. Es herrschte reges Treiben auf den Straßen.

»Lass uns einfach diesen ruhelosen Geistern folgen«, sagte Molly und deutete auf die Menschenmenge, die sich an ihnen vorbeischob. Sie war viel zu aufgekratzt, als dass sie das Gedränge und Geschubse gestört hätte. Der Strom der Nachtschwärmer ergoss sich in Richtung Innenstadt. Die Liebe bewirkt so viele Wunder, dass man die kleineren leicht übersieht. Raj fühlte sich langsam besser. Er war vollkommen durcheinander, und dennoch fiel ihm auf, wie schön der dahinfließende Verkehr aussah, wie leuchtende Streitwagen in einer Welt schmutziger, verbeulter Lastwagen. Alles wegen ihr.

Kurz vor der Madison Avenue kamen sie an einem Feinkostladen vorbei, der spätnachts noch geöffnet hatte, und

Molly war auf einmal sehr hungrig. Sie gingen hinein und sahen sich um. Molly blieb bewundernd vor der gläsernen Fischtheke stehen, in der, wie es ihr vorkam, alle Lebewesen des Meeres, geräuchert und fein säuberlich aufgeschnitten, arrangiert waren. Plötzlich begannen nicht weit von ihnen zwei Leute zu streiten. Ein Mann mittleren Alters mit einer weißen Schürze, rotgesichtig und grob, brüllte auf ein etwa achtzehnjähriges Mädchen ein, das sich furchtsam duckte.

»Hast du Scheiße im Hirn«, schrie der Mann. »Du kennst nicht den Unterschied zwischen sechs neunundneunzig und sechzig neunundneunzig? Weißt du, wie viel Geld ich dadurch verlieren kann?« Das Mädchen stand mit gesenktem Kopf da, ihre Lippen zitterten.

»Es war ein Versehen. Ich mache es wieder gut«, murmelte sie.

»Das will ich hoffen, verdammt noch mal! Denkst du, jemand anderer würde so einer dummen Kuh wie dir Arbeit geben? Ja? Geh mir aus den Augen!« Der Mann schien sich nicht mehr zu kennen vor Zorn. Die Kunden, die sich in der Nähe aufhielten, zogen sich zurück, nur Molly nicht. Sie ging die Fischtheke entlang auf die beiden zu, blickte dabei jedoch auf die Stapel von rosafarbenen Lachsen mit weit geöffneten, schwarzen Augen und Tintenfische, die wie flache graue Luftballons aussahen.

»Papa!«, flehte das Mädchen. Sie wirkte beschämt, war aber unfähig, sich aus der Situation zu lösen. Die spannungsgeladene Atmosphäre ließ sie jedoch einen Schritt zurückweichen, sodass sie an eine Pyramide aus Gläsern mit Wachteleiern stieß, von denen mehrere herunterfielen und auf dem Boden zerbrachen. Dieser Vorfall machte den Mann offenbar noch zorniger.

»Herrgott noch mal! Du wischst die Sauerei sofort auf, und außerdem bezahlst du mir jedes einzelne Glas, hast du gehört? Wie kann man nur so dämlich sein!« Das Mädchen hatte inzwischen angefangen zu weinen. Sie kniete auf dem Boden und bemühte sich, die in Salzlake schwimmenden Eier und Glasscherben aufzusammeln. Der rabiate Chef, offenbar ihr Vater, stand mit zornigem Gesicht daneben und passte auf, um sie nötigenfalls erneut zusammenzustauchen.

Molly hatte die Szene aufmerksam beobachtet. Nun ging sie zu dem Mann und seiner Tochter hinüber, die nicht einmal eine halbe Armlänge voneinander entfernt waren, und schob sich zwischen die beiden, die sie irritiert ansahen. Einen Moment dachte Raj, der Mann würde auf Molly losgehen. Molly stand still da und studierte die Etiketten einiger Dosen, als wäre es die faszinierendste Lektüre auf der Welt. Raj spürte, wie die Spannung nachließ, und das Mädchen hörte auf zu weinen. Selbst der Körper des Mannes schien seine Starrheit zu verlieren. Wenige Sekunden später stand Molly wieder neben ihm.

»Was hast du gemacht?«, fragte er sie. Molly warf ihm ein Du-wirst-schon-sehen-Lächeln zu und erwiderte: »Von mir aus können wir jetzt gehen.«

Auf dem Weg nach draußen deutete sie mit dem Kopf zur linken Seite des Ladens, und Raj sah hinüber. Der Mann mit der Schürze hatte sich gebückt, um das Durcheinander beseitigen zu helfen. Er lachte und scherzte mit ein paar Kunden, und das Mädchen lachte mit ihm. Alles wirkte ganz normal, sofern man nicht die hässliche Szene zuvor miterlebt hatte.

»Ich habe sie verändert«, sagte Molly.

»Wie denn? Du hast dich doch nur zwischen sie gestellt.«

»Ich habe ihre Gefühle wahrgenommen und sie dann aufgelöst«, erwiderte Molly.

»Warum?«

»Weil sie es nicht konnten. Nicht sie allein. Das ist wie bei einem Dampfkochtopf. Beide standen emotional derart unter Druck, dass keiner loslassen konnte aus Angst, das Sicherheitsventil würde kaputtgehen.« Molly zog Raj am Arm in Richtung Ausgangstür.

»Wie kannst du das wissen?«, fragte er. »Vielleicht haben sie sich einfach wieder beruhigt.«

»Ich habe das Gleiche gemacht, wenn meine Eltern stritten. Ich erinnere mich nicht mehr, wie es anfing. Es kam einfach so«, erklärte Molly und hielt Raj ein Biscotto hin; als dieser abwehrte, begann sie selbst daran zu knabbern. »Ich gebe zu, es klingt seltsam, aber im Gegensatz zu dir gebe ich mich nicht der Illusion hin, dass das Leben jemals normal ist.«

»Warum glaubst du, dass ich das tue?«

»Na ja, erst einmal rüttelt es an deinem Schutzkäfig, dass ich damit Recht haben könnte. Du kannst nicht einfach beobachten und dann die Dinge akzeptieren, wie sie sind. Du meinst, das Leben muss normal sein, und deshalb schiebst du solche Sachen weg.«

Was Molly sagte, war nicht von der Hand zu weisen, doch es kam noch etwas dazu: seine Angst, dass sie jedes Mal, wenn sie ihm etwas zeigte, das ihn erschreckte, von ihm fortwollte. Er hielt inne und überlegte: *Warum erschreckt es mich?*

Molly lieferte ihm die Antwort auf seine Frage. »Ein normales Leben gibt es eigentlich gar nicht, nur ein voraussehbares. Was man nicht voraussehen kann, kann man auch nicht kontrollieren. Und das macht den Leuten höllisch Angst.«

»Und warum bist du immun dagegen?«, wollte Raj wissen.

»Ich bin es nicht. Als du plötzlich in meiner Garderobe warst, hatte ich auch Angst vor dir. Aber wenn ich das Gefühl habe, dass etwas sich meiner Kontrolle entzieht, schaue ich es mir genauer an, anstatt wegzulaufen.«

»Das ist gut«, meinte Raj.

Molly lachte. »Du kannst dir gar nicht vorstellen, wie tröstlich es ist, dass du mir zustimmst.« Sie wirkte ganz unbekümmert und hatte die Sache in dem Laden offenbar ebenso schnell vergessen, wie sie abgelaufen war. Doch Raj spürte noch zehn Straßen weiter eine seltsame Unruhe in sich. Er erinnerte sich an die Auseinandersetzungen seiner Eltern. Als er sechs oder sieben war, jagten ihm ihre kleinen häuslichen Streitigkeiten eine fürchterliche Angst ein. Er lief dann in sein Zimmer, vergrub den Kopf in einem Kissen und kniff die Augen so fest zusammen, wie er nur konnte. Vermutlich nahmen die meisten Kinder Zuflucht zu dieser Art ängstlicher Verleugnung, überlegte er. Es war eine Abwehrreaktion gegen Hilflosigkeit. Molly gab dem Gefühl der Hilflosigkeit nicht nach; sie hatte einen anderen Weg gefunden, damit umzugehen. Raj dachte an Sasha Blum, der die Krankheit so viel genommen hatte, dass nichts mehr an ein lebendiges Mädchen erinnerte. Und er erkannte, dass ebenso wie sie auch er Gefahr lief, die Welt als einen Ort zu betrachten, wo man alles verlieren konnte, anstatt sie als Ort zu sehen, wo man alles finden kann.

»Gestern hatten wir einen seltsamen Patienten«, sagte Raj

unvermittelt. »Ein älterer Kerl, der die meiste Zeit in einem Obdachlosenheim lebt. Die Polizei hatte ihn aus einem verlassenen Gebäude geholt. Zuerst dachten sie, er sei auf der Suche nach Crack gewesen, aber das war ein Irrtum. Er erzählte allen Leuten immer wieder, das verlassene Gebäude sei Roseland, bis jemand begriff, dass er die alte Tanzhalle meinte, die es früher in der Nähe vom Times Square gab.

Deshalb nahmen sie natürlich an, er sei nicht ganz richtig im Kopf, und ich wurde in die Notaufnahme gerufen. ›Mr. Schirmer‹, fragte ich ihn, ›warum sind Sie ins Roseland gegangen?‹ Und er erzählte mir, dorthin habe er seine Frau vor vielen Jahren zum Tanzen ausgeführt. ›Sie sind also hingegangen, um sich an bessere Zeiten zu erinnern‹, sagte ich. Er sah mich mit diesem typischen ausdruckslosen Blick an und erwiderte: ›Ich gehe hin, um wieder mit ihr zu tanzen.‹

Es stellte sich heraus, dass seine Frau vergangenen Monat im Obdachlosenheim gestorben ist. Da stand ich also mit einer Spritze in der Hand, um ihm Beruhigungsmittel in die Vene zu jagen, und mir war sonnenklar, dass ich diesem Kerl gleich den Grund nehmen würde, warum er überhaupt noch lebte. Ich würde ihm mit einer simplen Spritze Roseland wegnehmen.«

»Und hast du es getan?«, fragte Molly. Sie sah weg, als wollte sie die Antwort gar nicht hören. »Ich hätte es nicht getan.«

Raj drehte ihr Gesicht zu sich. »So einfach war die Entscheidung nicht, Molly. Du hast nicht meinen Job.« Er stockte. »Ich habe ihm Ruhe und inneren Frieden gegeben.«

»Und das hatte seinen Preis«, sagte Molly.

»Sicher. So kann man es sehen. Aber ich glaube, er wird

seine Frau morgen oder nächste Woche wieder sehen. Sobald das Medikament abgebaut ist.«

»Ich freue mich für sie«, erwiderte Molly hintergründig.

Die Schatten hatten sich rasch wieder verzogen. Molly und Raj machten sich wieder auf den Heimweg. Die Häuserblocks wurden grauer und kahler, je weiter sie sich vom Stadtzentrum entfernten, wie Felswände im Gebirge, wenn man das saftig grüne Tal hinter sich lässt. Zum ersten Mal schliefen sie ein, ehe sie sich geliebt hatten. Erschöpft, wie sie waren, wollte keiner von beiden Nein sagen, und so wachten sie am nächsten Morgen auf, ineinander verschlungen wie Weinranken.

In den folgenden Tagen kam Raj eine neue Idee. Zuerst bezog sie sich auf Sasha Blum, dann auf alle Menschen. Er fragte sich, ob nicht jeder – selbst die Verrückten – einfach Teil einer Seele auf der Suche nach Liebe war.

»Warum haben wir es aufgegeben, einen echten Kontakt zu den Leuten zu suchen?«, fragte er Habib. »Was macht ihre Verzweiflung so anders als unsere, als die eines x-beliebigen Menschen?«

»Wenn du unsere Patienten meinst«, erwiderte Habib, »dann würde ich sagen, dass viele von ihnen einfach nicht erreichbar sind. Du kannst keinen Kontakt zu ihnen herstellen.«

»Wann hast du einem Patienten das letzte Mal gesagt, dass du ebenso empfindest wie er?«

»Also, heute Morgen habe ich einen Mr. McPatrick aufgenommen, er ist sechzig. Seine Töchter haben ihn gebracht, weil er ohne sein Lithium auf Reisen ging, und als er plötzlich in seine manische Phase kam, fühlte er sich so großartig, dass er zwei Stewardessen auf demselben Flug einen Heiratsantrag machte. Es würde mir äußerst schwer fallen, ihm mit einem tiefen Blick in die Augen zu sagen, dass ich mich manchmal ebenso fühle.«

»Du würdest also nie versuchen, einem Patienten wirklich nahe zu kommen, egal, wie sehr er menschlichen Kontakt braucht?«, fragte Raj.

»Wenn du zu nett bist«, warnte ihn Habib, »fressen sie dir die Haare vom Kopf.«

Fast alle auf der psychiatrischen Station teilten Habibs Ansicht. Der verstärkte Einsatz von Medikamenten machte es einfacher, die Patienten zu behandeln, ohne von ihnen innerlich berührt zu werden und umgekehrt. Eine Ausnahme war Halverson. Zwar hatte auch er sich dem Argument der Zweckmäßigkeit von Medikamenten beugen müssen, doch er ließ sich keinesfalls von seiner festen Überzeugung abbringen, dass die Seele etwas Heiliges ist.

»Nehmen wir zwei depressive Patienten«, erläuterte Halverson den jungen Ärzten, die er ausbildete. »Die Symptome des einen lindere ich mit Prozac oder irgendwelchen ähnlichen Medikamenten. Damit erreiche ich einen schnellen und oft durchschlagenden Erfolg. Mit dem zweiten Patienten spreche ich. Ich bemühe mich, ihn erkennen zu lassen, was ihn depressiv macht, und der Erfolg stellt sich nur langsam ein, häufig auch nur sehr unvollständig. Doch der Unterschied ist: Setze ich das Prozac beim ersten Patienten ab, treten seine Symptome sofort und mit voller Wucht wieder auf, wohingegen der zweite Patient zumindest eine Chance hat, Fortschritte auf dem Weg zu einer Heilung zu machen. Sind wir nicht dazu da, die Menschen zu heilen?«

Diese Debatte wurde schon seit dreißig Jahren geführt, doch immer noch mit großer Leidenschaft. Immer wenn Raj, der in dieser Frage ähnlich dachte wie Halverson, mit Habib darüber diskutierte, begann sein Freund zu spötteln. »Dein Schamane liegt falsch. Wir sind dazu da, Leid zu lindern, und dieser ganze Quatsch von wegen die Psyche aufdröseln ist nur eine Rechtfertigung. Warum sollte ein Patient still vor sich hin leiden, bis sein Psycho-Experte kommt, um mit ihm die dunklen Ecken seiner Seele zu erforschen. Das ist doch lächerlich.«

»Vielleicht glaubt mein Schamane, dass ein Geist in der Maschine steckt«, hielt Raj dagegen, »aber das ist noch immer tausendmal besser als eine Maschine mit nichts darin.«

Doch keiner dieser Gedanken nahm eine konkrete Form an, bis Molly in sein Leben trat. Da Raj selbst eine grundlegende Veränderung durchmachte, wurde der Pavillon für ihn zu einem Ort ohne Liebe, zu einer grauen Welt quälenden Leids und distanzierter Helfer. Warum musste er sich denn an die Regel halten, dass man einem Patienten niemals etwas Persönliches erzählen darf? Psychotherapeuten erzählen doch tagtäglich, dass Emotionen etwas Gutes, Positives sind, aber sobald sie sich umdrehen, sorgen sie dafür, dass ihre eigenen schön unter Verschluss bleiben. In Raj kam ein neues Gefühl auf, beinahe ein unwiderstehliches Bedürfnis. Wenn er selbst verliebt war und diese Liebe ihn mit Hoffnung und Freude erfüllte, warum sollte er dann Menschen, die jede Vorstellung von Hoffnung und Freude verloren hatten, nicht davon erzählen?

Habib ließ ihn ausreden und bemerkte dazu nur: »Du wirst dir Ärger einhandeln, mein Freund.«

Als Raj das nächste Mal zu Sasha Blum ging, saß sie in einem Sessel und rauchte. Sie hatte sich geschminkt, trug eine schwarze Jeans und ein Rüschentop. In dem Moment, als Raj die Tür öffnete, lachte sie über etwas, das jemand anderer im Zimmer gerade gesagt hatte.

»Hallo!«, begrüßte sie ihn fröhlich. »Schauen Sie, ich habe Besuch.«

»Sie sind auf«, sagte Raj, »das ist gut.«

»Mehr als das«, erwiderte Sasha ohne zu zögern.

Sie sieht aus wie eine Flickenpuppe, die jemand angemalt und auf den Sessel geworfen hat, dachte Raj bei sich. Doch er hatte keine Zeit, sich auf ihre seltsame Verwandlung einzustellen; die Augen von Sashas beiden Besuchern ruhten auf ihm. Der eine, ein junger Mann mit Ziegenbärtchen, streckte ihm sofort die Hand entgegen. Raj reagierte nicht darauf, denn er starrte den zweiten Besucher an.

»Das ist ja eigenartig«, sagte dieser. Es war Maya, die in Freizeitkleidung auf der Bettkante saß, die Sonnenbrille mit den blau getönten Gläsern auf das straff zurückgebundene schwarze Haar hochgeschoben. Sie stand nicht auf, als sie Raj sah, sondern hielt eine Schachtel Zigaretten hoch und sagte: »Ich nehme an, die sind hier nicht erlaubt? Sasha hat darum gebeten.«

»Ist schon in Ordnung«, erwiderte Raj und ging auf den jungen Mann zu, um ihm die Hand zu schütteln. Sein Händedruck war schlaff und kühl, und Raj dachte sofort, dass dieser Mensch ziemlich ängstlich und unsicher sein musste.

»Ich bin Barry, Sashas Freund«, stellte sich der junge Mann vor. »Wir kennen uns von der Uni.«

Raj beachtete ihn nicht weiter. »Wie geht es dir?«, fragte er Maya.

Maya stopfte die Zigarettenschachtel wieder in ihren schwarzen Rucksack und bemerkte mit einem Seitenblick: »Ich bin Sashas Freundin, aber auch ihre zuständige Sozialarbeiterin. Es geht ihr gut.«

»Ja, wirklich!«, rief Sasha aus. Im Moment war sie von allen Anwesenden die gelassenste. »Dr. Rabban wird mir sagen, wann ich nach Hause kann. Es müssen noch irgendwelche Bluttests gemacht werden.«

Raj konzentrierte sich wieder auf seine Patientin. »Nur die erste Blutuntersuchung«, sagte er. »Zu den anderen Tests kommen Sie alle paar Wochen her. Wir überprüfen dann, ob Ihre Medikamente richtig dosiert sind.« Er sah Maya nicht an, während er redete, damit sie ihre Fassung wiedergewann. Seit seinem Geständnis hatte sie ihn nicht mehr zurückgerufen. Nichts war geklärt, und dennoch machte es Raj seltsam froh, dass er Maya wieder sah, als habe jemand ein Netz ausgeworfen, um ihn zu ihr zurückzuziehen. Doch das Netz würde ihn nicht einfangen; auch das wusste er.

»Ich bringe Sasha zu den Tests her«, erklärte Maya. »Du kannst mir alles Nötige sagen. Muss ich irgendetwas unterschreiben?«

»Vielleicht, ich werde mich erkundigen«, murmelte Raj. Barry Wer-auch-Immer schien die knisternde Spannung im Zimmer zu spüren und reagierte darauf, indem er zu einem Handy griff, das auf dem Nachttisch lag, und damit herumzuspielen begann. Sasha zeigte weiterhin gute Stimmung. »Dr. Rabban hat mich keine Minute allein gelassen«, sagte sie. »Er versteht mich.«

»Davon bin ich überzeugt«, bemerkte Maya. »Er sieht aus, als könnte er sich sehr gut einfühlen.« Sie zog ein Kleenex aus der Box auf dem Tischchen und wischte sanft an Sashas Mundwinkel entlang, wo der leuchtend rote Lippenstift ein wenig verschmiert war.

»Übrigens, Sasha«, warf Raj ein. »Sie haben wahrscheinlich bemerkt, dass Maya und ich uns kennen. Sehr gut sogar. Aber ich bin froh, dass Sie jemanden haben, auf den Sie sich verlassen können. Sie ist absolut vertrauenswürdig.«

»Manchmal allerdings etwas zu vertrauensvoll«, meinte Maya. Sie griff nach Sashas Zigarette. »Noch zwei Züge, dann gehen wir.«

»Kann ich draußen einen Moment mit dir sprechen?«, fragte Raj. Maya sah überrascht aus, nickte jedoch zustimmend. Als sie die Tür hinter sich geschlossen hatten, sagte Raj: »Wir müssen bei Sasha besonders vorsichtig sein. Ich weiß nicht, wie gut du sie kennst, aber sie war ziemlich verwirrt, als sie vor ein paar Tagen hergebracht wurde.«

»Willst du damit andeuten, dass ich mich nicht korrekt verhalte?«, fragte Maya ruhig und sah Raj unverwandt an.

»Ich wollte gar nichts andeuten«, erwiderte er. »Sie ist schwer angeschlagen, und ich möchte nicht, dass sie übermäßigen Belastungen ausgesetzt wird.« Raj konnte ohne Mühe nachvollziehen, was Maya sich dachte: *Seit wann gehst du mit den Gefühlen eines anderen Menschen so behutsam um?*

»Woher kennst du Sasha?«, wollte Raj wissen.

Maya fühlte sich unbehaglich, aber sie erzählte Raj, dass sie Sasha von der New York University kenne; sie lebe im dortigen Wohnheim. Wenn sie Probleme hatten, konnten die Studenten zur psychologischen Beratungsstelle auf dem

Campus gehen, in der Maya vor kurzem zu arbeiten begonnen hatte.

»Dann bist du also Sashas Betreuerin?«, fragte Raj nach.

»So weit geht es nicht. Ich mag Sasha, wir sind miteinander befreundet.«

Raj nahm diese Informationen kommentarlos zur Kenntnis. »Und Barry?«

»Kein flüchtiger Bekannter, aber auch nichts Ernstes. Sie arbeiten zusammen im Labor oder so. Es ist dieses gewisse Alter –«, sagte Maya. »Ich habe ihm nichts von Sashas Problemen erzählt, falls du darauf hinauswillst.«

»Warum ist Sasha seiner Meinung nach hier?«

»Weil sie deprimiert ist wegen der Prüfungen und Angst hat, dass sie zu viel trinkt.«

Aus Sashas Zimmer drang lautes Gelächter, und beide hielten inne. Raj fragte sich, ob Maya diese Fröhlichkeit nicht paradox vorkam. Allerdings wusste er nicht, wie nah sie Sasha wirklich stand. Er beschloss, einen kleinen Vorstoß zu riskieren.

»Ich möchte bei diesem Fall mit dir zusammenarbeiten«, sagte er und fügte, als er sah, wie Maya erstarrte, schnell hinzu: »Wir sollten diesen ... Vorfall ... von letztens erst mal beiseite schieben. Das heißt nicht, dass wir die Sache unter den Teppich kehren. Es liegt ganz bei dir.«

»Vorfall? Du tust, als ginge es um eine Verletzung des irakischen Luftraums«, gab sie heftig zurück und ließ dabei nur ein klein bisschen von der Bitterkeit heraus, die in ihr steckte.

»Der Irak ist im Moment wahrscheinlich weniger feindselig«, erwiderte Raj als Versuch, einen ironischen Witz zu machen. Mayas Gesicht versteinerte. »Es tut mir von Herzen

Leid, was ich dir an Kränkungen zugefügt habe«, fuhr er fort. »Glaub mir.« Dies war weder der Ort noch der Zeitpunkt, das wusste Raj, um seine Beteuerungen wirklich glaubwürdig erscheinen zu lassen.

»Und?«, sagte Maya.

»Ich habe nur gehofft, ich könnte offen mit dir reden. Patienten wie Sasha werden im Wesentlichen mit Medikamenten stabilisiert, aber sie neigt dazu, sie einfach nicht mehr zu nehmen, und dann –«

»Ein bisschen weiß ich darüber«, unterbrach ihn Maya. »Nicht allzu viel. Und falls dich eigentlich interessiert, ob ich weiß, dass sie schizophren ist, dann lautet die Antwort ja. Ich glaube, ich bin so ziemlich die Einzige an der Universität, der sie es erzählt hat.«

Vielleicht, dachte Raj, *aber du weißt nicht, dass sie schwanger ist, und ich darf es dir nicht sagen, noch nicht.*

»Wie denkst du über ihr Verhalten heute?«, fragte Raj.

»Sie schauspielert. Sie möchte hier raus und betrachtet mich und Barry als ihre Verbündeten, als Menschen, die ihr helfen könnten, die maßgeblichen Leute zu überzeugen, dass sie in Ordnung ist. Findest du das verkehrt? Es ist ein Zeichen geistiger Gesundheit, wenn man nicht an diesem Ort sein will.« Maya äußerte ihre Meinung vollkommen sachlich, doch mit einem leicht trotzigen, herausfordernden Unterton.

»Es ist nicht unbedingt vernünftig, wenn man hier wegwill«, bemerkte Raj. »Aber du hast Recht.«

»Was macht ihr hier draußen? Plant ihr eine Verschwörung?«, fragte Sasha, die unvermittelt in der geöffneten Tür stand. Ihre Stimme klang munter, doch Raj sah die Angst in ihren Augen. Sie war tatsächlich so angeschlagen, wie er

Maya gesagt hatte, dachte er bei sich, und empfand Mitleid mit ihr, ein unprofessionelles Gefühl für einen Therapeuten, doch er musste ihm folgen. Er würde Sasha in sein Netz ziehen, so behutsam wie möglich, und ihr dann ein Selbst zurückgeben – genau das, wovon Halverson sagte, dass ein Therapeut sich niemals dazu verleiten lassen sollte.

»Du hast uns erwischt, wir planen tatsächlich etwas«, antwortete Maya, »nämlich wie bald du hier rauskannst. Ich habe Dr. Rabban gesagt, dass du dich ziemlich oft bei mir meldest und ganz gut weißt, wie deine Situation ist.«

Sasha nickte, und ihre Anspannung ließ sichtlich nach. Obwohl sie sich doch recht gut kannten, war Raj von Maya erneut stark beeindruckt. Ihre Fähigkeit, ehrlich zu sein, auch wenn sie unter Druck stand, würde in jedem Therapeutenkreis als außergewöhnlich angesehen werden. Sie würde einen guten Verbündeten abgeben – vorausgesetzt, Raj konnte sie dazu bringen, nicht seine Feindin zu sein. Wieder überkam ihn das intensive Glücksgefühl, das er empfunden hatte, als er Maya unerwartet in Sashas Zimmer vor sich sah.

»Kommen Sie, geben Sie mir dieses Teufelskraut«, sagte Raj und streckte die Hand aus, um Sashas Zigarette an sich zu nehmen. »Und vielleicht kannst du sehr bald nach Hause gehen. Ich bin sicher, du bist bei Maya in guten Händen.«

Sasha sah erfreut aus. »Ich wusste doch, dass Sie mich verstehen. Sie sind wunderbar!«, sprudelte sie begeistert hervor. Für eine Schizophrene war sie sehr emotional, dachte Raj bei sich. Vielleicht zu emotional, falls sie jemals herausbekam, wie sie ihn manipulieren konnte.

Die drei vereinbarten, dass Sasha am nächsten Morgen abgeholt werden konnte und Maya sie zur Klinikambulanz begleiten würde. Als sie ins Zimmer zurückgingen, spielte Barry noch immer nervös mit dem Handy herum; offenbar hätte er lieber einen Gameboy gehabt.

Als die Besucher sich zum Gehen anschickten, sagte Maya zu Raj: »Ich kann etwas tun, von dem du nichts weißt.« Raj sah sie überrascht an.

»Ich kann dir verzeihen – glaube ich«, fuhr Maya fort. »Es hat sicher auch an mir gelegen.«

»Bestimmt nicht, wirklich«, entgegnete Raj.

»Lass uns nicht anfangen zu diskutieren«, erwiderte Maya mit einem traurigen Lächeln und ging.

Raj blickte ihr nach, bis sie in den Aufzug trat, und sinnierte. Sie beide waren zu gefasst. Es war ihre Beherrschtheit, die ihn am meisten beunruhigte. Ein Teil von ihm hatte erwartet, dass Maya todunglücklich sein würde. Aber dem war nicht so. Sollte er nicht erleichtert sein? Warum war er es nicht? Vielleicht hatte Maya ihn gar nicht so sehr geliebt, dachte er dann. Oder war ihre Distanziertheit ein Zeichen, dass sie ihn vielleicht mehr geliebt hatte, als ihm überhaupt bewusst geworden war?

Zum ersten Mal fühlte er sich richtig elend, doch plötzlich kam ihm eine Erkenntnis. Er liebte Molly und Maya gleichermaßen. Seine Eltern hatten ihn gelehrt, dass man viele Menschen gleichzeitig innig lieben konnte, was Raj jedoch als eine exotische Vorstellung abgetan hatte, mit der er nichts anfangen konnte. Nun fragte er sich, ob vielleicht doch etwas dran war. *Ist es tatsächlich möglich, zur gleichen Zeit mehr als einen Menschen zu lieben?* Wenn diese Liebe tief aus seinem Innern mit solcher Intensität zu beiden, Molly und Maya, strömte, warum fühlte er sich dann so elend?

6

Obwohl Raj in seinem tiefsten Inneren zu der Überzeugung gelangt war, dass er zwei Frauen liebte, wandte er sich mit jeder Faser seines Herzens Molly zu. Mit der Zeit glaubte er, dass es nur zwei Arten von Menschen auf der Welt gab: Liebende und Sonstige. Die Liebe gab ihm ein Gefühl von Beschütztsein, und er wollte auch Molly beschützt wissen. Wenn er nachts aufwachte, betrachtete er sie im Schlaf und strich behutsam verirrte Haarsträhnen fort, die sich auf ihren Mund gelegt hatten, als würde ihr diese kleine Geste den nächsten Atemzug ermöglichen.

Molly hatte ihm erzählt, dass sie darauf wartete, von einem unsichtbaren Licht erweckt, zu etwas Besonderem berufen zu werden. Für Raj war sie von einem solchen Licht umgeben. Es machte sie empfänglich und intuitiv, es verlieh ihr eine besondere Schönheit. Wenn er in der Badewanne Mollys Rücken vor sich hatte, betrachtete er die hügelige Linie ihrer Wirbelsäule, als wäre sie ein Wunder und nicht eine Aneinanderreihung durchnummerierter Wirbel, deren Lage er sich im Studium eingeprägt hatte.

Molly nahm all das lächelnd hin. Manchmal machte es sie jedoch melancholisch, als würden Rajs Augen zu viel fordern. Eines Tages kam sie völlig unvermittelt auf ein Erlebnis zu sprechen. »Ein älterer Mann kam hinter die Bühne und überreichte mir ein Schächtelchen mit Schokoladetrüffeln. Sie kosteten sechs Dollar das Stück, sagte er, und würden jede Woche frisch aus Zürich eingeflogen. Er wollte nicht gehen, ehe ich nicht einen probiert hatte. Als ich hineinbiss, entdeckte ich kleine Goldflöckchen darin.

Der Trüffel schmeckte wunderbar. Aber wenn du diesen Trüffel für zehn Sekunden in die Mikrowelle legst, wird er zu einem weichen, klebrigen Brei, einfach so.«

»Und was willst du damit sagen?«, fragte Raj.

»Mach dich nicht von Schönheit abhängig. Denk daran, dass Glück von Dingen abhängt, die im Nu zerstört werden können.«

»Aber die Essenz wäre noch da«, erwiderte Raj. »Davon bin ich inzwischen überzeugt. Du wirst nie zu einem weichen, klebrigen Brei.«

»Dass du immer Witze machen musst«, entgegnete Molly seufzend.

Ihrer beider Leben verschmolzen von Tag zu Tag mehr; und dieses Füreinanderleben verlieh ihrer Liebe einen Zauber, der für Raj stets gegenwärtig war. Nichts belastete ihn mehr außer seinem Gewissen, das sich jedes Mal meldete, wenn er an Maya dachte. So sehr er auch versuchte, sie aus seinen Gedanken zu verbannen – es wollte nicht funktionieren.

Raj spürte, dass er mehr Mitgefühl entwickelt hatte; aber er sah auch, dass seine Patienten nicht davon profitierten. Sie blieben beharrlich in ihre Angst und ihr Leid eingekapselt und er, der Gott in Weiß, schaute zu. Nur wenige schienen einen engeren Kontakt zu Raj zu wollen. Ein anderes Klischee, das ein angehender Psychiater gleich am Anfang lernt, lautet, dass Psychotherapie so ähnlich ist, als wollte man eine Auster aufbrechen. Der Patient wird sein letztes Quäntchen Kraft aufbringen, um nur keinen Spaltbreit aufzumachen. Das gehörte zum Spiel.

Die einzigen Patienten, die sich nicht weigerten, mit ihm

zu sprechen, waren Psychopathen wie Bobby T., die vereinzelt auf die Station kamen. Bobby T., einen Jugendlichen aus einem Vorort, hatte die Polizei zur psychiatrischen Begutachtung in die Klinik gebracht, ein ziemlich normaler Vorgang bei einem Achtzehnjährigen, den niemand in die Kriminalität abrutschen lassen wollte. Er hatte sieben Autos gestohlen, war damit durch fünf Bundesstaaten gebraust und hatte schließlich außerhalb von New Haven einen Fußgänger überfahren.

»Weißt du, warum du die Autos gestohlen hast? Warst du über irgendetwas wütend?«, begann Raj das Gespräch, als ihm Bobby vorgestellt wurde. Der Junge schien guter Laune. Er hatte mit der Hälfte der Krankenschwestern geflirtet, und Joanie hatte ihm eine Cola gekauft. Er war hoch aufgeschossen und schmal, das hübsche Gesicht umrahmten dichte schwarze, zerzauste Haare. »Kann ich vielleicht einen Schuss Rum zum Verfeinern haben?«, fragte er Joanie, und sie grinste ihn amüsiert an. Der geborene Charmeur.

Bobby T. kommentierte Rajs Frage mit einem Achselzucken. »Ich habe ein Auto gebraucht. Ich hätte es wieder zurückgebracht.« Dass er in ernsthaften Schwierigkeiten war, kümmerte ihn offenbar nicht, und noch weniger die Tatsache, dass er log. Er hatte die Autos nämlich, als ihm das Benzin ausging, einfach irgendwo stehen lassen und das nächste gestohlen.

Raj überlegte gerade, wie er mit ein paar Zeilen formulieren sollte, dass dieser Junge ein verwirrter Teenager war, der sich vorübergehend nicht mehr unter Kontrolle gehabt hatte, als Bobby T. sagte: »Eigentlich ist das eine komische Situation.«

»Wie meinst du das?«, fragte Raj.

»Ich könnte aus diesem Zimmer hinausspazieren und sagen, dass Sie mich angefasst haben – Sie wissen schon. Ich wette, dann hätte ich gleich viel bessere Karten«, bemerkte Bobby vollkommen ruhig, fast amüsiert.

»Du hast Recht, das ist komisch«, erwiderte Raj bedächtig. Sein erster Gedanke war, dass Bobby T. damit auf einen Missbrauch in der Vergangenheit hinweisen wollte, eine Sache, die anzusprechen besonders Jungen extrem peinlich ist. »Aber du weißt, dass ich nur hier bin, um dir zu helfen, oder?«

»Vermutlich. Sie sind ziemlich jung, stimmt's? Und Sie sehen anders aus als die anderen Ärzte. Irgendetwas ist mit Ihnen los«, meinte Bobby T. grinsend. Raj musste sich sehr beherrschen, nicht unruhig auf seinem Stuhl herumzurutschen. Psychopathen besitzen ein enormes Gespür für die Schwächen anderer Menschen. Sie reißen sehr schnell die Kontrolle an sich und haben nicht die geringsten Skrupel, sie zu ihrem Vorteil zu nutzen, egal, wem sie damit Schaden zufügen.

»Du bist offenbar ein findiger Kopf«, versuchte Raj ihn abzulenken. »Ich sehe, du hast dich mehrmals von LKW-Fahrern mitnehmen lassen, und einige haben dir sogar Geld gegeben, stimmt das?«

Bobby T. ließ sich nicht beirren. »Ich an Ihrer Stelle würde mich jetzt ganz schön unwohl fühlen. Wenn ich diesen blöden Truckern Geld aus der Tasche ziehen kann, wer weiß, was ich aus Ihnen herausholen könnte.« Er machte eine Pause, damit sein Gegenüber die versteckte Drohung auch begriff. »Es wäre wirklich eine Hilfe, wenn Sie schreiben würden, dass ich eine Therapie brauche oder so was. Sie wissen doch, dass es so ist.«

Der Trick funktionierte nicht. Raj verließ das Zimmer, nachdem er die psychopathischen Tendenzen des Jungen in seiner Akte notiert hatte, und Bobby T. wurde irgendwo in Untersuchungshaft gesteckt. Hätte er die Begutachtung nicht vorzeitig beendet, hätte Bobby T. herumzubrüllen begonnen, der Doktor habe ihn angefasst, dessen war sich Raj ziemlich sicher. Seine letzten Worte waren gewesen: »Doc, Sie sehen wirklich aus, als hätten Sie ein ernsthaftes Problem.« Der unangenehme Eindruck, dass er kurz davor gewesen war, den Boden unter den Füßen zu verlieren, verfolgte Raj den ganzen Tag. Wenn ein Psychopath so viel erkennen konnte, dann wussten vielleicht auch viele Patienten wesentlich mehr, als sie sich anmerken ließen. Ob sich dieser Umstand positiv nutzen ließ? Nur wenn Raj sie dazu brachte, sich nicht mehr blind zu stellen.

Alle waren überrascht, als Raj bei der wöchentlichen Teambesprechung sagte: »Ich brauche Freiwillige für ein Experiment.«

»Sie machen wohl Witze«, meinte Mathers, der wusste, dass Raj gegen die Arzneimitteltests war, die in der Klinik durchgeführt wurden. »Was haben Sie vor? Wollen Sie alle chronischen Fälle mit Midol und Haschischplätzchen füttern?« Mehrere Leute fanden die Bemerkung so lustig, dass sie zu lachen begannen.

»Sie sind nah dran«, erwiderte Raj. Es sprach sich allmählich herum, dass er mit der Reduzierung der Medikamentendosis bei etlichen hoffnungslosen Dauerpatienten auf der Station gute Erfolge erzielt hatte. Einige der Schizophrenen hatten seit Monaten oder Jahren kein Wort gesprochen. Sie saßen stundenlang nahezu regungslos da und mussten an der Hand zu den Mahlzeiten geführt werden. In der Therapie zeigten sie nicht mehr Reaktion als eine Topfpflanze, und im Grunde ließen ihre Familien sie in der Klinik verwahren, bis ihnen das Geld ausging; dann wurden sie in die staatliche Anstalt verlegt. Jedermann wusste, dass es ihre Medikamente waren, die diese fast roboterhaften Menschen in diesem Zustand hielten. Ihre psychotischen Symptome waren derart maskiert, dass sie möglicherweise gar nicht mehr verrückt waren, sondern einfach vollkommen apathisch aufgrund der Arzneimittel. Dass sich der Unterschied nicht erkennen ließ war der Preis, den man für ihre Ruhigstellung bezahlte. Einige von ihnen waren wieder lebendiger geworden, als Raj ihre Dosis halbiert hatte.

»Ich denke nicht an Medikamente«, sagte Raj. »Ich möchte gerne ein paar von den Patienten auswählen, die keine Reaktion zeigen, aber auch nicht ständig ausgeprägte Symptome aufweisen. Sie brauchen eine Motivation, um hier herauszukommen. Die meisten würden lieber hier bleiben, weil das Leben auf der Station einfach ist. Es ist ein Rückzug aus der Realität. Hier bekommen sie drei ordentliche Mahlzeiten am Tag, und es gibt nette Leute, die ihnen ein Schaumbad machen.«

»Wir behandeln diese Menschen, wie Sie wissen«, warf Clarence ein, ließ Raj, der nun ein Blatt Papier hochhielt, jedoch weiterreden.

»Ich habe hier alle Gefühle aufgelistet, die unsere Patienten nicht mehr zeigen. Die Liste ist ziemlich lang, denn die meisten empfinden nur noch Niedergeschlagenheit und Zorn. Wie wir alle wissen, verdrängen die Patienten ihre Gefühle, wandeln sie häufig auf der körperlichen Ebene in alle möglichen Beschwerden und Schmerzen um. Oder sie wehren uns mit Worten ab, wenn wir emotional aufgeladene Fragen stellen.«

Niemand zeigte sonderliches Interesse. Raj hielt inne und sah sich in der Runde um. »Ich spüre Widerstände, also mache ich hier lieber Schluss. Wer gemeinsam mit mir versuchen möchte, einen intensiveren Kontakt zu ein paar Patienten aufzunehmen, der soll mich anschließend ansprechen.«

»Widerstände sind kein guter Grund, um aufzuhören«, sagte Clarence. »Sie sind ein Grund, um weiterzumachen. Ich glaube nicht, dass einer der Anwesenden zu schreien anfängt, wenn Sie versuchen, uns ein wenig aus der Reserve zu locken. Wie genau stellen Sie sich die Sache vor?« Raj hatte nichts zu verlieren.

»Also gut«, begann er. »Wir setzen uns mit dem Patienten in eine sonnige Ecke des Aufenthaltsraumes, wo man die Welt draußen sehen kann, und provozieren ihn, etwa mit der Frage: ›Möchten Sie nicht wieder dort draußen sein?‹ Außer einem Arzt sollte auch eine Schwester anwesend sein, und wenn es ein männlicher Patient ist, vorzugsweise eine Schwester, die er attraktiv finden könnte. Einige dieser Patienten haben absolut nichts, was sie am Leben reizt, im Gegensatz zu uns allen. Das gehört zu einem normalen Leben. Bringen wir doch ihr Blut wieder in Wallung. Anstatt ihnen zuzuhören, wie sie jammern, Widerstände aufbauen und Spielchen spielen, beenden wir eine Sitzung erst, wenn sie mindestens ein Gefühl gezeigt haben, das sie vorher nicht zulassen wollten. Und außerdem – ich weiß, das wird manche Kollegen viel Überwindung kosten – werden wir ihnen sagen, dass wir die gleichen Gefühle haben.«

So, nun war es heraus. Ein sonniges Plätzchen und

muntere Krankenschwestern waren eine Sache, doch *der Arzt darf auf keinen Fall etwas von seiner Macht an den Patienten abgeben.* Das wusste jeder. Das allein war der Grund, warum man einem Patienten nichts von seinem Privatleben erzählte. Keine Tränen, kein Lächeln, keine Herausgabe von Telefonnummern und Adressen, keine Andeutung, wen man liebte oder wer einen schon zutiefst gekränkt hatte.

»Sie werden total abheben, weil sie meinen, Sie sind in sie verliebt«, meinte Mathers.

»Wenn Sie Glück haben«, bemerkte ein anderer Assistenzarzt. »Die Maniker werden im Korridor über Sie herfallen.«

»Das mit den attraktiven Schwestern ist sexistischer Mist«, warf eine der Krankenschwestern ein.

Trotz aller klugen Worte, dass Abstand halten zum Wohle des Patienten sei, wusste Raj, dass sie im Grunde Angst hatten. Ihre Macht war ihr Schutzschild, so wie, gewissermaßen auf der Kehrseite der Münze, ihre Schwäche das Schutzschild der Patienten war. Jeder der Anwesenden wusste das, doch anstatt sich eine Diskussion über diesen Punkt leichter zu machen, flüchteten sich alle in Rationalisierungen und brachten tausend Gründe an, warum das System, wenn auch mangelhaft, so doch richtig war.

Zu seiner Überraschung wurde Raj in der folgenden Woche von Joanie angesprochen. »Ich möchte Ihre erste Schwester sein, die bei dieser Sache mitmacht«, sagte sie.

»Ich dachte, mein Vorschlag sei vom Tisch«, erwiderte Raj.

»Nein, ich habe gerade mit einem der Supervisoren gesprochen. Sie können es mit ein paar Patienten versuchen, das heißt, wenn Sie noch wollen.« Joanie meinte es offenbar ernst und hatte nicht die Absicht, soweit Raj das beurteilen konnte, mit ihm zu flirten oder ihm in irgendeiner Weise zu nahe zu treten.

»Abgemacht«, antwortete er. Joanie lächelte und streifte wie zufällig seinen Körper, als sie weiterging. Man muss die Menschen eben nehmen, wie sie sind, dachte er bei sich.

Wenige Stunden später fand sich Claudia Klemper im Aufenthaltsraum am Ostfenster mit Blick auf einen herrlichen Zuckerahorn wieder, den die Sonne langsam golden färbte. »Was zum Teufel soll das?«, fragte sie.

»Ich dachte, es wäre angenehmer, unsere Sitzung hier abzuhalten als in einem düsteren Arbeitszimmer«, erwiderte Raj. Er und Joanie saßen in Sesseln, die sie aus der Lounge geholt hatten. Den dritten bot er Claudia an, die ihn beäugte, als hätte man sie gebeten, sich auf einem Barrakuda niederzulassen. »Sagen wir so«, fuhr Raj fort. »Es kann nicht schaden, sich an einem erfreulichen Ort aufzuhalten, oder?«

»Sie meinen, weil ich so verdammt viel habe, worüber ich mich freuen kann?«, gab Claudia murrend zurück. »Zum Beispiel meine Kinder, die mich in die Klapse stecken und nie besuchen.« Schließlich setzte sie sich trotzdem. Auf seiner Liste, die zuoberst in ihrer Krankenakte lag, konnte Raj die Emotionen »Ärger«, »Zorn«, »Feindseligkeit« und alle weiteren Synonyme für den Zustand, wenn man die Schnauze gestrichen voll hat von der Welt, sofort abhaken. Doch andere auf dieser Liste vermerkte Gefühle, außer vielleicht Selbstmitleid, hatte Claudia niemals zugelassen. Sie hatte sich ganz in die Rolle des gequälten, mit einem notorischen Schürzenjäger verheirateten Opfers gefunden, Monat für Monat.

»Wie geht es Ihnen heute Morgen?«, fragte Joanie.

»Wie geht es *Ihnen*, Schätzchen?«, blaffte Claudia zurück. »Keine Lust, einem Doktor an die Wäsche zu gehen?«

Joanie blieb vollkommen gelassen. »Im Moment nicht«, erwiderte sie ruhig. »Ich mache heute mal Pause.«

Gut gekontert, dachte Raj und beschloss, an dieser Stelle gleich nachzuhaken. »Erinnert Joanie Sie an die Art von Mädchen, die Stanley an die Wäsche gehen?« Claudia machte ein überraschtes Gesicht, und ihre Antwort kam stotternd.

»Wahrscheinlich«, murmelte sie. »Wenn er Glück hat.«

»Ich kann mir vorstellen, wie Sie sich fühlen, wenn eines dieser Weiber ihn sich krallt«, sagte Raj und hielt den Atem an. Er wollte Claudia nicht auf den altbekannten Weg des Zorns führen, doch er musste irgendein Gefühl aus ihr herauslocken, das nicht vollkommen unzugänglich in ihrem tiefsten Innern vergraben war.

»Ich weiß nicht«, sagte Claudia zögernd.

»Doch, Sie wissen es«, beharrte Raj. »Es ist Mitternacht und Sie machen die Lichter im Haus aus, weil Sie wissen, dass Stanley erst am nächsten Morgen wiederkommt. In Ihrem Kopf formen sich Bilder von ihm und irgendeiner Frau, und Sie werden sie nicht mehr los, so sehr Sie sich auch anstrengen. Wie fühlen Sie sich?« Es herrschte Schweigen; Claudia rutschte unruhig auf dem Sessel herum und starrte auf den herrlichen Baum, der draußen in der prächtigen Natur, die ihr vollkommen gleichgültig war, Wache stand.

»Einsam fühlt sie sich«, sagte Joanie plötzlich mit scharfer Stimme und einer Heftigkeit, die Claudia zusammenzucken ließ. »So fühle ich mich zumindest, und wenn ich weiß, dass es wieder mal so weit ist, dann hasse ich dieses

Weib, damit ich nicht daran denken muss, wie verdammt einsam es in Zukunft ohne ihn sein wird.«

Jetzt oder nie, dachte Raj. »Einsamkeit ist viel schlimmer als Ärger, weil man Ärger kontrollieren kann. Man hat etwas, um sich daran festzuhalten. Als meine erste Freundin mich wegen eines Basketballstars abservierte und mich nicht einmal anrief, fühlte ich mich so elend, dass ich tagelang weinte. Ich dachte, ich würde nie wieder jemanden finden.« Claudia fiel vor Überraschung buchstäblich die Kinnlade herunter, und ihre Kiefermuskeln begannen leicht zu zittern.

Und dann fing sie an zu weinen. Zum ersten Mal wagte sich das gewaltige Tier ihrer Trauer und Verlassenheit aus dem Unterholz hervor und überfiel sie, vollkommen unerwartet. Dicke Tränen liefen Claudia über die Wangen, und sie machte gar nicht den Versuch, sie wegzuwischen. Von Weinkrämpfen geschüttelt, brachte sie kein Wort heraus, und nach fünf Minuten nahmen Raj und Joanie ihre Hände und hielten sie behutsam fest, bis Claudia allmählich ruhiger wurde. Sie wirkte erschöpft, auf seltsame Weise jedoch auch froh. Das Tier hatte zugeschlagen, sie aber nicht verschlungen.

»War das nicht sensationell?«, stammelte sie, und alle drei mussten lachen. Claudia blickte zu Raj hoch, der nicht verhehlte, dass er selbst den Tränen nahe war. Wäre sie von dem Erlebnis nicht so überwältigt gewesen, hätte sie bestimmt wieder vor Staunen den Mund nicht mehr zugebracht. »Vor Stanley weine ich nicht, und so ganz bestimmt nicht«, murmelte sie.

»Wer hat Ihnen beigebracht, dass Sie nicht so weinen sollen?«, fragte Raj, um den Moment der Offenheit zu nutzen, ehe ihre Abwehrmechanismen wieder aktiv wurden und Claudia dichtmachte. Claudia wirkte bestürzt und sehr ängstlich.

»Jemand muss Ihnen beigebracht haben, dass Ihre Tränen nichts nützen, dass die anderen sich niemals ändern würden, egal, wie sehr sie Sie verletzt haben. Und deshalb haben Sie sich geschworen, ihn niemals Ihre Trauer sehen zu lassen«, sagte Raj. Er hatte ins Schwarze getroffen. Claudia brach erneut in Tränen aus, und dieses Mal schluchzte sie noch hilfloser und heftiger. Joanie nickte Raj mit neuem Respekt zu. Claudias Vater war ein wohlhabender, gut aussehender Mann gewesen, der mit ihrer Mutter umsprang, wie es ihm beliebte. Irgendwann, nach zahlreichen Affären, die seine Frau geflissentlich ignorierte, kehrte er nicht mehr zur Familie zurück, und Claudias Mutter flüchtete sich für den Rest ihres Lebens in Rachephantasien, in die sie auch ihre Tochter einbezog. »Sie müssen kein Sherlock Holmes sein«, hatte Halverson beim Gruppengespräch einmal gesagt. »Die Gründe, warum jemand leidet, kann man in fünf Minuten herausfinden. Das Schwierige ist, ihn dazu zu bringen, dass er innerlich zurückgeht und in einer Weise auf diese Gründe reagiert, die zuvor immer verboten war.«

Den Rest von Claudias Therapiestunde blieben sie schweigend sitzen. Sie zitterte ein wenig, nachdem ihr Weinkrampf vorbei war. Raj war froh, dass er daran gedacht hatte, diese Ecke des Aufenthaltsraums mit einem Paravent von der Station abzuschirmen. Trotzdem gab es dahinter neugieriges Rascheln. Er hatte ein weiteres Tabu gebrochen, denn die Patienten sollten absolut nichts mitbekommen von dem, was in den Therapiestunden der anderen passierte. Raj machte sich auf weitere Kritik gefasst, doch jetzt, während er der schniefenden Claudia gegenübersaß, jubelte er innerlich.

Joanie umarmte ihn, ehe sie wieder an ihre gewohnte Arbeit ging. »Sie sind großartig«, sagte sie. »Ich glaube, diese Auster haben Sie geknackt, und wie!«

»Hoffen wir's«, erwiderte Raj.

Am Tag nach der denkwürdigen Sitzung mit Claudia wurde Raj als Assistenzarzt übernommen. Zur Belohnung nahm er sich den ersten Urlaub, seit er im Pavillon arbeitete. Molly hatte auf der letzten Seite des Reiseteils der *Times* eine dieser Kreuzfahrten nach Nirgendwo entdeckt, eine dreitägige Reise von New York die Küste hinauf und wieder zurück. Champagner, eine Kabine mit Vorraum und gigantische Mitternachtsbüfetts mit Eisskulpturen inklusive.

»Ich bekomme morgen einfach Bauchkrämpfe. Meine Vertretung wird entzückt sein«, sagte Molly.

»Die Reise wird ihr Geld sicher wert sein. Und eine Wohnung wollte ich mir sowieso nie kaufen«, witzelte Raj und wusste, dass er sich vor den eventuellen Turbulenzen drückte, die seine neue Vorgehensweise auf der Station möglicherweise verursachen würde. Irgendjemand würde Mrs. Klempers plötzlichen Fortschritt in der Therapie sicher als »vorübergehende Besserung durch Übertragung« bewerten – was bedeutete, dass es ihr besser ging, weil sie sich in ihren Arzt verliebt hatte –, und jeder wusste, dass solche Erfolge nicht von Dauer waren. Raj wollte sich wenigstens für drei Tage als Wunderheiler fühlen.

Als die Schiffsreise beschlossen war, gingen sie ins Bett und liebten sich. Auch dieses Mal war es wieder anders. Raj nahm Mollys Haut, die geschmeidigen Bewegungen des

Körpers unter ihm viel intensiver wahr, doch der große Unterschied war, dass sie ihm nun entgegenkam, die dunklen Gewässer hinter sich ließ. Als sie ihre spitzen Fingernägel in seine Brust grub, erregte ihn das mehr als früher; anfangs hatte er nur den Schmerz gespürt und ihn erst überwinden müssen. Er ließ Molly sich ihrer Leidenschaft hingeben, wie sie wollte. Sie sagte nicht: »Lass mich allein machen«, und trotzdem übernahm sie die Initiative.

Dann entfernte sie sich wieder von ihm, schien seine Gegenwart überhaupt nicht mehr wahrzunehmen. Und Raj ließ sie innerlich los, ohne zu wissen, dass er es getan hatte. Er durchschnitt das Band, das sie ständig an ihn gefesselt hatte, als wäre sie die Mutter und er das ängstliche Kind. Und indem er ihr die Freiheit gab, verlor er sie nicht, sondern fand etwas Neues – einen Ort, an dem die Unendlichkeit sie beide umfing und sagte: »Ihr seid nicht mehr er und sie. Ihr seid nun *eins.*«

Dieses Gefühl blieb auch bei ihnen, als sie an Bord des wunderschönen weißen Schiffes gingen, das über drei Swimmingpools verfügte und Speisesäle in einem rundum verglasten Atrium, das sechs Decks hoch reichte. Es war eine gleichermaßen ungewöhnliche wie eintönige Reise. Alle anderen Passagiere sahen aus, als wären sie so alt wie der älteste Dauerpatient auf der psychiatrischen Station. An ihren Tisch kam eine betagte Dame mit einem Lungenemphysem, ein mobiles Sauerstoffgerät bei sich, und fragte, sich liebenswürdig entschuldigend: »Sie haben hoffentlich nichts dagegen, wenn ich mich zu Ihnen setze? Ich spreche nicht viel, aber essen mag ich noch.« Es herrschte für den Nordatlantik typisches Herbstwetter: Das Meer war asphaltgrau und aufgewühlt, darüber hing dichter Nebel.

Wenn er gelegentlich aufriss, erhaschte man für kurze Momente einen Blick auf die Umrisse der Küste von Maine, wo die Bäume sich bereits intensiv gelbrot gefärbt hatten.

Alles wirkte wie verwunschen, selbst das Sauerstoffgerät. Die alte Dame mit dem pfeifenden Atem aß langsam und sagte sehr wenig. Am liebsten hätte Raj sich bei der allabendlichen Hummercremesuppe über den Tisch gebeugt und ihr versichert, dass sie wieder gesund werden würde, doch er hatte kein Recht, sie mit seinem optimistischen Hochgefühl zu behelligen. Er hätte ihr damit nur falsche Hoffnungen gemacht.

Am zweiten Tag auf See packte sie plötzlich ihre Serviette und das Silberbesteck zu einem Bündel und stand auf. »Es ist nicht gut für mich, wenn ich zu viel mit Flitterwöchnern zusammen bin. Ich bin eine alte Jungfer«, erklärte sie. »Ich lebe in einem großen, leeren, weißen Haus in Vermont, das mir mein Vater hinterlassen hat. Ihm gehörte die letzte Gerberei in der Stadt. Sie wissen vermutlich gar nicht, was das ist.«

»Wir sind nicht in den Flitterwochen«, erwiderte Raj.

Die alte Dame blickte sie zweifelnd an. »Ich spüre das«, entgegnete sie.

Molly wechselte das Thema: »Sie machen also häufiger eine solche Kreuzfahrt?«

»Etwa fünf Mal im Jahr. Wenn mir mein Haus zu groß und zu leer wird.« Die alte Dame wollte schon gehen.

»So oft? Dann sind Sie in gewisser Weise mit dem Meer verheiratet«, sagte Raj hoffnungsvoll.

»Das klingt sehr poetisch, aber Poesie heitert mich nicht auf«, entgegnete sie. »Ich brauche Leute um mich, die viel jammern, Leute, die ich nicht kenne. Das hilft normalerweise. Und dann, wenn ich zu Hause bin, vergesse ich alles wieder, was sie mir erzählt haben.« Mit diesen Worten schlurfte sie davon, sonst hätten sie ihr noch gesagt, dass es wirklich nicht nötig sei, das Besteck an ihren nächsten Tisch mitzunehmen.

»Wie seltsam«, sagte Molly. Raj stellte sich vor, wie die alte Lady in ihrer Kabine lag, kraftlos und nach Atem ringend, weil ihre Lunge in der feuchtkalten Luft noch schlechter arbeitete. Er überlegte, ob wohl niemand sie je geliebt hatte, oder ob ihr doch jemand seine Zuneigung geschenkt hatte, jemand, der schon lange nicht mehr lebte, vielleicht ein Verehrer mit genug gesundem Menschenverstand, um die Tochter des reichsten Mannes in der kleinen Stadt zu umwerben, mochte sie auch noch so schroff und abweisend sein.

»Ich glaube, sie ist immer allein gewesen«, sagte Molly. »Mir kommt es jedenfalls so vor.«

»Meinst du, dass sie sich nicht liebenswert findet?«, fragte Raj.

»Nein, das meine ich nicht. Es ist nicht so, dass die Menschen Liebe finden, weil sie liebenswert sind.«

»Warum dann?«

»Man liebt die Menschen, die man versprochen hat zu lieben. Wenn man sie dann findet, löst man dieses Versprechen ein. Sie hat es nie jemandem versprochen.« Obwohl diese letzten Worte sehr traurig klangen, wirkte Molly keineswegs erschüttert.

»Sie hat also beschlossen, allein zu bleiben, und jedermann hat diese Entscheidung siebzig Jahre lang respektiert?«, fragte Raj. Mollys Gedanken faszinierten ihn, machten ihn aber dennoch nervös.

»Mehr oder weniger. Wenn wir den Menschen kein Versprechen gegeben haben, nehmen sie uns nicht wahr, sie fühlen sich nicht hingezogen zu uns«, erwiderte Molly.

»Du glaubst also, dass manche Menschen sich bewusst dagegen entscheiden, geliebt zu werden?«, sagte Raj.

»Warum nicht? Wenn Liebe ein Automatismus wäre oder uns aufgezwungen würde, dann wäre es keine Liebe, oder? Ich sage nicht, dass sie die richtige Entscheidung getroffen hat. Wer weiß das schon? Wenn sie sich niemandem versprechen wollte, dann ist das ihr gutes Recht. Im nächsten Leben wird sie neue Chancen haben.«

Raj wollte fragen, wann und wo die Menschen sich solche Versprechen gaben. Wie wählten sie einander aus? Und was war mit unglücklichen Liebesbeziehungen oder Ehen, an deren Ende Kälte und Gleichgültigkeit stand? Doch Raj stellte diese Fragen nicht. Er zog es vor zu glauben, dass Molly ein Versprechen meinte, das sie ihm gegeben hatte.

Einige Stunden vor Rückkehr in den Hafen verließ das Schiff die offene See und fuhr in die geschützte Bucht von Long Island ein. Raj und Molly standen auf dem Deck und blickten auf weiße Segel und Wellen, in denen sich das Sonnenlicht glitzernd spiegelte. Der Wind war noch ziemlich kalt, sodass sie sich an der Reling aneinander kuschelten. Raj fand seine Neugier noch nicht befriedigt.

»Gelten manche Versprechen für immer?«, fragte er.

»Vielleicht«, erwiderte Molly langsam, als nähme sie die Frage sehr ernst. »Vielleicht kann ein Versprechen für immer gelten. Niemand kann das wissen, oder? Wir leben nicht ewig. Langeweile und Überdruss können sich einstellen. Menschen verbrauchen sich. Es wäre doch schrecklich, ein Paar Schuhe mit lebenslanger Garantie zu kaufen.

»Für einen Mann nicht.«

»Ich habe mich nicht richtig ausgedrückt«, fuhr Molly fort. »Ein Versprechen ist kein Vertrag, unter den man seinen Namen setzt, oder eine bindende Vereinbarung, sondern etwas anderes. Es gilt so lange, wie es deine Seele lebendig erhält.«

»Wie bei uns jetzt«, sagte Raj.

Molly küsste ihn, ohne etwas darauf zu erwidern, nahm dann ihr langes Umschlagtuch und schlang es um ihrer beider Schultern. Raj ließ es gerne geschehen. Er wollte an die Zeichen bei ihrem Liebesakt glauben, an die Nähe zwischen ihnen außerhalb der sexuellen Beziehung. Ihre Liebe sollte ohne Zukunft sein, vielmehr für alle Zeit dieselbe Intensität wie gegenwärtig haben.

Es war schon spät, als das Schiff anlegte, und Raj musste fast unmittelbar danach in die Klinik. Im Pavillon hatte sich Claudias großer Durchbruch bereits herumgesprochen, und er las Anerkennung in den Augen der Kollegen – der wenigen, die ihm während des Bereitschaftsdienstes begegneten. Habib sagte: »Alle Achtung!«, ohne einen weiteren Kommentar abzugeben. Joanie hörte auf, mit den Praktikanten herumzuflirten, was auf seine Weise beeindruckender war, als Mrs. Klemper davon abzubringen, mit Kaffeedosen um sich zu werfen. Raj fühlte sich trotz der üblichen nächtlichen Zwischenfälle wohl; er war in ein friedliches Königreich zurückgekehrt.

Erst ein paar Tage später geschah etwas, das ihm Unbehagen bereitete. Molly hatte einen Zettel an seine Tür geklebt, auf dem lediglich stand: »Ruf mich an.« Raj fragte sich, während er ihre Nummer wählte, warum sie nicht einfach eine Nachricht auf dem Anrufbeantworter hinterließ. Aber es war okay, irgendwie.

»Ich muss morgen nach Kalifornien fliegen«, sagte sie. »Wegen einer Sache in L. A. Ich wollte dir nichts davon sagen, solange ich es nicht sicher wusste.«

»Willst du es mir jetzt sagen?«, fragte er. Am anderen Ende war Schweigen.

»Bitte dränge mich nicht, Raj. Ich habe Kopfschmerzen, und ich möchte mich nicht streiten. Es geht um etwas, das ich erledigen muss, das ist alles.« Molly hörte sich ganz sachlich an, weder geheimnisvoll noch angespannt. Sie bat Raj einfach, nicht weiter nachzubohren, und er entsprach ihrem Wunsch. Sie schien dankbar, dass »die Sache in L. A.« nicht zum Problem wurde, obwohl er nahe daran war, es zu einem zu machen.

»Aber bitte ruf mich an, bevor du abfliegst, und wenn du in L. A. gelandet bist«, sagte Raj. »Damit ich mir keine Sorgen mache.« Er konnte Molly nicht zum Flughafen bringen, weil er Dienst hatte.

Er bemerkte kaum, wie die Nacht langsam zum Tag wurde. Die Notaufnahme war wie ein Zoo: eine Zeit lang herrschte Totenstille, und fünf Minuten später war der Teufel los. Raj beugte sich über eine blutende Frau, die auf der Amsterdam Avenue angefahren worden war. Auf der anderen Seite des Behandlungstisches stand ein Medizinstudent und zog ihr Glasscherben aus der Haut. Man hatte Raj hinzugezogen, weil die Frau halluzinierte. Sie sah Engel in der Notaufnahme.

»Sind sie jetzt hier?«, fragte Raj.

»Herr, strafe mich nicht in deinem Zorn«, murmelte die Frau unter Stöhnen. Sie konnte wegen der Schmerzen kaum verständlich sprechen. Das Telefon an der Wand begann zu läuten. »Ich denke, Sie sollten ihr noch mal Morphin oder Demerol spritzen, oder was Sie ihr gegeben haben«, sagte Raj zu dem Studenten. »Sonst bekommt sie ihre fünf Sinne überhaupt nicht zusammen.« Er vermutete, dass die Halluzinationen durch den Schock und die Schmerzen ausgelöst worden waren und keine geistige Verwirrung vorlag.

»Ich kann sie doch nicht überdosieren, ihr ganzer Körper steckt voller Glassplitter«, brummte der Student. Das Telefon läutete noch immer, und Raj ging hin, um abzunehmen.

»Ich sage ja nicht, dass Sie sie überdosieren sollen«, entgegnete Raj. Inzwischen schrie die Frau vor Schmerzen so laut, dass er kaum hören konnte, was am anderen Ende gesagt wurde.

»Wie bitte? Wer ist tot?« Die Worte, die an sein Ohr drangen, ergaben keinen Sinn. »Ist sie eine Patientin von mir?« Die Information wurde wiederholt. »In Ordnung, ich bin gleich da«, antwortete Raj. Sein Verstand weigerte sich, die Nachricht zu glauben, das Gehörte zu begreifen, so wie kein Mensch begreifen würde, dass das Ende der Welt gekommen ist. »Danke für Ihren Anruf.«

Raj hängte auf und ging drei Schritte zu dem Tisch zurück, wo die Frau nun die Engel anflehte, sie sterben zu lassen. »Halten Sie still, ich bin gleich fertig«, sagte der Student zu ihr. Raj erstarrte, und langsam begann sein Gehirn die Nachricht zu verarbeiten. Sein Gesichtsausdruck ließ die Frau verstummen.

»Wir haben Ihren Namen in ihrer Handtasche gefunden, aber wir informieren auch ihre nächsten Angehörigen. Mary Mahoney. Ist sie Ihnen bekannt? Sie ist am Flughafen kollabiert, in der Schlange vor dem Ticketschalter, und sofort mit dem Notarzt in ein Krankenhaus gebracht worden. Aber sie konnten nichts mehr tun. Sie war schon bei der Einlieferung tot. Der Dienst habende Arzt sagt, Sie können ins Bellevue gehen, wenn Sie sie noch einmal sehen wollen. Es tut mir Leid.«

Während der nächsten drei Tage nahm Raj kaum wahr, ob die Zeit vor- oder rückwärts lief oder stillstand. Auf seine Sinne legte sich eine bleierne Schwere, und nichts zählte mehr für ihn außer dem immer gleichen hilflosen Wunsch, mit dem er jeden Morgen aufwachte, dem Wunsch, dass es nicht vorbei war – nicht mit Molly, nicht mit ihm und Molly, nicht mit dem, was sie miteinander gemacht hatten. Menschen, die ihn mochten, versuchten ihn behutsam und fürsorglich aufzufangen. Seine Arztkollegen sprachen von einer seltenen Form von Arrhythmie, die bei jungen Frauen auftreten kann, wiewohl Herzinfarkte bei ihnen so gut wie nie vorkommen. Ob ihm aufgefallen sei, dass sie beim Treppensteigen an Atemnot litt? Selbst ein einziger solcher Vorfall hätte ein Hinweis sein können, aber wer hätte diesen Schluss gezogen?

Es war belanglos, was wer sagte. Liebe und Tod hatten sich geschickt an Raj herangeschlichen. Und zu welchem Zweck? Um ihn zu vernichten oder bloß um ihm zu zeigen, dass die beiden Schwestern – die eine vor ihm und die andere einen Schritt hinter ihm – denselben Namen trugen?

Molly.

Zweiter Teil

Lehren der Liebe

7

Liebe ist nicht etwas, das man empfindet;
Liebe ist etwas, zu dem man wird.
Aus Raj Rabbans Tagebuch.

Um sechs Uhr abends wurde Molly in der Kapelle des Bestattungsunternehmens aufgebahrt – in dem schwarzen Etuikleid, das Raj vorbeigebracht hatte, und hochhackigen Lackledersandalen. Die zuständige Dame schien einen Moment zu zögern, als er ihr die Sachen übergab, und ihm wurde undeutlich bewusst, dass Frauen nicht im Party-Outfit begraben werden. Er hatte, mühsam seine Tränen unterdrückend, einfach blind in Mollys Schrank gegriffen.

»Darf ich sie sehen?«, hatte Raj gemurmelt. Die Dame hatte den Kopf geschüttelt. Das wäre jetzt nicht gut, hatte sie geantwortet.

Das Bestattungsunternehmen war nur wenige Straßen entfernt, aber man ließ ihn trotzdem mit einem Wagen abholen. In der Kapelle herrschte tiefe Stille, als Raj eintrat. Zu seiner Überraschung sah er Daddy-ji und Amma in der vierten Reihe sitzen. Maya hatte sich seinen Eltern anvertraut, ehe Raj sich hatte überwinden können, ihnen etwas von ihrer Trennung zu sagen. Zuerst waren sie sehr enttäuscht gewesen, doch als Raj ein wenig von Molly erzählt hatte, hatten sie sich bemüht, mit der Situation klarzukommen, allerdings mit geringem Erfolg. Sie erwähnten ihren Namen so selten, dass Raj angenommen hatte, sie wollten Molly gar nicht zur Kenntnis nehmen. Es berührte ihn sehr, dass sie an seinem Verlust doch so viel Anteil nahmen, dass sie zur Trauerfeier kamen.

Mollys Eltern, die Mahoneys, erkannten ihn nicht. Sie waren per Flugzeug aus dem Mittleren Westen angereist und saßen als einzige Angehörige in der ersten Bankreihe. Da Molly und er nichts über ihre Beziehung hatten verlauten lassen, wurde Raj nicht als Familienmitglied, ja nicht einmal als der Familie nahestehend betrachtet. Die Mahoneys sahen so erschüttert aus wie Menschen, die geschworen hatten, sich bloß nichts anmerken zu lassen, nur aussehen konnten. Sie saßen versteinert da und blickten starr geradeaus. Dass ein katholischer Priester die Trauerfeier abhielt, hatten wohl sie veranlasst. Raj spürte, wie sich der Körper seines Vaters neben ihm versteifte, als die Messe begann. Seine Mutter, die einen schlichten grauen Sari trug, sah verlorener und verletzlicher aus denn je.

Das einzige Lebewesen im ganzen Tierreich, dachte Raj bei sich, *dessen Gesicht jemandes Herz erschüttern kann, ist die Frau.* Auf Molly traf das zu, und früher, als sie jung und schön gewesen war, auch auf seine Mutter; in anderer Weise sogar heute noch.

Durch seinen Schlafmangel kam es Raj vor, als liefe die Trauerfeier in Zeitlupe vor ihm ab. Vollkommen sinnlos erscheinende Worte dröhnten ihm in den Ohren. Am Schluss ging er zum Sarg vor. »Ich weiß, du hattest keine Lust, zu dieser kleinen Feier zu kommen«, flüsterte er. »So was ist nicht dein Ding.«

Er holte eine zerdrückte Seidenblume aus der Tasche, eine leicht angestaubte Gardenie, die bei einer Party unter dem Bett gelandet war, und legte sie auf den Sarg. Doch sie rutschte von dem glatt polierten, gerundeten Deckel und fiel zu Boden. Raj ging, ohne sie aufzuheben.

Die folgende Woche verbrachte Raj wie in Trance. Mollys Tod hatte ihn derart erschüttert, dass er kaum mehr schlafen konnte. Er starrte auf den Fernsehbildschirm, ohne etwas wahrzunehmen, bis er vor Erschöpfung eindöste. Selbst dann hatte er Träume, die nicht seine eigenen zu sein schienen. In einem standen plötzlich die Mahoneys vor seiner Tür.

»Hallo, Sie sind zu Hause. Das dachte ich mir«, sagte Mr. Mahoney. »Wir haben die Sache wohl recht schnell verwunden, was?«

»Nein«, entgegnete Raj, »haben wir nicht.« Mollys Vater hielt etwas in der Hand, seitlich an den Körper gepresst, ein silbriges Ding, das Raj nicht genau erkennen konnte.

»Sie haben nicht angerufen, Mr. Mahoney«, krächzte Raj mit plötzlich trockenem Hals.

»Es war belegt. Sie haben also bereits jemand anderen zur Unterhaltung gefunden?«, bemerkte Mollys Vater.

»Jack ist im Moment ein bisschen durcheinander. Ich habe Ihnen etwas mitgebracht«, warf Mrs. Mahoney ein und hielt ihm eine Auflaufform mit frisch zubereiteter Lasagne entgegen, in Alufolie eingewickelt; sie verbreitete den Geruch von warmem, geschmolzenem Käse.

Mollys Vater hob langsam die Hand, in der er, wie Raj nun erkannte, eine kleine Pistole hielt, und richtete ihre silbrige Nase auf ihn.

»Ich habe sie ohne Fleisch gemacht. Inder essen die Lasagne lieber ohne Fleisch, nicht wahr?«, sagte Janice.

Die Pistole ging los, ohne dass ein Laut zu hören war.

Wäre nicht der bläuliche Pulverdampf gewesen, hätte man sie für ein Spielzeug halten können. Raj war mit einem Schlag wach. Er spürte, wie ein einzelner Tropfen kalten Schweißes von der Achselhöhle bis zum Bund seiner baumwollenen Boxershorts lief, und das sagte ihm, dass er sich aufgesetzt hatte. Bis auf den matten Schein des TV-Bildschirms war es stockdunkel im Zimmer. Er stand auf, und in diesem Moment begann der Hund weiter unten in der Straße zu bellen. Raj ging auf die Wand zu, an der sich der Lichtschalter befand, stolperte jedoch über einen Hocker, der plötzlich aus dem Nichts auftauchte. Er schlug mit der Stirn hart auf dem Boden auf; der durchgetretene Teppich konnte den Schlag nicht dämpfen. Es dauerte einen Augenblick, bis er wieder auf die Füße kam, und dann schoss Adrenalin durch seinen Körper.

»Okay!«, brüllte er, so laut er konnte. Es hörte sich eher an wie ein schriller Schrei. »Niemand bewegt sich!« Er tastete sich die Wand entlang, fand den Schalter und machte Licht. Sein Panikgefühl ließ nach, doch sein Körper, dessen Bedürfnisse er zu lange ignoriert hatte, begann plötzlich heftig zu zittern.

»Das muss aufhören«, sagte er sich, zog hastig irgendwelche Sachen über und stürmte zur Tür hinaus.

Nachdem er etwas gegessen und getrunken hatte, erschien er gegen elf Uhr in der Klinik. »Ich möchte meine Schicht wiederhaben«, erklärte er Clarence, der überrascht aufblickte. »Niemand soll meine Arbeit mitmachen müssen. Ich komme gut ohne Schlaf aus. Fragen Sie mich nicht, wie. Ist dazu schon mal eine Studie gemacht worden?«

Clarence griff nicht nach dem Dienstplan. »Für diese

Woche hat Ihre Schicht bereits jemand übernommen«, erwiderte er freundlich. »Gehen Sie nach Hause, und versuchen Sie, sich wieder zu fangen.«

»Ich war zu Hause, und ich sollte hier sein«, beharrte Raj. »Ich brauche wieder Boden unter den Füßen.«

Clarence hob eine Augenbraue. »Besonders normal geht es hier auf der Station nicht gerade zu«, sagte er.

»Im Vergleich wozu?«

Rajs Stimme bekam plötzlich einen bittenden Unterton. »Ich habe das Gefühl, als wäre außerhalb der Klinik alles vorbei für mich. Als würde ich vollkommen den Boden unter den Füßen verlieren. Ich – Herrgott, ich weiß es nicht. Ich könnte irgendwo hingehen, von wo ich nie zurückkehre.«

»Sind Sie sich dessen sicher?«, fragte Clarence. »Oder haben Sie nur Angst davor?«

»Ich weiß es nicht«, erwiderte Raj.

»Verstehe. Kann es sein, dass Sie denken, Molly sei gar nicht tot?«

Raj sah ihn verblüfft an. Clarence war seit 36 Stunden im Dienst, sein dichtes schwarzes Haar stand ihm in wirren Büscheln vom Kopf. Vielleicht war er vollkommen erschöpft, doch sein Scharfblick litt nicht darunter.

»Seien Sie nicht überrascht, wenn Sie ihre Stimme hören oder sie in einer Menschenmenge entdecken«, fuhr Clarence fort. »Nach einem Eingriff am offenen Herzen sehen manche Patienten, wenn sie im Aufwachraum zu sich kommen, kleine grüne Männchen an ihren Beinen hochklettern. Aber Sie stehen nicht unter Schock, würde ich sagen.«

»Warum nicht?«

»Sie haben mich gefunden. Menschen im Schockzustand

sind stärker desorientiert. Meinen Sie, dass Sie einen Schock haben?«

»Ich –« Raj brachte keine Antwort zustande. Der Tod hatte eine unbekannte Stelle in ihm berührt, und er wusste nicht, wie er damit umgehen sollte. Seit der schrecklichen Nachricht spürte er ihn wie eine kalte Klaue in seinem Herzen. Clarence wartete. Er würde nicht überrascht reagieren, was immer Raj auch sagte, ihn aber auch nicht mit Samthandschuhen anfassen. Er tat ihm jetzt nur einen Gefallen, wenn er ehrlich mit ihm war.

»Ich wollte nicht zur Beisetzung gehen«, sagte Raj.

»Weil es dann schwieriger für Sie wäre, Ihr magisches Geheimnis zu bewahren, dass sie nicht wirklich tot ist. Wird sie eingeäschert?«, fragte Clarence. Raj nickte. Der Gedanke wirkte auf ihn wie eine brutale Vergewaltigung. Sie ließ ein Bild vor seinem geistigen Auge erscheinen, das er nur für den Bruchteil einer Sekunde ertrug – das Bild eines schönen Körpers in Flammen.

»Wessen Asche kommt dann nach Hause?«, setzte Clarence nach. »Sagen Sie es mir.«

»Ich weiß nicht. Inder holen die Asche von Angehörigen nicht nach Hause. Das bringt Unglück«, murmelte Raj.

»Sie weichen aus.«

Raj hatte einen Kloß im Hals, er konnte nicht antworten. Clarence war trotzdem zufrieden. »Sie erscheinen mir völlig normal. Diese Verlusterfahrung ist das Härteste, was Sie jemals durchmachen werden. Vielleicht werden Sie eine ganze Weile nicht weinen können, nicht das tiefgehende, kathartische Weinen erleben, das Sie bräuchten. Es wird Sie in den seltsamsten Momenten überkommen. Fast wäre es jetzt passiert, als ich von ihrer Asche sprach.« Raj nickte.

Clarence dachte einen Augenblick nach und sagte dann: »Ein angeborenes Hirnaneurysma.«

»Was?«, sagte Raj.

»Es wird fast nie diagnostiziert, ehe die Hirnarterie platzt. Wäre eine Möglichkeit. Hat Ihre Freundin irgendwelche Symptome gezeigt?«

»Sie bekam Kopfschmerzen, und bald darauf wurde sie bewusstlos«, erwiderte Raj.

Clarence nickte. »Ich an Ihrer Stelle würde es ganz genau wissen wollen, aber vielleicht denken Sie da anders.« Clarence wusste, dass dem nicht so war, und mit der Zeit würden die Tatsachen eine tröstliche Wirkung ausüben.

Raj sah auf die grünen Kacheln, mit denen der Raum ausgekleidet war, und das harte, flackernde Neonlicht. »Was mache ich, falls sie zurückkommt?«

»Falls? Sie wird kommen. Das ist ein normaler Bestandteil des Trauerprozesses.«

»Aber was soll ich machen?«

»Ich würde Ihnen raten: Sprechen Sie mit ihr. Sie tun sich nichts Gutes, wenn Sie versuchen, diese Erfahrung zu verleugnen oder zu verdrängen. Stellen Sie sich den Gefühlen, Schritt für Schritt. Tun Sie, wonach Ihnen ist.«

Raj brachte ein trauriges Lächeln zustande. »Ist das der Grund, warum die Leute Psychologie als Quatsch bezeichnen?«

»Schicken Sie den Psychologen in sich eine Weile in Urlaub«, sagte Clarence. »Sie werden sich niemals selbst therapieren können. Das kann niemand. Und falls es überhaupt gesagt werden muss: Es tut mir sehr, sehr Leid, dass Sie Ihre Freundin verloren haben.«

»Danke«, sagte Raj. Der Druck der unsichtbaren Hand, die sein Herz zusammengepresst hatte, ließ allmählich nach.

Der November brachte den ersten Schnee, der wie immer nur so lange liegen blieb, bis er sich in eine schmutzig graue Masse verwandelte. Raj mied weitere zwei Wochen jeden näheren Kontakt mit den Patienten. Diejenigen, denen es besonders schlecht ging, bemerkten seine geistige Abwesenheit überhaupt nicht; die anderen warfen ihm gekränkte Blicke zu. Dass Psychotherapie eine passive Profession ist, erleichterte ihm die Arbeit. Raj musste nichts weiter tun, als zuzuhören, oder sich zumindest den Anschein zu geben. Da sich fast keiner der Patienten mit seinen Problemen auseinander setzen wollte, war es ihnen nur recht, wenn er immer wieder seinen eigenen Gedanken nachhing. Die Krankenschwestern, denen er auf den Fluren begegnete, murmelten mit gesenktem Kopf »Es tut mir so Leid«. Raj setzte mechanisch einen Fuß vor den anderen, fühlte sich leer und wie gehäutet.

Es verging fast eine Woche, ehe ihm Sasha Blum wieder einfiel. Er griff nach dem Telefon, ließ es zweimal, dreimal, viermal läuten. Niemand hob ab, kein Anrufbeantworter schaltete sich ein. Raj sah in ihrer Krankenakte nach, ob die Nummer stimmte. Als auch der zweite Anruf erfolglos blieb, rief er Maya an.

»Hallo?«

»Hier ist Raj. Ich hoffe, du hast nichts dagegen, dass ich dich einfach so anrufe.«

»Worum geht's?« Maya klang neutral; es gab keinen Grund zu der Annahme, dass sie von Mollys Tod gehört hatte.

»Ich kann Sasha telefonisch nicht erreichen und würde gerne wissen, ob du sie gesehen hast«, sagte Raj. Es versetzte ihm einen Stich, als er Mayas Stimme wieder hörte. Sie rührte an seine Schuldgefühle, sein schlechtes Gewissen. Er bemühte sich, objektiv zu klingen. »Hier steht, dass Sasha noch zweimal zur Blutuntersuchung da war, aber dann nicht mehr. Die Tests sind wichtig«, fuhr er fort.

»Ich weiß.« Es entstand eine Pause, während Maya offenbar über etwas nachdachte. »Zum letzten Mal gesehen habe ich sie kurz vor Thanksgiving«, sagte sie dann.

»Und seitdem nicht mehr?«

Mayas Stimme bekam einen besorgten Ton. »Nein. Vor ein paar Tagen bin ich zum Wohnheim hinübergegangen, aber Sasha hat nicht aufgemacht. Vielleicht solltest du mich dieses Mal begleiten. Es könnte sein, dass sie einen Arzt braucht.«

»Ich habe hier noch eine Weile zu tun«, erwiderte Raj zögernd. Er bezweifelte, dass er seine Gefühle würde unter Kontrolle halten können, wenn er Maya wieder von Angesicht zu Angesicht gegenüberstand. Schon jetzt am Telefon hatte er sich anstrengen müssen, tief und gleichmäßig zu atmen.

»Ich habe kein gutes Gefühl«, sagte Maya. »Vielleicht wandert sie wieder ziellos durch die Gegend.«

»Okay, wir treffen uns dort. Lass mir eine Stunde Zeit«, sagte Raj.

Als er beim Studentenheim eintraf, wartete Maya bereits unten an der Eingangstür. Sie trug Jeans und ein graues NYU-Sweatshirt und verhielt sich freundlich, aber distanziert. Schweigend gingen sie in den zweiten Stock hinauf. Im Flur standen Skateboards herum und ein Einkaufswagen vom Supermarkt, in einer Ecke lag ausrangierte Kleidung. Als Sasha auf ihr Klopfen nicht reagierte, holte Maya einen Schlüssel aus ihrer Handtasche und schloss auf.

Raj hatte noch nie ein Studentenzimmer gesehen, in dem es aussah wie bei Sasha. Es herrschte eine gespenstische Ordnung, alles war aufgeräumt, das Bett tadellos gemacht; auf dem Kopfkissen saß ein weißer Teddybär. Sogar eine Hand voll Münzen auf der Kommode waren fein säuberlich nebeneinander aufgereiht.

»Sie muss sich zur Zeit ungeheuer anstrengen, die Fassade aufrechtzuerhalten«, sagte Maya. »Sieh mal.«

Sie wies auf das einzig beunruhigende Indiz im Raum, ein äußerst beunruhigendes. Auf dem Fußboden war ein Sack Blumenerde ausgeleert und zu einem Kegel geformt worden. Darin steckten eine verwelkte Geranie, eine Katze aus Porzellan und zwei Schokoriegel. Der Plastikgießkanne nach zu schließen, die neben dem Erdkegel stand, waren diese Opfergaben an einen unbekannten Gott regelmäßig gegossen worden. Auf dem Teppichboden hatten sich bräunliche Flecken gebildet, die den Erdhaufen wie ein dunkler Ring umgaben.

Raj ging zum Fenster. Es hatte keinen Sims, andernfalls hätte er fast erwartet, Sasha dort kauern zu sehen, zitternd und der Wirklichkeit vollkommen entrückt.

»Wohin könnte sie denn am ehesten gegangen sein?«, fragte Raj. »Zu ihren Eltern?«

»Ich habe eine Nummer, aber ich bezweifle es«, erwiderte Maya. »Sie sind offenbar froh, dass sie ihre Tochter hierher haben abschieben können.«

»Das ist eine Möglichkeit, mit Schuldgefühlen klarzukommen«, bemerkte Raj grimmig. »Hat dir Sasha jemals erzählt, wo sie herumwandert?«

»Nein.«

In der Kommode fanden sie leere Pillenfläschchen, jedoch keine vollen. Zum letzten Mal waren sie offensichtlich im September aufgefüllt worden.

»Ich mache mir solche Vorwürfe«, klagte Maya. »Ich habe dir versprochen, dass ich sie in die Klinik bringen würde, aber sie hat immer wieder gesagt, sie habe sich schon um die Medikamente gekümmert. Ich hätte mehr dahinterher sein müssen.«

»Warum?«, sagte Raj. »Wenn sie deine Hilfe nicht wollte, war das ihre Entscheidung. Du solltest dir keine Vorwürfe machen. Die Frage ist, was wir jetzt tun«, fügte er halbherzig hinzu. Er verspürte selbst wieder den Drang, Sasha zu retten, der in der Klinik so stark gewesen war.

Maya fiel etwas ein. »Wir können es ja noch bei Barry versuchen«, sagte sie. »Er wohnt nur ein paar Treppen höher.«

Maya ging voran, den Flur entlang und hoch zu Barrys Zimmer. Raj musste sich sehr anstrengen, sein inneres Gleichgewicht zu bewahren. Die Begegnung mit Maya schmerzte ihn so sehr, dass er es nur aushielt, indem er sich ganz auf ihre Mission konzentrierte; doch ihn quälten nicht nur Schuldgefühle wegen allem, was er ihr angetan hatte. Die ganze Zeit war auch eine unerklärbare Macht am Werk gewesen, dieselbe Macht, die Molly seinen Weg hatte kreuzen lassen. Sie hatte den Ablauf der Dinge so arrangiert, dass sie sich ineinander verliebt hatten. Doch Raj hatte keine Ahnung, welche Macht es war. Und niemand konnte es ihm sagen, weder Daddy-ji mit seinen resignierten Kommentaren zum Karma, noch Amma mit ihren tränenfeuchten Seufzern.

»Wenn solche schrecklichen Dinge passieren«, hatte Daddy-ji nach der Trauerfeier zu ihm gesagt, »müssen wir sie Gott anheim geben.«

Raj war damals zu betäubt gewesen vor Schmerz, als dass er diesen grausamen Gott, der es zuließ, dass eine innige Liebe ermordet wurde, hätte anklagen können. Der es zuließ, dass ein unschuldiger Mensch wie Maya ohne Grund verlassen wurde.

Doch jede Betäubung lässt einmal nach, und Raj schwor sich, dass Gott der Letzte wäre, dem er Molly jemals anvertrauen würde.

Barry trug ein T-Shirt und rote Pyjamahosen, als er die Tür öffnete. Ein Computer-Bildschirm verbreitete ein schwaches Licht in dem dämmerigen Zimmer. »Ich habe sie eine ganze Weile nicht gesehen«, murmelte er. Im Hintergrund hörte man Kampfbomber und Explosionen; er saß offenbar gerade an einem Computerspiel.

»Kannst du uns helfen herauszufinden, wo sie sein könnte?«, fragte ihn Maya.

»Nö, aber sagen Sie ihr, wenn Sie sie sehen, dass es cool wäre, wenn sie mal wieder anrufen würde.« Barry sah durch seine beiden Besucher hindurch, als wäre er ein soeben wach gewordener Waschbär. »Ich muss mich wieder über meine Bücher machen.«

»Ich glaube, Sie haben nicht ganz verstanden. Das ist kein Höflichkeitsbesuch«, warf Raj in einem Ton ein, der verhindern sollte, dass Barry ihnen die Tür vor der Nase zuschlug. »Sasha ist krank. Sie braucht ihre Medikamente, sonst könnte es gefährlich werden.« Barry senkte betreten den Kopf. Was immer er vor sich selber in Bezug auf Sasha verleugnete: dass ihr Arzt bei ihm auftauchte, behagte ihm gar nicht.

»Kein Kommentar? Dann frage ich Sie noch etwas«, fuhr Raj fort. »Wie wichtig ist Ihnen Sex?«

Barry wurde plötzlich rot und wesentlich nervöser. »Mit jemandem zu schlafen ist nicht dasselbe, wie sich im Videoladen einen Film auszuleihen«, sagte Raj. »Liegt Ihnen überhaupt etwas an ihr?«

Barry machte ein klägliches Gesicht. »Ich, äh, war nur einmal kurz mit ihr zusammen, und dann fing sie an, sich an mich zu hängen. Ich habe ihr gesagt, sie soll ihr eigenes Leben leben. Vielleicht ist sie deshalb abgehauen. Keine Ahnung.«

»Das reicht mir nicht«, entgegnete Raj in scharfem Ton. Der Junge sah ihn erschrocken an. Er ging in sein Zimmer und kam mit einem Fetzen Papier in der Hand zurück.

»Hier, sie wollte, dass ich mit ihr dorthin gehe. Sie kennt irgendwelche Leute dort, aber ich hatte keine Lust«, sagte er und hielt Raj den Zettel mit einer hingekritzelten Adresse entgegen. »Sie selber macht mich irre genug.« Was immer er empfinden mochte: Dieses Mal brachte Barry den Mut auf, ihnen die Tür vor der Nase zuzumachen, sodass die Geräusche des Dritten Weltkriegs nur noch gedämpft auf den Flur drangen. Raj fragte sich, ob Barry oder irgendein anderer Junge in Sashas Alter überhaupt ein Interesse an ihr hatte, abgesehen von Sex, oder ob vielleicht irgendein Fremder der Vater des Kindes war.

Raj war wütend, doch es ging noch etwas anderes in ihm vor. Als er mit Maya das Wohnheim verließ, kamen sie an einer Coca-Cola-Uhr vorbei, die man in der Eingangshalle aufgehängt hatte, um sie etwas freundlicher zu gestalten. Es war ein großes rundes Replikat der Uhr, wie sie früher häufig an Tankstellen zu finden war, mit einem breit grinsenden Santa Claus darauf, der eine grüne Colaflasche hochhielt.

»Ich hoffe, Barry hat sie nicht an seine Freunde weitergereicht«, bemerkte Maya. »Man kann sie so leicht missbrauchen.«

Raj hörte, was sie sagte, doch es drängte sich ein anderes Geräusch dazwischen. Tick-tack. Er hatte es, ohne sich dessen bewusst zu sein, nicht mehr wahrgenommen, seit Molly gestorben war. Er hatte im Pavillon nicht mehr den Geruch von schlechtem Kaffee wahrgenommen, nicht mehr die Niedergeschlagenheit seiner Patienten gespürt. Nun begann sich die graue Decke der Trauer langsam zu heben, immer ein kleines Stück mehr.

»Wir finden den Vater, und wir finden Sasha«, sagte Raj.

Es fiel ihm schwer, sich von Maya zu verabschieden und die Suche auf einen späteren Zeitpunkt zu verschieben, doch Habib konnte Raj nur für zwei Stunden vertreten. Als er auf die Station zurückkam, fragte er ihn: »Wie sehe ich aus?«

»Wie ein Zombie«, antwortete Habib. Mit anderen Worten: besser. Raj wollte wieder am Leben teilhaben, doch ein Teil von ihm auch nicht. Wie die Schwerkraft zog ihn seine Trauer zu seinem Inneren, zu seinem Herzen, wo er noch immer nach Molly suchte. Spätnachts spürte er ihre Gegenwart, und in diesen Augenblicken verzweifelter Hoffnung kam es Raj vor, als kämen verschwommene Gestalten aus der Tiefe empor und drängten sich auf einer Leinwand, auf dass er etwas erkenne.

Kommt, betete er, *ich bin hier.*

Doch sie verschwanden, und er musste weiter warten. Fast wäre er in Hoffnungslosigkeit versunken, hätte es nicht Anfang Dezember diesen einen Vorfall gegeben, als ein neuer Praktikant namens Gus an der wöchentlichen Teambesprechung teilnahm. Gus hatte den breiten Körperbau eines Footballspielers und wirkte sehr ernsthaft. Er trug ziemlich dick auf, weil er Clarence beeindrucken wollte.

»Benita ist eine 64-jährige Latina und kam vergangene Woche wegen Beinschmerzen in die Notaufnahme«, erläuterte Gus. »Innerhalb weniger Stunden konnte sie weder stehen noch gehen. Eine körperliche Ursache schien nicht vorzuliegen. Sie begann zu klagen, dass sie ihre Beine nicht mehr spüre, und verlangte, stationär aufgenommen zu werden. Die Notaufnahme bat um eine psychiatrische Begutachtung, und ich bin zu dem Schluss gekommen, dass es sich bei Benitas plötzlicher Lähmung um eine klassische hysterische Konversion handelt.«

Clarence, dem Psychojargon auf die Nerven ging, unterbrach den Vortrag. »Wie genau sind Sie zu dieser Einschätzung gekommen?«, wollte er wissen.

»Als ich fragte, ob in letzter Zeit etwas Besonderes geschehen sei, erzählte mir Benita, dass ihre erwachsene Tochter vor kurzem gestorben sei«, sagte Gus nach einem Blick auf seine Notizen. »Die Tochter hatte im selben Haus gewohnt und zum großen Teil den Lebensunterhalt der beiden bestritten. Benita ist Witwe.«

»Und?«, fragte Clarence dazwischen, der sich schon vorstellen konnte, was nun kam.

Gus mochte es nicht, wenn man ihn unterbrach, doch sein Fazit klang schlüssig. »Benita kann sich ihrer tief sitzenden Angst vor dem Alleinsein nicht stellen, deshalb gibt sie ihren Beinen die Schuld. Sie verhindern, dass sie der Situation entfliehen oder sich ihr stellen kann. Es ist viel einfacher für sie, körperlich als vor Angst gelähmt zu sein.«

Clarence nickte. »Irgendwelche Kommentare?«, fragte er.

»Die alte Dame hat sich die Hüfte gebrochen«, sagte Stratton, ein Assistenzarzt im zweiten Jahr.

»Was?«

»Gus hat es übersehen. Man hat eine Röntgenaufnahme gemacht und bei der alten Dame mehrere schlecht verheilte Brüche des Hüftgelenks festgestellt.«

Mit erschrockenem Blick blätterte Gus die Krankenakte durch, zog schließlich das Röntgenbild hervor und hielt es gegen das Licht.

»Nun?«, fragte Clarence ungeduldig.

»Ja, es stimmt, ich hätte es mir genauer anschauen sollen«, erwiderte Gus. »Aber solche alten Verletzungen können keine Lähmung verursachen.«

»Sie könnten ihr hinreichend Schmerzen bereiten, dass sie nicht mehr gehen will oder sich nicht besonders bemüht«, machte ihn Clarence aufmerksam.

Gus versuchte stammelnd, sich zu rechtfertigen, doch Raj hörte nicht mehr zu. Er hatte die ganze Zeit in sich zusammengesunken dagesessen und Sasha Blum vor sich gesehen, eine Zigarette in ihrem abgezehrten, puppenhaften Gesicht. Jedes Mal, wenn das Bild vor seinem geistigen Auge auftauchte, wurde ihm flau im Magen. Er hatte diesem Mädchen versprochen, sie aus der Dunkelheit herauszuholen. Nun schien jener Tag, als er voller Idealismus gewesen war, unendlich weit entfernt.

»Sie weiß nicht einmal, was ihr geschehen ist.«

Raj dachte, er spreche mit sich selbst, doch Mona, die neben ihm saß, zuckte leicht zusammen.

»Wer?«, fragte Clarence.

»Diese Frau. Ihre Tochter ist gestorben, und sie weiß nicht, was ihr geschehen ist. Das ist der wahre Grund für ihre Lähmung.« Die anderen starrten ihn an, denn er hatte bei den Teambesprechungen seit einem Monat nicht mehr den Mund aufgemacht. »Was wir ihr erzählen, sind alles nur Geschichten, oder?«, sagte Raj.

»Wir haben versucht, die richtige Geschichte zu finden«, erwiderte Clarence.

»Dann haben wir versagt«, gab Raj zurück. »Ich habe jemanden verloren, der mir sehr nahe stand. Eine Frau von ergreifender Schönheit. Sie lebte, und dann wurde sie mit einem einzigen, unfassbaren Schlag vernichtet. Welche Geschichte wollen Sie mir erzählen? Ich kenne die medizinischen Begriffe, aber all diese Erklärungen können mir nicht sagen, wohin sie gegangen ist. Kann es jemand von euch?«

Mona hatte ihre Hand auf seinen Arm gelegt. »Es ist gut«, sagte sie sanft. Raj war zu verstört, als dass er hätte wahrnehmen können, wie die anderen reagierten, ob mitfühlend oder verlegen. Clarence brach das betretene Schweigen und sagte: »Wir alle wissen, wie sehr Sie darunter leiden.«

Seine Kollegen waren empfindsame Menschen, und sie wussten, dass Raj schwer zu kämpfen hatte. *Sie war in mir. Ihr könnt mir nicht erzählen, dass sie jetzt einfach fort ist,* dachte er, als er das hilflose Mitgefühl in ihren Gesichtern sah. Clarence kam wieder auf Benita zurück und empfahl Gus, ein Rezept für Schmerzmittel auszustellen und eine Notiz beizufügen, dass die alte Dame stationär aufgenommen werden solle, wenn sie das nächste Mal auftauchte und die Lähmungserscheinungen in ihren Beinen sich verstärkt hätten.

Nach diesem anstrengenden Tag ließ Raj sich erschöpft auf das Sofa fallen, als er nach Hause kam. Der Hund weiter unten in der Straße bellte wieder unaufhörlich, sodass er nicht einschlafen konnte. Es klopfte an der Tür. Raj öffnete, und vor ihm stand Molly.

»Fang jetzt bloß nicht an zu weinen«, sagte sie mit sanfter Stimme.

Sie trug nicht mehr ihr schwarzes Kleid und die Sandalen, sondern alte Jeans und eines ihrer weißen T-Shirts. *O mein Gott.* Raj schlang ungestüm seine Arme um die Gestalt vor ihm; er sehnte sich schmerzlich danach, Mollys Körper zu spüren. Und er spürte ihn. Er fühlte sich warm und wirklich an.

»He«, sagte sie lächelnd, »ich kriege ja blaue Flecken.«

Raj nahm sehr behutsam ihr Gesicht in seine Hände, näherte seine Lippen den ihren, und Molly kam ihm bereitwillig entgegen.

»Wo bist du gewesen?«, fragte er dann.

»In dir, genau wie du gedacht hast.« Sie hatte diese Worte kaum ausgesprochen, als er sie erneut küsste. Er brauchte diesen Balsam für seine wunde Seele, dies und nichts anderes.

»Ich konnte ohne dich nicht leben, es war unmöglich«, sagte er, als er wieder sprechen konnte.

»Du wirst nie ohne mich leben müssen«, flüsterte Molly.

In diesem Augenblick glaubte ihr Raj. Sein Wille hatte sie zurückgebracht. Sein Wille, seine Not und sein Verlangen. Die Wärme ihrer Haut bestätigte es ihm. Er öffnete den Mund, um ihr noch mehr zu sagen, doch Molly legte ihm ihre Finger auf die Lippen.

»Hör zu, bitte. Ich bin in dir.«

Nichts veränderte sich an ihrer Stimme; sie klang ebenso zärtlich wie zuvor. Dennoch befiel Raj plötzlich Angst, als würde sich sein anklagender Vorwurf gegen Gott, er habe die Liebe nur geschaffen, um sie zu zerstören, noch einmal bewahrheiten.

»So ist es nicht«, sagte Molly, die seine Angst erkannte. »Ich kann bleiben, solange du mich brauchst. Das habe ich vereinbart.«

Mit wem?, hörte sich Raj selbst denken.

»Ich glaube nicht, dass du es verstehen würdest, nicht jetzt«, erwiderte sie.

Aber ich brauche dich immer.

»Lassen wir es jetzt so sein«, sagte Molly. Sie küsste ihn, zog ihn wieder auf das Sofa, und dort lagen sie still nebeneinander, bis Raj ruhiger geworden war. Er musste Ruhe finden, ehe er wusste, dass er sich keine Sorgen zu machen brauchte, ob sie zurückkam. Es bewies lediglich, dass sie niemals fortgegangen war. Und was hatte Clarence zu ihm gesagt? Wenn sie mit dir spricht, hör zu.

»Ich glaube, ich bin bereit dazu«, sagte Raj.

Gut.

8

Die bleiche Dezembersonne weckte Raj erst spät. Er hielt seine Augen geschlossen und lauschte. Weiter unten in der Straße hatte ein Lieferwagen eine Fehlzündung; kurz darauf ließ jemand eine Bierflasche fallen, Glas splitterte auf Beton. Doch kein Atmen. Raj ließ seine Hand ein ganz kleines Stück wandern und hielt dann inne, um nicht den leeren Platz neben sich zu spüren.

Ein Traum. Eine Geistererscheinung. Eine Halluzination. Raj verdrängte die Worte aus seinen Gedanken. Er stand auf und stolperte in die Küche. Während er den kalten Kaffee trank, der vom Vortag noch in der Kanne war, wurde sein Kopf allmählich klar. Er hörte wieder, was Molly gesagt hatte.

Ich gehe nicht, ehe ich dir alles gesagt habe. Wir haben uns geliebt, und wir dachten, wir liebten genug. Aber es gibt noch mehr.

Sie musste in ihm gewesen sein, denn Raj spürte sie so nah wie seinen Atem. Er drehte sich um, falls Molly wieder aufgetaucht war, doch in der Küche, die so klein war, dass er beinahe beide Wände berühren konnte, war niemand sonst. Nur der verschmorte Geruch des defekten Heizlüfters, bei dem Molly immer Angst gehabt hatte, er würde eines Tages explodieren, stieg ihm in die Nase.

»Du wirst meine Lehrerin sein«, hörte er sich laut wiederholen.

Ja.

Gut. Die Unterweisung, falls er sie empfangen sollte wie ein Radio, kam nicht. Wenn im Pavillon ein Patient auftauchte, der Stimmen hörte, war es immer ein harter Kampf, ihm begreiflich zu machen, dass die sich in seinen Kopf drängenden Worte – mochten sie auch noch so bizarr sein – seine eigenen waren. Etwas anderes hatte Raj nie in Betracht gezogen. Er hatte nie bedacht, dass eine Verschmelzung mit einer anderen Person real sein könnte. Zwei Menschen können sich eine Stimme teilen, und es ist egal, wem sie gehört.

Raj schloss die Augen, und in ihm sagte Molly: »*Wir waren nahe dran, beide. Etwas Unbeschreibliches wollte sich enthüllen.*

Dann bist du gestorben.

Frag mich nicht danach. Konzentriere dich darauf: Ich weiß jetzt, was wir erfahren sollten. Es ist noch immer da.

Drück dich bitte genauer aus.

Du wirst berufen werden.

Raj erinnerte sich an diesen Satz, mit dem Molly ihm einen tieferen Einblick in ihr Inneres als je zuvor gewährt hatte. Berufen zu werden bedeutete, dass dich ein Lichtstrahl traf und du erweckt wurdest. Du wusstest, wer du warst und warum du lebtest. Sein Herz begann plötzlich rasend schnell zu schlagen.

Gilt das auch für mich?

Es gilt für jeden. Aber in genau diesem Moment, ja, gilt es für dich, sagte die Stimme. *Denn du hast versprochen zu lieben, und du hast geliebt. Du hast sogar gesagt, die Liebe habe dich erweckt. Denk daran, was immer auch geschieht.*
Etwas hatte sich verändert, und die Stimme war nicht mehr Mollys Stimme. Doch, es war ihre, aber sie hatte größere – was? Kraft. Sicherheit. Ein Teil von Raj sehnte sich danach,

diese Eigenschaften wieder zu spüren. Ihr Tod hatte ihm die Hoffnung genommen; nun gab sie sie ihm zurück.

Wie weiß ich, wenn es geschieht? Du hast mir noch nicht genug gesagt, dachte er.

Hör zu, handle, fühle.

Die Stimme verstummte. Raj hätte in diesem Augenblick allem misstraut. Er nahm eine Dusche, zog sich an und machte frischen Kaffee, den er in die Klinik mitnehmen wollte. Der Kaffee aus dem Automaten war ungenießbar. Auf dem Weg zur Arbeit nahm ein Teil von ihm vertraute Empfindungen wahr, und sie waren willkommen. Die kalte Luft schmerzte in der Lunge; die Brezel vom Straßenverkäufer war schön weich und noch warm. Jede vertraute Sache, jeder vertraute Eindruck wollte ihn in die Welt zurückholen. Was war auf der anderen Seite? Eine Stimme, der er vertraute, und ein Körper, von dem er wusste, dass er ihn berührt hatte. War das genug? Einer von Daddy-jis alten indischen Dichtern hatte einmal geschrieben: »Von deinen geliebten Armen umfangen, waren Leben und Tod in mir vereint wie ein Eheversprechen.« Das war es. Wenn Molly zurückgekommen war, um ihr Versprechen einzulösen, dann würde er es auch tun.

Auf seinem Schreibtisch fand Raj den Zettel mit der Adresse wieder, den Barry so widerwillig herausgerückt hatte. Als sein Dienst gegen fünf Uhr vorbei war, rief Raj Maya an; sie war erleichtert, dass man Sasha nicht vergessen hatte.

»Meine Anrufe im Studentenheim sind völlig umsonst. Sasha ist verschwunden, und wir müssen sie finden«, sagte Maya.

Sie nahmen sich ein Taxi, und der Fahrer brachte sie zu

einem heruntergekommenen, ausgeplünderten Wohnblock an der Avenue B. »Da wohnt kein Mensch mehr«, sagte er. Die Häuser aus schmutzig grauem Beton und Ziegeln waren größtenteils mit Brettern vernagelt, einige von metallenen Sicherheitszäunen umgeben.

»Ich habe das Gefühl, wir könnten dort drüben anfangen«, sagte Maya und deutete zur gegenüberliegenden Ecke. Dort stand ein Grüppchen junger Latinos und schwarzer Mädchen mit ultrakurzen Miniröcken. »Komm.«

Ohne zu warten, ob Raj etwas einzuwenden hatte, lief Maya über die Straße, auf die Mädchen zu, und er folgte ihr. »Ich bin auf der Suche nach einer Freundin«, sagte Maya. »Ungefähr in eurem Alter. Kann sein, dass sie ein bisschen durcheinander wirkt. Sie heißt Sasha.«

Mayas Erklärung wurde zuerst mit misstrauischem Schweigen quittiert, aber dann sagte ein Mädchen: »War 'n paar Mal hier, doch.«

»Durcheinander, wie Sie gesagt haben«, fügte eine andere hinzu.

»Habt ihr miteinander gearbeitet?«, fragte Raj, worauf sie in schrilles Gelächter ausbrachen.

»Bestimmt nicht, Süßer.«

Eines der älteren Mädchen, offenbar eine Art Anführerin, meldete sich zu Wort. »Sie war allein, und wir haben sie hier ein paar Mal vorbeilaufen sehen. Ich weiß nicht, ob sie mit jemand mitgegangen ist, aber ich glaube nicht. Schauen Sie doch mal dort rein.« Sie deutete mit einem Kopfnicken auf eine Bar ein paar Häuser weiter. »Da erfahren Sie am ehesten was.«

»Danke«, sagte Raj und zog Maya mit sich fort.

»Warum hast du ihnen diese Frage gestellt?«, wollte Maya sichtlich verwirrt wissen.

»Weil Sasha schwanger ist. Diese Information ist vertraulich, aber man wird es bald genug sehen können«, erwiderte Raj.

Maya wirkte nicht bestürzt. Vielleicht hatte Sasha sich ihr anvertraut, als sie von ihrer Schwangerschaft erfuhr. »Ich frage mich, ob Barry und seine Freunde wohl hier gewesen sind. Vielleicht haben sie sie hier gesehen und sind dadurch auf die Idee gekommen, dass sie sich Sasha vornehmen könnten, nicht andersherum«, meinte Maya.

»Schlimm ist es in jedem Fall, so oder so. Komm, wir fragen da drin mal nach.« Raj öffnete die Tür aus Sicherheitsglas zur Bar, die keine Fenster hatte, und ließ Maya vorgehen. Drinnen war es verraucht, die Atmosphäre von Trostlosigkeit gezeichnet. Sie gingen an ein paar schwach besetzten Tischen vorbei zum Tresen. Der Barmann, ein Schlägertyp, nahm sie erst zur Kenntnis, als Raj zwei Bier bestellte.

»Wir suchen nach einem Mädchen, und jemand hat uns gesagt, Sie könnten sie vielleicht gesehen haben«, sagte Raj.

Der Mann schaute ihn finster an. »Ich sehe keine Mädchen hier.«

»Ich meine keine Prostituierte. Sie ist Studentin, dünn, dunkle Haare, führt manchmal Selbstgespräche«, entgegnete Raj.

Der Mann dachte einen Augenblick darüber nach. »Sind Sie aus der Karibik?«, fragte er.

»Nein«, antwortete Raj.

»Sie kommen am besten später wieder, wenn wir zuhaben. Dann kommen ein paar Mädchen vorbei. Vielleicht ist die dabei, von der Sie reden.« Raj und Maya ließen ihr Bier stehen und gingen.

»Was hältst du davon«, fragte sie, als sie draußen auf der Straße standen. Die Sonne war fast schon untergegangen, das Blau des Himmels wandelte sich zu nächtlichem Schwarz, und es wurde plötzlich ziemlich kalt.

»Einen Versuch ist es wert, denke ich. Aber du solltest nicht hier bleiben. Ich mache das schon«, erwiderte Raj, der sich müde fühlte und keineswegs zuversichtlich war.

»Aber du rufst an, ja?«, sagte Maya. »Soll ich eine Vermisstenmeldung machen?«

»Die Polizei wird nicht viel Interesse zeigen, wenn du keine Angehörige bist«, meinte Raj. »Es ist toll, wie du dich um Sasha kümmerst. Aber ich muss dir etwas sagen. Molly ist gestorben. Vor ungefähr einem Monat, ganz plötzlich.«

Er wusste nicht, was er sonst noch sagen sollte oder ob er Maya mit dieser Eröffnung wieder gekränkt hatte.

Zuerst schien Maya verlegen, und dann rollte ihr eine Träne über die Wange. »Ich habe dir gleich angesehen, dass es dir schlecht geht, als du im Studentenheim aufgetaucht bist, und überlegt, was passiert sein könnte, oder ob ich daran schuld bin«, sagte sie. Raj fühlte sich wie betäubt und wusste nicht, wie er darauf reagieren sollte. »Es tut mir Leid, Raj, es tut mir sehr Leid«, sagte Maya.

Die beiden blieben unter der Straßenlampe an der mittlerweile verlassenen Ecke stehen; die Mädchen waren weitergezogen. Rajs Gedanken schweiften ab. Im Moment wollte er nichts anderes als allein sein und Ruhe. »Ich glaube, ich sollte jetzt gehen«, sagte Maya. Sie winkte einem vorbeifahrenden Taxi, das in einigen Metern Entfernung anhielt.

»Ich habe das Gefühl, dass du versuchst, Tote zu erwecken. Es wird wahrscheinlich nicht funktionieren«, sagte sie, schon fast auf dem Weg zum Taxi.

»Was?«, fragte Raj überrascht zurück.

»Sasha. In der Klinik denken alle, dass man nichts anderes tun kann, als ihr Medikamente zu geben. Ich weiß, wie krank sie ist, und ich weiß auch, wie schnell sie durch alle Maschen des Sozialsystems rutschen würde. Entweder versuchst du, ein Heiliger zu sein, oder du engagierst dich wieder mal zu sehr.«

Sie lief zum Taxi und stieg ein, ohne die Antwort abzuwarten. Der Wagen schlitterte über die schwärzliche Eisschicht im Rinnstein, und sie war fort.

Die Bar schloss erst um zwei, sodass Raj noch sechs Stunden in der Klinik arbeiten konnte. Als er aus dem Fahrstuhl trat, überfiel ihn Claudia, die ihn offenbar gesucht hatte.

»Warum waren Sie vor einer Stunde nicht da?«, blaffte sie ihn an, aggressiv und bissig, wie es ihre Art war. Aber es könnte auch ein gutes Zeichen sein, dachte Raj. Er hatte seit einem Monat kein Therapiegespräch mehr mit ihr geführt, und sie wollte ihn spüren lassen, wie sehr sie das kränkte.

»Ich war unterwegs, um jemandem zu helfen, einer anderen Patientin, die ihre Medikamente abgesetzt hat, und ich habe länger gebraucht, als ich dachte. Es tut mir Leid.« Claudia sah ihn mit offenem Mund an; mit einer Entschuldigung hatte sie nicht gerechnet.

»Wer war es?«, fragte sie.

»Aber Sie wissen doch, dass das eine Grenzüberschreitung ist«, erwiderte Raj.

»Und verrückt sein ist nicht Grenzüberschreitung genug?«, gab Claudia zurück und brach in Gelächter aus. Raj ließ sie in sein Arbeitszimmer vorangehen und lächelte sie ermutigend an. »Wissen Sie, warum der Hahn über die Straße gelaufen ist?«, fragte Claudia.

»Nein.«

»Der Hahn auch nicht, aber sein Therapeut meint, es hat vermutlich mit seinem Penis zu tun.«

Als Raj sein Lächeln beibehielt, sagte Claudia: »So ist es besser. In letzter Zeit haben Sie ziemlich beschissen ausgesehen.«

»Ich weiß. Wie lief's denn bei Ihrem Besuch daheim?«, fragte er. Claudia war über das Wochenende nach Hause gefahren, um herauszufinden, ob sie wieder mit ihrem Mann zusammenleben könnte.

»Gut«, erwiderte sie.

»Was heißt ›gut‹?«

Claudia zuckte mit den Schultern. »Waffenstillstand. Ist doch schon ziemlich gut, oder? Stanley hat ein bisschen Golf gespielt, und dann hat er mich zum Essen ausgeführt. Es war nett«, sagte sie, wich Rajs Blick jedoch aus.

»Das klingt wirklich gut«, bestätigte Raj. »Gut für Stanley, zumindest. Haben Sie miteinander über Ihre Probleme gesprochen?«

Claudia schüttelte den Kopf. »Stanley sagt, wenn ich nach Hause komme, machen wir uns zwei schöne Tage, und warum sollten wir sie uns mit Streiten verderben?«

»Darüber zu reden, was man wirklich empfindet, bedeutet nicht zu streiten«, stellte Raj klar. »Es bedeutet ehrlich zu sein.«

»Es regt ihn zu sehr auf«, murmelte Claudia.

»Wirklich? Ich würde sagen, es regt ihn überhaupt nicht auf. Es ist ihm unbequem. Wie geht es Ihnen damit, dass Sie ihm unbequem sind?« Claudia starrte aus dem kleinen Fenster, das auf den Parkplatz hinausging. In der tiefschwarzen Dunkelheit draußen gab es nichts zu sehen. Raj wartete auf eine Antwort, und als keine kam, fuhr er fort: »Darf ich ganz offen zu Ihnen sein?« Claudia brachte ein schwaches Nicken zustande, nicht sehr überzeugt, aber doch so weit zustimmend, dass er sagen konnte, was er sagen wollte.

»Sie nutzen diese Klinik wie ein Erholungsheim. Sie wissen es, und ich weiß es«, sagte Raj. »Was ich nicht weiß, ist, ob Sie damit aufhören wollen.«

»Meinen Sie, es gefällt mir, wenn es mir schlecht geht?«

»Ihnen gefällt, was damit verbunden ist.«

»Und das wäre?«, fragte Claudia misstrauisch.

Raj lehnte sich zurück. »Sie bekommen Mitgefühl. Sie begegnen Stanley nicht mehr, der Sie wahrscheinlich schon längst zu Tode langweilt. Sie bekommen das Gefühl, im Recht zu sein. Sie können die Rolle des Opfers spielen. Und das Allerbeste ist: Sie finden hier eine Menge Menschen, die Ihnen ihre Aufmerksamkeit schenken, wenn Sie sich überhaupt nicht mehr unter Kontrolle haben. Klingt für mich nach einem wirklich guten Handel.«

Er hatte noch gar nicht ausgeredet, als Claudia aufsprang, das Gesicht vor Enttäuschung und Wut verzerrt. »Sie kleiner *pisher!*«, kreischte sie. »Wer hat Ihnen erlaubt, so mit mir zu reden!«

Raj stand auf und ging so nah an sie heran, dass es ihr unangenehm war. »Sie, falls Sie es vergessen haben sollten«, sagte er gelassen, ohne jede Aggression. Vom Ton her hätte dieser Satz sehr hart wirken können, doch er bemühte sich, in seiner Stimme auch den Wunsch durchklingen zu lassen, dass jemand, irgendjemand, aus seinen selbst auferlegten Qualen hervorkommen möge.

»Von all den schlimmen Dingen, die in Ihrem Leben passiert sein können«, sagte Raj, »haben Sie sich die meisten selbst angetan.«

»Hast du Worte!«, entgegnete Claudia hitzig. »Ich habe diesen Scheißkerl doch zu niemandem ins Bett geschickt! Ich habe ihn doch nicht darum gebeten, mich zu belügen, zu betrügen und wie einen Fußabtreter zu behandeln!«

»Versuchen Sie mal, sich jetzt, in diesem Moment, von außen zu betrachten«, sagte Raj. »Nichts anderes haben Sie nämlich getan. Sie haben einen Mann geheiratet, bei dem jeder mit der Hälfte Ihres IQ prophezeit hätte, dass er lügt und betrügt, und Sie haben entschieden, Ihr Teil dazu beizutragen. War es nicht so?«

»Nein!« Claudia begann zu weinen.

»Springen Sie über die Mauer«, sagte Raj etwas lauter. »Sie schaffen es! Sehen Sie der Wahrheit ins Auge. Es wird Sie nicht umbringen, und eines Tages müssen Sie ohnehin sterben, also was soll's?«

Auf einmal wurden ihre Augen, aus denen unaufhörlich Tränen strömten, groß und rund. »Was sagen Sie da?« Ihre Stimme zitterte.

Raj ging noch einen Schritt auf Claudia zu und legte ihr die Hände auf die Schultern. »Sie wissen, was ich gesagt habe. Es gibt nur die eine Mauer, die Sie selbst errichtet haben«, erklärte er sanft, aber nachdrücklich.

Das reicht.

Niemand hörte diese beiden Worte außer Raj. Er fuhr herum und sah Molly an der Tür stehen. »Sie hört dich nicht«, sagte sie.

Raj drehte sich wieder um. Claudia rang nach Atem, in ihren Augen stand Panik.

»Du wolltest sie mit Liebe behandeln, erinnerst du dich?«, sagte Molly. »Das tust du im Moment aber nicht.«

Raj konnte es nicht bestreiten. Inzwischen lief Claudia im Zimmer auf und ab. Sie wischte sich mit beiden Fäusten die Augen. »Sie wollen mich umbringen«, japste sie. Die verschwitzten grauen Haare hingen ihr strähnig ins Gesicht. »Wenn ich auf Sie hören würde, wäre ich tot.«

»Sie hat Recht«, bemerkte Molly.

Nein!

Raj konnte nur hoffen, dass Claudia niemand sonst im Zimmer sah. Eine Sekunde lang gingen ihre Augen in die Richtung, in die Raj gestarrt hatte, doch dann richteten sie sich sofort wieder auf ihn.

»Versuchen Sie, sich zu beruhigen«, sagte Raj.

»Wie kannst du von ihr erwarten, dass sie sich beruhigt?«, sagte Molly. »Sie fühlt sich angegriffen.«

In diesem Augenblick geschahen zwei Dinge. Claudia holte tief Luft und schlug Raj mit der Faust ins Gesicht, und in der offenen Tür erschien Joanie.

»Du liebst mich nicht!«, schrie Claudia.

»Was ist denn hier los?«, fragte Joanie verdutzt.

Niemand achtete auf sie. Claudia ließ sich tränenüberströmt in Rajs Arme fallen. »Ich dachte, du liebst mich«, schluchzte sie.

»Nicht«, sagte Raj und versuchte, sich von ihr zu befreien. »Sie tun sich damit nichts Gutes.«

»Ist mir egal!«, heulte Claudia. »Ich denke immerzu an dich, du hast mir so sehr gefehlt.« Sie wollte ihn erneut umarmen, doch diesmal ging Joanie dazwischen, die die Situation langsam belustigend zu finden schien.

»Beruhigen Sie sich, ich bin ja hier«, sagte Joanie, ebenso um Raj als auch der Patientin willen.

»Wir wollen dich hier nicht haben! Verschwinde!«, schrie Claudia. »Und nimm deine Hände weg von mir!«

Bei ihrem nächsten Versuch, sich Raj wieder zu nähern, rutschte eine ihrer Brüste aus dem Morgenmantel. Als sie seinen Gesichtsausdruck sah, erstarrte Claudia. »O mein Gott«, rief sie und legte erschrocken die Hand auf den Mund. »Du hasst mich.«

»Nein«, sagte Raj, »das ist nur ein Missverständnis.«

»Würde ich auch sagen«, fügte Joanie hinzu, die sich mit jeder Minute mehr zu amüsieren schien.

»Du hältst mich für eine komische alte Frau, der du was vormachen kannst«, sagte Claudia. »Wie konntest du das nur tun?« Sie war hin- und hergerissen zwischen Gekränktheit und Zorn. »Hast du denn gar keinen Anstand?«

»Bitte, setzen Sie sich, und beruhigen Sie sich wieder«, sagte Raj. »Ich werde versuchen, Ihnen die Dinge zu erklären.«

»Dinge? *Ich will kein Ding mehr sein!«*, schrie Claudia. Sie holte erneut aus und hätte Raj noch einmal ins Gesicht geschlagen, wenn Joanie nicht ihre Arme gepackt und sie aus dem Gleichgewicht gebracht hätte.

»He!«, rief Joanie. »Ich nehme Sie jetzt mit, sofort.«

»Nein!«

Claudia entwickelte erstaunliche Kräfte in ihrem inneren Aufruhr. Sie versuchte, Joanie bei den Haaren zu packen, doch diese kam ihr zuvor und hielt sie an den Handgelenken fest.

»Noch so was, und Sie werden ruhig gestellt«, warnte Joanie.

Raj schüttelte den Kopf. »Das ist nicht notwendig. Es kommt schon in Ordnung«, sagte er und wandte sich an Claudia. »Oder?«

Claudia beruhigte sich bereits wieder, etwas in ihr hatte sich bewegt. Trotz ihrer Erregung hatte sie gespürt, was wirklich geschehen war. Der entscheidende Satz, den sie schon seit Jahren hätte herausschreien müssen – *Ich will kein Ding mehr sein* –, war endlich aus ihrem Mund gekommen, vielleicht nicht an die richtige Person adressiert, aber wenigstens war er heraus. Raj blickte sich um. Molly war noch immer da.

»Was sie Liebe nennt, ist ihre innere Not, und sie ist real«, sagte Molly. »Wenn du ihre Not leugnest, bleibt ihr nichts weiter als Angst.«

Was soll ich deiner Meinung nach tun?, dachte Raj.

»Gib ihr, was sie braucht. Manchmal ist das alles, was Liebe tun kann. Zeige ihr, dass sie kein Nichts ist. Das ist ihre größte Angst. Vergiss, wie sie aussieht, wie sie sich anhört. Du hast ein Kind vor dir.«

Raj atmete tief durch. »Lassen Sie uns bitte allein«, sagte er zu Joanie.

Sie sah ihn skeptisch an. »Weil Sie hier so wunderbar klarkommen?«

Claudia gab ein raues Lachen von sich. »Gut gekontert«, meinte sie; ihre Anspannung schien langsam nachzulassen. Sie schob die verrutschte Brust wieder unter den Morgenmantel.

»Na gut, ich komme nach einer Weile wieder.« Sie warf Claudia einen Blick zu. »Ein Wutanfall war genug für heute, verstanden?«

Als Joanie gegangen war, reichte Raj Claudia ein Kleenex. »Hier, Ihre Prämie«, sagte er.

»Als hätte ich eine verdient«, schniefte Claudia. Sie putzte sich die Nase und stieß dann einen lauten Seufzer aus. »Ich habe mich ganz schön zum Narren gemacht.«

»Das stimmt«, bemerkte Molly. »Aber zum Glück genau zum richtigen Zeitpunkt.«

Raj hörte es, und er sagte zu Claudia: »Ich gratuliere Ihnen, und das meine ich ernst.«

Sie lächelte reumütig. »Ich habe wirklich gedacht, heute würde ich zum Zug kommen. Ich habe so oft daran gedacht.«

»Ich bin froh, dass Sie es getan haben. Wirklich. Es ist natürlich ein verdammt harter Weg, um eine Besserung zu erreichen«, sagte Raj. »Aber Sie haben aufgehört, sich hinter Ihren Problemen zu verstecken, und das bedeutet, dass diese Probleme Sie nicht mehr in Panik versetzen müssen.« Claudia nickte und nahm von dem, was er sagte, so viel auf, wie ihr möglich war.

Von der Ecke aus, in der sie stand, sagte Molly: »Sie hat sich nicht nur hineingesteigert in eine Liebesbeziehung mit dir; sie glaubt, dass Liebe ein Schutz ist. Millionen von Menschen glauben das. Auf dieser Ebene solltest du mit ihr sprechen.«

In Ordnung.

»Sie sollen wissen, Claudia, dass für Sie gesorgt wird«, sagte Raj. »Sie müssen nicht bei Stanley aushalten, nur weil er für Sie aufkommt. War das der Grund, warum Sie ihn geheiratet haben?«

Claudia nickte. Sie hörte ihm aufmerksam zu.

»Jemand anderer wacht über sie«, warf Molly ein. »Sag ihr das.«

Als Molly diese Worte sprach, erfasste Raj ihre volle Bedeutung. Claudias Problem war zu überleben. Sie war fest überzeugt, nur ein schwaches, von allen verlassenes Wesen zu sein, und diese Vorstellung machte ihr derart Angst, dass sie jeden Preis bezahlen würde, damit ein stärkerer Mensch für sie sorgte. Doch das war ein schlechtes Geschäft, denn dadurch, dass sie ihre Stärke an einen Beschützer abgab, blieb keine mehr für sie selbst übrig. Ihre Wutanfälle waren nichts anderes als Manifestationen einer Stärke, der die Richtung fehlte.

»Ich möchte, dass Sie mir gut zuhören«, fuhr Raj fort. »Stanley wird Sie nicht retten. Das liegt nicht mehr in seinem Interesse. Er hat Sie da, wo er Sie haben wollte, und jetzt weiß er, dass er sich alles erlauben kann.«

Claudias Gesicht zeigte kein Erschrecken. Sie wartete, was Raj als Nächstes sagen würde.

»Siehst du, sie hat keine Angst«, sagte Molly. Sie hat ihre Illusionen endlich so satt, dass sie sie loslassen kann. Niemand verändert sich, ehe dieser Moment gekommen ist.«

Und jetzt?, dachte Raj.

»Wenn du wirklich Liebe zeigen willst: Was alle Menschen zu allererst brauchen, ist Sicherheit. Sie müssen wissen, dass sie sicher sind.«

»Sie sollten für sich einen Platz ohne Stanley finden«, sagte Raj zu Claudia. »Gehen Sie dorthin, und lassen Sie Ihre Angst hochkommen. Wir kümmern uns hier um Sie, aber nur, wenn Sie wieder Tobsuchtsanfälle bekommen. Sie haben trotzdem noch sehr viel Angst, nicht wahr?«

Claudia nickte.

»Sie können Ihr eigener Beschützer sein«, fuhr Raj fort. »Es geht nicht um körperliche Kraft, sondern um etwas, das Sie in sich selbst finden. Das ist Ihr Weg. Wenn Sie den ersten Schritt tun, werden sich die Dinge ändern. Ihre Angst soll eine innere Leere füllen, doch diese Leere existiert gar nicht. Sie sind keineswegs leer. Sie haben einfach den Kontakt mit dem Teil Ihrer selbst verloren, der für Stärke steht.«

»Sag ihr, dass es das ist, was Gott für sie will«, sagte Molly.

Raj spürte, wie sich in ihm Zweifel zu regen begannen, doch als er Claudia ansah, die als Erste von allen Patienten den Mut aufgebracht hatte, um seine Liebe zu bitten, musste er die Wahrheit an sie weitergeben, wie Molly sie ihm gegeben hatte.

»Gott will, dass Sie sich auf diesen Weg machen«, sagte Raj. »Die Angst und die innere Leere, die Sie quälen, gehören nicht zu seinem Plan. Alte Kränkungen, alte Wunden haben sie verursacht. Wenn Sie sich selbst mit Gottes Augen sehen könnten, würden Sie erkennen, dass Sie ganz und gar geliebt und beschützt werden. Finden Sie den Kontakt zu Ihrer Stärke wieder, und Sie werden sich niemals mehr schutzlos fühlen.«

In diesem Augenblick gab es keinen Unterschied mehr zwischen Heiler und Geheiltem. Raj hatte durch Mollys

Unterweisung ebenso viel bekommen wie gegeben. *Jemand wacht über dich. Jemand sorgt für dich. Du wirst immer beschützt.* Das hatte Molly herausgefunden, und nun konnte Raj es bezeugen.

Claudia ihrerseits war wie verwandelt – eine Klarheit wie in diesem Augenblick hatte sie noch nie erlebt, und sie konnte weit in die Zukunft sehen. »Mein Gott, ich liebe Sie wirklich«, rief sie aus.

»Ich liebe Sie auch«, sagte Raj. Er musste sich gar nicht erst umdrehen, um zu wissen, dass Molly fort war.

Um ein Uhr morgens machte sich Raj erneut auf den Weg in die Avenue B. Er beschloss, nicht in der Bar zu warten, sondern bis zwei Uhr draußen herumzulaufen. Während der Busfahrt dorthin hatte er versucht, Molly wieder lebendig werden zu lassen, jedoch ohne Erfolg. Er hatte jetzt viel mehr Fragen als Antworten. War Molly real? Clarence hatte ihm gesagt, er solle mit ihr reden, aber Clarence hätte dies als von Trauer ausgelöste Projektion bezeichnet. Projektionen wissen nicht, was Molly zu wissen schien. Oder doch? Raj hatte nicht das Gefühl gehabt, als würde sie ihn aus dem Jenseits manipulieren. Vielmehr hatte Molly Dinge formuliert, die Raj irgendwo tief in seinem Innern bereits wusste, zu denen er jedoch keinen Zugang hatte. Vielleicht ist es das, was Liebende meinen, wenn sie sagen, dass der geliebte Mensch in ihnen ist. Ihre innige Verbundenheit tilgt alles Trennende, öffnet das Selbst in erstaunlicher Weise. Bei Raj war dies zweifellos der Fall. Er fühlte sich entrückt, als könne er Molly sehen und gleichzeitig in ihrer Welt sein. Dennoch hatte er keine Vorstellung, was diese Welt wirklich war. Eine geheime Welt, zu der Molly den

Schlüssel besaß? Das konnte nur sie ihm sagen, und nun war sie nicht da.

Eine halbe Stunde lang beobachtete Raj von der anderen Straßenseite aus, wie die Nachtschwärmer nach und nach das Lokal gegenüber verließen. Als Letzter kam der Barmann heraus. Er sah Raj nicht direkt an, wenn er ihn überhaupt bemerkt hatte. Raj überquerte die Straße und öffnete die Eingangstür aus Sicherheitsglas. Die Bar war leer, bis auf zwei Putzfrauen in der Ecke und eine dritte, die an den Tresen gelehnt dasaß und eine Zigarette rauchte. Sie trug eine bunte, mit großen Blumen bedruckte Bluse, die für diese Jahreszeit, da der Winter vor der Tür stand, unpassend wirkte, und eine Korallenkette um den Hals.

Raj ging auf sie zu und sagte: »Ich suche nach einem Mädchen.«

»Sie ist bei mir«, erwiderte die Frau gelassen.

»Dann kennen Sie Sasha? Ich sehe sie hier aber nicht«, sagte Raj.

»Nein. Das ist auch kein guter Ort für sie.« Als sich seine Augen an die Lichtverhältnisse gewöhnt hatten, sah Raj, dass die Frau eine etwas dunklere Haut hatte; dem singenden Tonfall nach konnte sie eine Kreolin aus der Karibik sein. »Ich passe gut auf sie auf«, fügte sie hinzu.

»Das reicht nicht«, entgegnete Raj. »Ich bin ihr Arzt, und sie braucht ihre Medikamente.«

»Die hier?« Sie hielt ein Pillenfläschchen hoch und schüttelte es; das klappernde Geräusch verriet den Inhalt. »Ich habe ein Auge darauf. Ich bin Serena. Warte eine Weile, wenn du sie sehen möchtest. Ich nehme dich mit.«

»Einverstanden.« Raj war erleichtert, dass sich seine Befürchtungen nicht bestätigten. Er hatte kurz gedacht, dass

Sasha sich vielleicht in der Toilette versteckte und nicht herauskommen wollte.

Serena sah zu den beiden Frauen hinüber, die ihre Arbeit unterbrochen hatten, um das Gespräch verfolgen zu können. »He, ihr Hübschen, das geht nur mich und ihn etwas an«, sagte sie, und die beiden griffen wieder zum Putzeimer. »Ich hätte nicht gedacht, dass du so interessant bist«, sagte Serena dann, an Raj gewandt.

»Was ist an mir interessant?«, wollte Raj wissen.

»Also, mein erstes Gefühl war nicht so gut. Du bist durch viel Schmerz und Leid gegangen.« Die Frau beäugte ihn wie eine Katze, gleichzeitig distanziert und aufmerksam, aufmerksamer als Raj es jemals bei einem Menschen erlebt hatte.

»Ich kann mir denken, dass man es mir ansieht«, sagte Raj unangenehm berührt.

»Aber das ist nicht alles«, fuhr Serena fort. »Das Leben hält noch andere Dinge für dich bereit. Nach der Verzweiflung kommt etwas, das schön sein könnte. Und mächtig zugleich.«

»Das hoffe ich«, erwiderte Raj, fasziniert von Serenas Fähigkeit, in sein Inneres zu blicken, jedoch gleichzeitig wachsam. Sie schien es zu spüren.

»Sasha hat mir erzählt, dass du Menschen behandelst. Das ist nicht mein Job«, sagte sie.

»Was ist dann Ihr Job?«, fragte Raj mit einem Blick auf Putzeimer und Mopp neben ihr am Tresen. Serena lachte.

»Das nicht, Süßer«, sagte sie. »Ich betreibe einen Putzservice, damit arme Mädchen Arbeit haben. Die Frau, die sonst Aufsicht führt, ist heute krank.«

»Dann machen Sie etwas anderes?«, fragte Raj.

»Ich könnte dir den Namen Molly sagen und dich sehr überraschen«, erwiderte Serena.

Raj fuhr zusammen. »Sie kennen ihren Namen. Sind Sie eine Art Hellseherin?«

»Sie ist bei dir. Das hat nichts mit Magie zu tun, obwohl die meisten Menschen sagen würden, dass wir solche Dinge nicht wissen können. Aber ich glaube, du und ich sind offener, meinst du nicht auch?« Sie wartete auf seine Antwort, und wieder bemerkte Raj die beiden Eigenschaften, die ihm zuvor aufgefallen waren. Serena schien den Umstand, dass sie Molly sehen oder ihre Gegenwart spüren konnte, distanziert zu betrachten und gleichzeitig alles ungemein aufmerksam wahrzunehmen.

»Ja, wir können offen sein«, erwiderte Raj. »Übrigens habe ich mit Molly gesprochen, falls Sie es nicht ohnehin schon wissen.«

»Glaubst du, dass sie ein Geist ist?«, fragte Serena.

»Ich weiß nicht. Und ich bin mir nicht sicher, ob ich die Antwort wirklich glauben würde, wenn ich eine hätte.«

»Ich würde sagen, du steckst ganz schön in der Falle«, sagte Serena.

»Warum sagen Sie das?«, fragte Raj.

»Weil auch ein verrückter Mensch in der Falle steckt. Du kennst dich doch aus mit Verrückten, oder?«

»Ein wenig.«

»Sie bewegen sich in zwei Welten, ihrer eigenen und der realen. Die Hälfte der Zeit sind sie auf einem phantastischen, Angst machenden Trip; die andere Hälfte der Zeit bemühen sie sich, wie normale Menschen Frühstücksflocken und Toilettenpapier zu kaufen. Es ist anstrengend, und es ist sinnlos. Niemand kann in zwei Welten leben, deshalb verlieren sie irgendwann den Kampf, kippen zwangsläufig auf die eine oder andere Seite. Entweder erhebt der Wahnsinn Anspruch auf sie, oder die Realität. Dann ist das Problem gelöst, der Kampf für immer vorbei.«

»Und Sie glauben, ich bin so?«, fragte Raj.

»Spiel keine Spielchen. Wenn du durch eine Menschenmenge gehst, erkennst du sofort, wer die Verrückten sind. Kein Mensch hat ein Problem damit, Frühstücksflocken und Toilettenpapier zu kaufen. Aber sie zittern und zucken und haben einen derart verlorenen Blick, dass alle anderen einen großen Bogen um sie machen. Wenn ich dich anschaue, sehe ich das Gleiche, nur dass du nicht verrückt bist. Also lebst auch du in zwei Welten.« Inzwischen hatte Serena ihre Zigarette fertig geraucht. Sie zog ein kleines Tuch aus ihrer Jeans, band es sich um die dunklen, kurz geschnittenen Haare und griff nach ihrem Wischmopp und dem Eimer. Dann ging sie zu den beiden Putzfrauen in die andere Ecke der Bar und begann zu arbeiten.

»Wissen Sie was?«, rief Raj zu ihr hinüber. »Ich bin heute schon ein richtiger Held gewesen. Ich habe mich von einer Verrückten schlagen lassen, und dadurch ist sie viel schneller zum Knackpunkt gekommen, als wenn ich sie langsam darauf hingeführt hätte. Komische Sache, oder?«

»Nach Mollys Meinung schon«, antwortete Serena laut von gegenüber, »aber sie hat jetzt auch den besseren Überblick.« Dann begann Serena mit gebeugtem Rücken energisch zu putzen, ohne Raj weiter zu beachten.

Sie gab ihm Zeit nachzudenken. Die unerschütterliche Zuversicht dieser Frau beeindruckte Raj und weckte in ihm den Wunsch, sich ihr anzuvertrauen. Dabei entsprach sie bestimmt nicht jedermanns Vorstellung von einer Mutterfigur – üppig, behütend, gütig. Serena war fast hager, und ihre Stimme konnte messerscharf werden, wenn sie ihre Meinung äußerte. Und überhaupt nicht tröstlich war, dass sie in Bezug auf ihn Recht hatte. Er lebte tatsächlich in zwei Welten, und vermutlich war es unvermeidlich, dass er irgendwann auf die eine oder andere Seite kippte.

9

»Du denkst, solche Dinge gibt es nicht?«, sagte Serena. »Es gibt sie.«

Raj hatte sich auf dem Rücksitz des braunen Dodge Dart ausgestreckt. Über ihren Köpfen zogen in rascher Folge die Lichter der Straßenbeleuchtung vorbei. Sie hatten die beiden Putzfrauen bereits zu Hause abgesetzt und fuhren nun Richtung Queens.

»Sie glauben also, dass ich mit jemandem spreche, der real ist?«, fragte Raj.

»Ja. Aber andererseits habe ich sehr viel Phantasie«, erwiderte Serena lachend.

»Es hat mehr gebraucht als Phantasie, um mich auf diese Weise zu sehen«, entgegnete Raj. »Woher wussten Sie es?«

»Alle wissen es«, sagte Serena. »Aber sie tun so, als wüssten sie es nicht. Das ist für alle angenehmer. Dadurch lassen sich Geheimnisse bewahren.«

»Und Sie glauben nicht an Geheimnisse?«, fragte Raj weiter.

»Das stimmt«, antwortete Serena. »Ich erzähle dir ein wenig von mir, wenn es dich interessiert. Ich bin auf Dominica aufgewachsen, sehr arm, ärmer, als du dir vorstellen kannst. Zum Spielen hatte ich nichts als eine Grube in der Erde. Was mich glücklich gemacht hat, war die Freiheit der Besitzlosigkeit. Meine Mutter musste sich noch um fünf kleinere Kinder kümmern und hatte keine ruhige Minute. Sie hat mir, ohne es zu wollen, absolute Einsamkeit und absolute Armut zum Geschenk gemacht.

Eines Tages, ich war fünf, lief ich aus dem Gottesdienst

davon und bekam Schläge dafür. Ich hatte das Gefühl, dass mich der Jesus am Kreuz ständig ansah, und das machte mir Angst. Also rannte ich nach Hause, versteckte mich in meinem Erdloch und sah in den Himmel hinauf. Später, als ich meine Prügel bezogen hatte, ging ich wieder hin und versteckte mich die ganze Nacht dort. Ich hatte nur eine Kerze dabei. Nach einer Weile war die Kerze heruntergebrannt. Mit fünf Jahren vergisst du schnell, dass dein Heim nur ein paar Meter entfernt ist, hinter ein paar Bäumen verborgen. Ganz gewöhnliche Vögel und Tiere machten Laute, die nachts Furcht erregend klangen. Das Jaulen eines Hundes schien direkt aus der Hölle zu kommen.

Als die Kerze erlosch, hätte ich fast geschrien, doch statt undurchdringlicher Dunkelheit umgaben mich Gestalten und Gesichter. Sie sahen nicht aus wie die geschnitzten Engel neben dem Altar in der Kirche, obwohl das die einzigen ungewöhnlichen Dinge waren, die ich in meinem Leben gesehen hatte, abgesehen von Blitzen und tausend blauen Papageien. Die Gestalten verharrten vollkommen reglos und hoben sich gegen die Dunkelheit ab wie zuvor die Flamme der Kerze, doch nicht annähernd so hell.«

Ausgerechnet als Raj dachte, sie würde ihm mehr erzählen, verstummte Serena. Er wartete. Sie wollte offenbar von der Stadtautobahn am Fluss entlang abbiegen und schien ganz davon in Anspruch genommen, die richtige Ausfahrt zu finden. Raj wusste nicht recht, was eigentlich vor sich ging; es kam ihm nur vor, als würde in seinem Kopf ein Schild mit der Aufschrift »Es gibt kein Zurück« aufleuchten.

»Wer waren denn diese Gestalten?«, fragte er. Und plötzlich wusste er: Sie waren wie die verschwommenen Gestalten, die sich in sein Bewusstsein gedrängt und ihm Hinweise gegeben hatten, damit er sehe und erkenne. Nur einer war es gelungen.

»Gehört Molly auch zu ihnen?«, fragte er.

»Für dich, ja«, antwortete Serena. »Aber noch lebendiger, noch gegenwärtiger. Sie eröffnet dir eine Chance. Es ist wie bei diesen Szenen im Fernsehen, wenn Flüchtlinge sich vor einem Grenzposten drängen, die Frauen mit ihren Kindern im Arm, die alten Männer weinend. Sie haben alles verloren und müssen hinüber, aber sie haben Angst. Sie wissen nicht, wie das neue Leben sein wird, das sie erwartet.« Serenas Stimme schien irgendwo aus der Dunkelheit zu kommen.

»Das klingt bedrohlich«, sagte Raj.

»Manchmal ist es das auch. Aber ohne das Unbekannte gibt es überhaupt kein neues Leben.«

Rajs Verwirrung ließ langsam nach. Irgendwie war es beruhigend, sich im Niemandsland zu befinden. Um ehrlich zu sein: Raj hatte so viel Zeit mit traurigen, beschädigten und verrückten Menschen verbracht, dass ihm diese Stationen des Lebens – manchmal eine Endstation – wesentlich vertrauter war als alles, was in der anderen Richtung lag. Serena schien eine ganze Menge über den unsichtbaren Weg zu wissen, auf dem er unterwegs war.

»Ich bin also nicht der Erste?«, sagte er.

Serena lachte. »Mein Erster, meinst du? Nein, Süßer, bestimmt nicht.«

»Und wie wird es hinterher sein«, wollte Raj wissen.

»Es ist bei jedem anders«, erwiderte Serena. »Manche sprechen von einem Licht. Ich selbst habe es nie gesehen. Nur eines habe ich begriffen: Du weißt es, wenn du die Grenze überschritten hast. Und du spürst es, wenn du die

Straße entlangläufst und jemand begegnest, der auf demselben Weg ist. Es geschieht schweigend und gleichzeitig gemeinsam. Aber, wie ich schon sagte, es ist bei jedem anders. Eine seltsame Sache.«

»Das kann ich mir denken.«

Serena warf ihm im Rückspiegel einen scharfen Blick zu. »Du hast doch nicht gedacht, dass das Leben immer gleich abläuft, oder? Eine einzige Party, ein einziger Einkaufsspaß, und Wein zum Mittagessen. Ich nehme an, du hast dir schon Gedanken darüber gemacht?«

»Eigentlich schon«, sagte Raj. »Es hat alles mit ihr angefangen. Sie war es, die mir die Augen geöffnet hat.«

»Mehr als das, würde ich sagen. Ich glaube, du schaffst es.«

»Weil ich so gut aussehe, meinen Sie?«, scherzte Raj, auf den sich Serenas rätselhafte Zuversicht allmählich übertrug. Er blickte zu den Natrium-Bogenlampen hinauf, die über dem Highway vorbeizogen, und fragte sich, ob ein persischer Bauer zur Zeit Zarathustras wohl mit dem gleichen Gefühl zu den Sternen hinaufgesehen hatte: dass ihm bald ein großes Mysterium enthüllt würde, als gäbe es etwas dahinter, das zu ihm sprechen wollte. Vielleicht hatten es auch seine eigenen Vorfahren so empfunden, irgendwann in ferner Vergangenheit.

Sie hielten vor einem Backstein-Bungalow in einer gesichtslosen Straße. Hinter einem Fenster mit hellen, durchscheinenden Vorhängen brannte Licht, aber es war dennoch zu dunkel, um etwas zu erkennen. Als Serena ihn hineinführte, sah Raj Sasha in einen Sessel gekuschelt vor dem allwissenden Auge des Fernsehers sitzen.

»Hallo«, sagte sie, ohne den Blick vom Bildschirm zu

wenden. Sie trug einen pinkfarbenen Pyjama; die Augen waren jedoch nicht mehr im Waschbärstil geschminkt.

»Ich habe diesen netten Mann mitgebracht«, sagte Serena, streifte die Schuhe ab und warf ihr Kopftuch achtlos auf das Sofa, ehe sie sich niederließ. »Geht es dir gut?«

Sasha nickte, sah Raj jedoch etwas ängstlich an.

»Ich bin nur als Freund hier«, sagte Raj. »Über alles andere reden wir später. Oder wir machen uns einfach nur ein paar gemütliche Stunden zusammen.«

Das beruhigte sie, und Raj war erleichtert. Es würde noch lange dauern, bis Sasha über den Berg war, aber immerhin hatte er sie gefunden. Raj sah sich um. Das Haus aus der Nachkriegszeit mit seinen dicken Mauern und dem Strukturputz ähnelte sehr dem seiner Eltern. Über der Essecke am anderen Ende des Wohnzimmers hing ein billiger Kronleuchter, dahinter schloss sich ein Frühstücksplatz an. Genau wie zu Hause, nur dass hier die Shivastatuen und der warme Curryduft fehlten.

»Leben Sie allein hier?«, fragte er.

»Meistens«, erwiderte Serena. »Ab und zu schaut die Welt vorbei.«

»Wie ich zum Beispiel«, warf Sasha ein. Es war still im Zimmer, nur gedämpfte Geigenmusik drang aus dem Fernseher, in dem ein alter Film lief. Der Psychiater in Raj registrierte, dass Sasha weder Starre noch Tremor zeigte. Sie lag ganz entspannt in dem Sessel und schien sich bewusst zu sein, dass die Stimmen im Zimmer zu realen Personen gehörten. Raj hätte sie gerne nach morgendlicher Übelkeit und anderen Schwangerschaftssymptomen gefragt, doch das war nicht der richtige Rahmen dafür.

»Ich kann nur bis halb acht bleiben, dann muss ich

gehen«, sagte er. »Vielleicht sollten Sie mit mir kommen. Maya möchte Sie gerne sehen.«

»In Ordnung«, erwiderte Sasha scheinbar desinteressiert.

Serena bedeutete ihm, ihr in die Küche zu folgen. »Ich glaube, es ist besser für sie, wenn sie erst mal eine Weile hier bleibt«, sagte sie, als sie an die Spüle gelehnt dastanden. Es roch nach Orangenschalen und Geschirr, das auf den Abwasch wartete. »Wir müssen bei Sasha unserem Instinkt folgen.«

»Was bringt Sie zu dieser Aussage?«, fragte Raj zweifelnd.

»*Es*«, antwortete Serena.

»Was meinen Sie damit?«

»Ich habe kein anderes Wort dafür.« Serena machte eine Bewegung mit den Armen, als wolle sie alles um sie herum mit einschließen. »*Es* weiß alles, arrangiert alles. Ich habe Sasha nicht zufällig getroffen, und du hast mich nicht zufällig gefunden. *Es* hat uns zusammengeführt, ebenso wie Molly und dich.«

»Ich glaube nicht, dass wir die beiden vergleichen können«, entgegnete Raj steif. Er fragte sich, ob Serenas *Es* wohl dieselbe geheimnisvolle Macht war, die ihn geleitet hatte.

»Dein Problem ist, dass du eine Sache als etwas ganz Besonderes, Heiliges für dich behalten willst, damit du weiterhin glauben kannst, dass Molly nicht tot ist. Ist sie aber, auch wenn sie wieder zurückgekommen ist«, sagte Serena. »Wenn du nicht lernst, so viel du nur kannst, wird dir nichts bleiben als eine Erinnerung, wenn Molly einmal nicht mehr zu dir kommt. Was ist dann der Unterschied zu allen anderen Menschen, die jemanden verloren haben?«

Raj musste schwer schlucken. Die Bemerkung traf ihn bis ins Mark, und doch musste er mit allem rechnen, auch mit der Möglichkeit, dass Molly niemals wieder zu ihm kommen würde.

Serena verstand seine Angst. »Die Geschichte zwischen euch beiden ist noch nicht vorbei, weder für dich noch für Molly«, sagte sie.

Raj spürte, wie alles in ihm in Aufruhr geriet. Serena hatte Recht damit, dass er sich Molly als etwas ganz Besonderes bewahren wollte. Der Gedanke, sich davon zu lösen, verursachte Panik in ihm. »Und wenn es gar keine vorübergehende Geschichte ist? Wenn ich sie einfach immer für mich haben will«, erwiderte er.

»Dann wirst du mit deiner Trauer leben müssen. Nächste Frage.«

Wieder diese rätselhafte Gewissheit. Serena schien sich noch immer über ihn zu amüsieren, was ihn ärgerte, erinnerte ihn jedoch nicht mehr so sehr an eine wachsame Katze. Raj zweifelte nicht an ihrer Aufrichtigkeit, und vermutlich hatte Serena einen sehr positiven Einfluss auf Sasha. Vielleicht besaß sie die Gabe, Ordnung in ein Durcheinander zu bringen.

»Ich muss jetzt gehen«, sagte Raj. »Sie sollten mich bis auf weiteres immer noch als Sashas Arzt betrachten. Es gibt eine Menge Dinge, um die man sich medizinisch kümmern muss, und zwar ernsthaft. Ich denke, das wär's dann wohl.«

Als er sich zum Gehen wandte, berührte ihn Serena am Arm. »Wenn du mich heute anschaust, siehst du nicht, was ich durchgemacht habe. Ich bin bloß eine ganz normale Frau, die einen Putzservice betreibt, und manchmal stelle ich Leute ein, die Probleme haben. Aber ich kann dir wenigstens meinen Plan mitgeben.«

»Sie haben sich einen Plan gezeichnet?«

»Nicht als ich durch die Hölle ging, nein. Aber hinterher, um den Weg nicht zu vergessen. Vielleicht wird es bei dir genauso sein.«

Sie verließ die Küche und kam mit einem Blatt Papier zurück, auf dem Raj drei Worte erkennen konnte.

»Nimm, es ist wichtig«, bat Serena, faltete das Papier zusammen und steckte es ihm in die Tasche. »Schau nicht so enttäuscht. Das nächste Mal strenge ich mich mehr an und lasse meinen Busen Funken sprühen, wie wäre das?«

Als Raj sich im Wohnzimmer von Sasha verabschieden wollte, fand er sie schlafend vor dem Fernseher, aus dem das Geplapper einer Werbesendung drang. Er war ihr nicht nah genug gekommen, um erkennen zu können, ob man unter ihrer lockeren Kleidung schon etwas von der Schwangerschaft sah. Als er ein Stück die Straße hinunter endlich die richtige Bushaltestelle gefunden hatte, faltete Raj neugierig das Blatt Papier auf.

Auf ihm stand: »Alles ist möglich.«

An jenem Tag wurde Raj für die Klinikambulanz eingeteilt, und bereits am Vormittag erschienen zahlreiche Patienten. Eine depressive Frau wurde gebracht, weil ihre erwachsenen Kinder sie für selbstmordgefährdet hielten – sie hatte drei Dosen Rattengift gekauft, nachdem sie erfahren hatte, dass sie schwanger war. Und das mit einundvierzig Jahren, zwei Wochen nachdem ihr Mann angekündigt hatte, dass er sich scheiden lassen wolle. Ein anderer Patient, ein alter Mann in den Siebzigern, hatte am dritten Todestag seiner

Frau plötzlich eine Involutionspsychose entwickelt, sich unter dem Bett versteckt und gesagt, er müsse den Schützengraben gegen angreifende Deutsche verteidigen. Eine Mutter schleppte ihre weinende Tochter im Teenageralter herein und behauptete, sie sei eine hoffnungslose Nymphomanin – obwohl es kaum einen Zweifel gab, dass das Mädchen normal und die Mutter potenziell gestört war.

Es kam ihm seltsam vor, dass er sich bemühte, die Patienten aus ihrer Phantasiewelt herauszuholen, während er selbst gerade dabei war, fremde Seiten seiner Persönlichkeit zu ergründen. Raj hoffte darauf, Molly wieder zu sehen. Als sie nicht kam, ging er in sich und sagte: »Okay, machen wir es gemeinsam. Sieh durch meine Augen. Ich werde für uns beide sprechen.« Er hatte das Gefühl, dass Molly verstand und bei ihm war.

Zu der Frau mit den drei Dosen Rattengift sagte er: »Ich bin anderer Meinung als Ihre Kinder. Ich glaube nicht, dass es Ihnen um Selbstmord ging, habe ich Recht?«

»Woher wissen Sie das?«, erwiderte die Frau, ohne die Frage zu beantworten.

»Als Sie die erste Dose kauften, hatten Sie genug Gift, um die Sache durchzuziehen, aber Sie haben noch mehr gekauft. Warum?«, fragte Raj.

»Ich weiß es nicht. Ich bin einfach wieder zurück in den Laden«, sagte sie.

»Sie haben das Rattengift nicht besonders gut versteckt, also könnte man sagen, dass Ihnen der Gedanke gefiel, jemand würde es finden«, meinte Raj. »Es sollte eine dramatische Geste sein. Sie wollten, dass jemand Sie endlich zur Kenntnis nahm, nachdem man Sie jahrelang wie ein Möbelstück betrachtet hatte.«

Die Frau starrte Raj ausdruckslos an. Er zögerte; vielleicht lag er vollkommen daneben. Gift und Selbstmordpläne waren eine durchaus nahe liegende Annahme.

Zweifle nicht. Du hast es fast geschafft, hörte er Molly sagen.

Raj fragte die Frau, ob sie sich derart vernachlässigt fühle, dass sie sich umbringen wollte. Sie verneinte. Er fragte, ob sie absichtlich schwanger geworden sei. Sie verneinte erneut. Er fragte, ob sie sich überfordert fühle dadurch, dass ihr Mann die Scheidung gefordert und sie fast gleichzeitig von ihrer Schwangerschaft erfahren hatte.

»Ich bin einfach nur depressiv. Können Sie mir nicht irgendetwas geben, statt mir all diese persönlichen Fragen zu stellen?«, erwiderte die Frau merklich ungeduldig. Raj wollte schon resigniert nach dem Rezeptblock greifen und ihr geben, was sie verlangte, als er die Stimme in sich hörte.

Sag ihr, dass sie lügt.

Die Frau streckte ihm bereits die Hand entgegen, um das Rezept in Empfang zu nehmen, doch Raj sah ihr direkt in die Augen und sagte: »Ich kann Ihnen die Tabletten nicht geben. Sie haben mir nicht die Wahrheit gesagt.« Die Frau blickte ihn überrascht an, und plötzlich wusste Raj, wie die Sache abgelaufen war. »Sie haben Ihren Mann reingelegt. Er durfte Sie seit Jahren nicht mehr berühren, aber auf einmal haben Sie zu ihm gesagt, dass Sie wieder Sex haben wollten, und das oft. Sie hatten die Pille griffbereit, aber Sie haben sie nicht genommen. Sie wollten schwanger werden, und als es klappte, wurde er derart wütend, dass er schwor, sich von Ihnen zu trennen.«

Die Frau starrte ihn mit offenem Mund an. »Was sagen

Sie da? Was wollen Sie mir unterstellen?«, sagte sie sichtlich betroffen.

Sag ihr, es ist alles in Ordnung. Das Kind zu wollen war die richtige Entscheidung.

»Niemand will Ihnen etwas unterstellen«, erwiderte Raj freundlich. »Ihr Motiv war ein überaus menschliches. Sie wollten einen Beweis dafür, dass Sie geliebt werden. Ist nicht ein Baby der beste Beweis dafür? Aber Ihr Mann hat es nicht so gesehen?«

Gut.

Raj erwartete, dass die Frau erschüttert sein oder in Tränen ausbrechen würde. Doch sie lächelte, als hätte sie plötzlich ihren Seelenfrieden wiedergefunden. »Ich habe nicht gedacht, dass ich das Recht hätte, aus egoistischen Gründen ein Baby zu bekommen. Alles ging schief. Harry hatte mich zu hassen begonnen. Sie sagen, es ist in Ordnung?«

»Ja.«

Während er beobachtete, wie sich ihr Gesicht erleichtert entspannte, erkannte Raj ein Muster in dem, was Molly tat. Sie brachte die Menschen wieder in Kontakt mit sich selbst. Jeder von ihnen, einschließlich ihm selbst, hatte den Bezug zu sich verloren. Schicht um Schicht an Kränkungen, Selbstvorwürfen und Zweifeln hatten ihre Seelen zum Schweigen gebracht. Die Menschen handelten aus Zorn und Angst heraus, weil sie nicht wussten, dass es auch anders ging. Mit Mollys Hilfe zeigte er ihnen – und sich selbst –, dass sie nicht verloren waren. Wenn er sie nicht erreichen konnte – Molly konnte es.

Das Muster setzte sich in derselben Weise fort. Raj bat die Frau mit der nymphomanischen Tochter, das Zimmer kurz zu verlassen, und als sie gegangen war, wandte er sich dem Mädchen zu.

»Keine Angst«, sagte er. »Nicht du bist die Patientin hier.«

»Wie meinen Sie das?«

»Ist deine Mutter in psychiatrischer Behandlung?«, fragte Raj. Das Mädchen antwortete nicht. »Familien halten Dinge geheim, manchmal aus Scham, obwohl es nicht so sein sollte«, sagte Raj.

»Sie behandelt mich unmöglich!«, platzte das Mädchen heraus.

»Du gehst also jede Nacht aus, auch wenn du dich heimlich davonschleichen musst. Glaubt deine Mutter deshalb, dass du mit jedem schläfst?«, fragte Raj. Das Mädchen nickte unglücklich.

Sag, dass der Junge ihr keine Hilfe sein wird. Jeffrey.

»Ich habe das Gefühl, dass es da einen Jungen gibt, auf den du dich vollkommen verlässt, und du glaubst, dass sich mit ihm all deine Probleme lösen werden. Das wird nicht so sein«, sagte Raj.

»Jeff ist gut zu mir. Sie ist ein Miststück«, erwiderte das Mädchen ärgerlich.

»Aber er gehört nicht zu deiner Familie, und ihr beide seid zu jung, um selbst eine zu gründen«, entgegnete Raj.

»Und was soll ich tun? Sie hält mich doch jetzt schon für eine Nymphomanin.«

Mach ihr Mut.

»Du wirst mutig sein müssen. Dein Vater wird sich aus der Sache heraushalten. Seine eigene Mutter wurde in die Klinik eingewiesen, als er ein kleiner Junge war, und deshalb ist ihm der Gedanke, deine Mutter ebenso im Stich zu lassen, unerträglich. Es hängt also allein von dir ab. Wir werden Verbündete sein, du und ich. Du behältst sie eine Woche lang unauffällig im Auge, und dann rufst du mich hier in der Klinik an. Wenn deine Mutter sich weiter so verhält, bringst du sie bei deinem nächsten Besuch wieder mit. Wir werden dann versuchen, ein geeignetes Medikament für sie zu finden«, sagte Raj.

Das Mädchen akzeptierte seinen Vorschlag, ohne eine dramatische Reaktion zu zeigen, vielleicht weil sie noch so jung war oder einfach keine andere Alternative hatte. Doch Raj bemerkte, dass sie nicht mehr den Kopf hängen ließ, als sie ging, und im letzten Moment machte sie noch einmal kehrt, um ihn dankbar zu umarmen.

Nur zu dem am ganzen Körper zitternden alten Mann, der unter dem Bett heraus gegen seine imaginären Gegner während der Ardennenoffensive kämpfte, bekam Raj keinen Zugang; er war ganz in seiner Panik gefangen. Raj schrieb ihm ein hoch dosiertes Beruhigungsmittel auf und vereinbarte einen weiteren Termin für die folgende Woche.

Da er sich gegen Mittag immer noch so frisch fühlte, als hätte er eine ganze Nacht tief geschlafen, griff Raj zum Telefon, um Maya anzurufen. In diesem Moment steckte Habib den Kopf durch die Tür. »Gehen wir essen?«, fragte er.

Raj konzentrierte sich darauf, ob das Telefon am anderen Ende abgenommen wurde. »Keine Zeit«, erwiderte er.

Doch Habib ließ sich nicht abschütteln, sondern kam zu seinem Schreibtisch und drückte auf die Gabel des Telefons, sodass die Verbindung unterbrochen wurde. »Ich habe überhaupt keinen Kontakt mehr zu dir.«

»Was du nicht sagst!«, entgegnete Raj gereizt, weil er sich über Habibs anmaßendes Verhalten ärgerte.

»Ich will mal ganz offen sein«, fuhr Habib fort. »Keiner ist mehr in Kontakt mit dir. Wir sollen hier im Team arbeiten, das gehört zur Ausbildung«, erklärte er stirnrunzelnd. »Und erzähl mir nicht, dass du ständig zu beschäftigt bist. Wir sind hier in der Psychiatrie, mein Freund, erinnerst du dich?«

»Ja.«

»Dann komm jetzt einmal mit mir essen, und wir reden über deine psychische Verfassung. Möglicherweise bist du krankhaft fröhlich«, sagte Habib. »Obwohl ich das bezweifle.«

»Mit mir ist alles in Ordnung«, erwiderte Raj.

»Unter deinen Umständen würde ich sagen, dass das genau deshalb vermutlich nicht stimmt.«

»Denkst du, ich bin gestört und will es vertuschen? Warum sollte ich das tun?«, fragte Raj und bemühte sich, seinen Zorn zu unterdrücken.

»Du befindest dich nicht in der normalen Welt, falls du das noch nicht gemerkt hast«, sagte Habib. »Hier ist Psycho-City. Vergiss Privatsphäre und stille Trauer. Wir legen einander alle Gefühle offen, zerpflücken sie bis ins letzte Detail, und anhand dieser Fitzelchen finden wir heraus, wie unsere Patienten ticken, weil wir bei uns selbst jede noch so kleine Regung erkannt haben. Du bekommst keine Extrawurst gebraten.«

»Hat dich jemand geschickt, um mir auf den Zahn zu fühlen?«, fragte Raj.

»Mich musste keiner schicken, dein Verhalten hat gereicht«, erwiderte Habib. »Schau dich doch mal an. Du bist derart high, dass ich mich frage, was du wohl deinen Patienten erzählst. Wenn du so weitermachst, wird man dich abservieren, Mann.« Raj ließ ihn reden. Mit jedem Wort wurde die Kluft zwischen ihnen größer, und das war in Ordnung. Von nun an brauchte er nur noch einen einzigen Freund.

»Ich möchte dir deinen Trip nicht vermiesen«, fuhr Habib fort. »Aber ich habe mir letztens deine Krankenakten angesehen. Du bist zu direktiv. Du gibst den Leuten Stichworte, und sie präsentieren dir dann das, von dem sie wissen, dass du es hören willst.«

»Meine Krankenakten sind in Ordnung. Was soll an ihnen nicht stimmen?«, blaffte Raj, der allmählich wütend wurde.

»Himmel Herrgott!« Habib schüttelte den Kopf und ging, ohne ihm eine Antwort zu geben. Raj blieb untätig sitzen, bis sich seine Erregung gelegt hatte. Er hatte noch immer den Telefonhörer in der Hand. Er wartete, ob sich Selbstzweifel meldeten, und als das nicht der Fall war, wählte er erneut Mayas Nummer. Es läutete dreimal, dann nahm sie ab.

»Ich habe Sasha gefunden«, sagte Raj.

»In der Bar gestern Nacht? Und?« Maya klang erleichtert, aber zurückhaltend.

»Sie hat jemanden gefunden, bei dem sie wohnen kann, eine Art Zuhause, denke ich. Sie wirkte ganz in Ordnung. Es scheint, dass sie regelmäßig ihre Medikamente nimmt.«

»Gott sei Dank.« Es war deutlich zu spüren, wie froh Maya war. »Wann kommt sie zurück?«

»Darüber haben wir noch nicht gesprochen. Ich wollte sie vorerst nur beobachten«, log Raj. Er würde versuchen, Serena und sein eigenes Tun herauszuhalten.

»Darf ich etwas dazu sagen?«, fragte Maya.

»Nur zu!«

»Als ich gegangen bin, warst du bereit, sie aus der Hölle zu holen, und jetzt hast du beschlossen, sie nur zu beobachten?«

»Als ich gesehen habe, dass sie in Ordnung ist, hatte ich das Gefühl, dass es ein Fehler wäre, ihr mit neuen Vorschlägen zu kommen. Ich habe sie praktisch überrumpelt. Sie hätte wieder verschwinden können. Es ist eine heikle Sache.«

Raj wartete. Für ihn klang seine Erklärung plausibel. »Wichtig ist, dass sie nicht wieder gekippt ist. Wir haben sie nicht verloren«, entgegnete Maya in einem freundlicheren Ton.

»Genau. Das finde ich auch.«

»Sollten wir das nicht feiern? Es ist nicht das richtige Wort, aber du weißt, was ich meine«, fuhr Maya zögernd fort. »Wenn dir danach ist.«

»Sicher, das machen wir«, antwortete Raj, obwohl er sich überhaupt nicht sicher war.

Sie vereinbarten, sich am Samstagabend zu treffen. Kurz vor dem Ende seiner Schicht begegnete Raj Clarence bei den Getränke- und Snackautomaten.

»Hallo«, sagte Clarence und wühlte in seiner Hosentasche nach passenden Münzen.

»Gehören Sie auch zu den Aufpassern?«, fragte Raj.

»Kommt drauf an«, erwiderte Clarence, der sonst nie ausweichende Antworten gab. »Einige Leute finden, dass Sie ein bisschen extrem werden.«

»Wollen Sie damit sagen, dass ich bei meinen Patienten zu schnell eine Besserung erreichen will? Manchmal habe ich das Gefühl, dass hier keiner an so etwas wie einen Durchbruch glaubt«, entgegnete Raj.

»Ein Durchbruch lässt sich nicht erzwingen.«

»Und was soll das heißen?«

»Das heißt, dass jeder unserer Patienten eine Sache im Kopf hat, und gesund zu werden ist es nicht. Sondern flüchten, den Problemen ausweichen. Gesund zu werden ist harte Arbeit, flüchten ist einfach. Und man fühlt sich gut dabei. Was meinen Sie zu diesem Punkt?«, fragte Clarence.

Raj zögerte. Clarence wollte ihn nicht festnageln, sondern nur sichergehen, dass Raj nicht selbst auswich. In der Psychotherapie ist Ausweichen eine der Hauptgefahren. Es bedeutet, dass man glaubt, persönlich dazu auserkoren zu sein, seinen Patienten zu heilen; es bedeutet, der Illusion zu erliegen, man sei allwissend und allmächtig. Und es bedeutet vor allem, dass nur man selbst und niemand sonst die magischen Worte finden kann, die dem verwirrten Geist eines Menschen Heilung bringen.

»Ich zwinge niemandem etwas auf«, sagte Raj und bemühte sich um einen angemessen respektvollen Ton. »Vielleicht habe ich ein engeres Verhältnis zu den Patienten, als manche Leute hier für sich gut finden. Wir müssen doch keine distanzierten Halbgötter sein. Ich schätze den engen Kontakt mit meinen Patienten.«

Clarence ließ Raj nicht aus den Augen, während er zuhörte. »Sie sollten zurzeit überhaupt kein engeres Verhältnis mit jemandem haben«, bemerkte er dann schroff.

»So habe ich es nicht gemeint.«

»Nicht direkt, aber es gibt mehr als eine Möglichkeit, Menschen zu verführen. Es geht in der Therapie nicht darum, dass Sie Ihre Bedürfnisse erfüllt bekommen. Ich stehe auf Ihrer Seite, und ich erzähle Ihnen keine Märchen. Aber wir wissen beide, dass Sie derzeit nicht besonders stabil sind.« Clarence legte Raj eine Hand auf die Schulter, und seine Stimme klang nun weniger barsch. »Seien Sie vorsichtig mit Ihrem Urteil, das ist alles. Ich kann Ihnen versichern, dass die Sache vom Tisch ist. Und jetzt lassen Sie sich von mir zu einem scheußlichen Kaffee einladen.« Clarence warf einige Münzen in den Automaten und hob schon die geballte Faust, um ein wenig nachzuhelfen, falls sie wieder einmal stecken bleiben sollten.

Als er endlich in seine Wohnung kam, ging Raj sofort zu Bett und schlief tief und fest. Zehn Stunden später wachte er wieder auf, und seine Hochstimmung war verflogen. Durch die Jalousie drang kaltes, graues Licht ins Zimmer. Nachdem er sich rasiert hatte, fand er eine Nachricht auf seinem Anrufbeantworter; er hatte wohl noch geschlafen, als der Anruf kam. Die Nachricht war von Serena. »Hallo, mein Lieber, bist du da? ... Anscheinend nicht. Also Folgendes: Ich habe unserer Freundin gesagt, dass sie wieder in die Uni gehen und sich auf ein normales Leben einstellen sollte. Es war an der Zeit. Sie wird wahrscheinlich nicht bei dir anrufen, aber wenn, dann solltest du wissen, dass jemand von der Uni der Vater des Kindes ist. Er heißt Barry. Glaube ich jedenfalls. Sie sagt, sie hat mit niemand sonst geschlafen, als sie herumgewandert ist, aber das könnte auch nicht stimmen. Sie weiß nicht, in welchem Zustand sie die ganze Zeit war.«

Der Anrufbeantworter schaltete ab, ehe Serena weitersprechen konnte, weil das Band zu Ende war, und sie hatte nicht noch einmal angerufen. Raj fiel ein, dass er ihre Telefonnummer gar nicht hatte, aber die Nachricht war dramatisch genug. Er dachte darüber nach, während er sich anzog und für das Treffen mit Maya in der Stadt fertig machte. Sie hatten vereinbart, sich in einem der indischen Cafés in der 55. Straße zu treffen, wie früher, bevor Raj sich zurückgezogen hatte.

Als Raj das Lokal betrat, sah er eine mit bunten Lämpchen dekorierte Ganesh-Statue, deren Elefantenrüssel rot und grün blinkte. Er hatte bis zu diesem Moment vollkommen verdrängt, dass Weihnachten vor der Tür stand. An einem Tisch in der Ecke stand Maya auf und winkte ihm. Sie wirkte sehr entspannt während des Essens, erwähnte weder Molly noch Rajs Verlust, sondern überließ es ihm, ob er darüber reden wollte. Sie war jedoch sehr besorgt, als Raj das Gespräch auf Sasha brachte und meinte, dass sie sich Barry wahrscheinlich noch einmal würden vorknöpfen müssen.

»Ich dachte zuerst, du wärst zu grob mit ihm umgesprungen«, sagte Maya, »aber vermutlich hattest du Recht.«

»Barry wird nicht zu ihr stehen. Wir können bestenfalls hoffen, dass er nicht erst Ausflüchte macht, sondern sofort zugibt, dass das Kind von ihm ist, vor allem wenn er die Wahrheit sagt und wirklich nur einmal mit ihr geschlafen hat«, meinte Raj. Er sah schon harte Kämpfe voraus, vielleicht würde auch das Gericht eingeschaltet. Die Krankheitsgeschichte des Mädchens mit ihren psychotischen Schüben würde gegen sie arbeiten, und wenn ihre aufgebrachten Eltern eine Vaterschaftsklage anstrengten und Barry eine DNA-Probe abgeben musste, würde jeder halbwegs kompetente Verteidiger Sashas Geschichte restlos zerpflücken. Raj sah keinen Weg, eine glaubhafte Version von Sashas Sexualleben zu konstruieren.

Es war noch nicht zehn, als sie das Lokal verließen, und

Maya wollte gerne den Weihnachtsbaum vor dem Rockefeller Center sehen. Raj hatte auf leeren Magen ein Glas Wein getrunken, und als sie ihre Hand in die seine schob, ließ er es geschehen. Der Spaziergang die Fifth Avenue mit ihren weißen Lichtergirlanden hinunter berauschte seine Sinne. Die quirlige Stadt stellte ihm eine stumme Frage: Was macht dich glauben, dass es eine andere Realität gibt? Raj kannte den Bibelspruch, dass zwar viele berufen, jedoch wenige auserwählt sind. Warum galten die Auserwählten eigentlich immer als die Glücklichen? Clarence hatte mit der Bemerkung über sein möglicherweise beeinträchtigtes Urteilsvermögen schon angedeutet, in welche Schwierigkeiten er sich verstricken könnte.

Raj lehnte sich an das Geländer und sah den Schlittschuhläufern zu, die auf der Eisbahn am Plaza ihre Runden drehten; die kreiselnden Körper brachten ihn ins Grübeln.

»Woran denkst du?«, fragte Maya.

»Ich habe über die Seele nachgedacht. Dass sie sich vielleicht auch im Kreis bewegt, wie die da«, erwiderte er und zeigte auf die Eisläufer unter ihnen. »Ich habe das Gefühl, dass sich immer wieder dieselben Muster wiederholen. Jeden Tag tue ich etwas anderes, sage andere Dinge, mache mir Gedanken um andere Sachen. Aber was, wenn meine Seele mich im Kreis führt, mich immer wieder zu etwas führt, das ich verstehen soll?«

»Das ist das erste Mal, dass ich etwas typisch Indisches von dir höre«, bemerkte Maya.

Es stimmte. Nach hinduistischem Glauben nehmen Seelen keinen geraden Weg. Obwohl Raj niemals in das Land seiner Väter zurückgekehrt war, tauchten die alten Lektionen seiner Kindheit wieder auf. Er erinnerte sich, dass

Seelen nicht wie Pfeile durch die Handlungen eines Menschen in den Himmel oder in die Hölle geschossen werden, wo sie für immer bleiben. Vielmehr ist die Seele wie ein Vogel, der über den ständig wechselnden Abenteuern eines Lebens kreist. Es gibt weder eine ewige Verdammnis noch ewige Glückseligkeit. Wenn eine Lebenszeit vorüber ist, gute und schlechte Taten zusammengerechnet werden, ändert die Seele ihren Weg nur ein ganz klein wenig. Ob sie empor- oder hinabsteigt: Sie kehrt in jedem Fall wieder zu den Lektionen des Lebens zurück.

Ein solcher Glaube gibt den Menschen eine zweite Chance. Keine Handlung ist so einzigartig, dass sie nicht viele Male wiederholt würde, bis jedes Quäntchen ausgekostet ist. Steckt dahinter unersättliche Gier oder schlicht Gründlichkeit? Vielleicht stimmt es, dass wir in unserem innersten Wesen die Wahrheit kennen. Wir leben zu lange, um an Dinge von abschließender Gültigkeit zu glauben. Wie Schlittschuhläufer, die die glitzernde Eisfläche kreuzen und zusammenprallen, Hand in Hand rasch eine Runde drehen und sich dann wieder trennen, so gleiten auch Seelen gemeinsam und dann wieder getrennt dahin. Kein Mensch ist für einen anderen neu, kein Mensch einem anderen fremd. Es ist ein ewiger Tanz, und wir können einzig entscheiden, wie lange wir mit den Partnern, an denen wir Gefallen finden, zusammen sein wollen.

»Mir reicht's langsam, es wird kalt«, sagte Raj und schottete sich innerlich gegen die Enttäuschung ab, die er in Mayas Gesicht las. Es war nicht gut, ihr Hoffnung zu machen, wenn er noch alte Versprechen einlösen musste. Als er sich aufrichtete und umwandte, wurde ihm leicht schwindelig, deshalb traute er kaum seinen Augen, als er

Molly auf sich zukommen sah. Sie trug einen schwarzen Wollmantel mit Fuchskragen, er erkannte ihn sofort; der Mantel zählte zu den wenigen Sachen ihrer Mutter, die Molly anzog.

Warum jetzt?, dachte Raj.

»Wegen ihr.« Molly sah zu Maya hin, die mit den Füßen stampfte, um sich warm zu halten, und auf Raj wartete.

Was ist mit ihr?

»Ihr gehört zusammen. Sie verkörpert Glück und Zukunft«, erwiderte Molly.

Das stimmt nicht. Du bist mein Glück.

»Ich sagte dir doch, dass ich einen Handel gemacht habe. Deshalb kann ich hier sein, aber was immer du von mir lernst, Maya ist die Frau, mit der du es leben wirst.«

Raj schüttelte zutiefst betrübt den Kopf. *Wir sind zusammen, weil wir es uns versprochen haben, auf ewig.*

»Daran wird sich nichts ändern. Hab nur Geduld«, sagte Molly.

Raj lief auf Molly zu, als würde Maya nicht existieren, bis er spürte, dass sie ihn am Ärmel zog.

»Lauf nicht weg«, sagte Maya. »Warum machst du so ein Gesicht?«

»Lass mich los. Ich brauche dich nicht«, schnappte Raj und versuchte, sich aus Mayas Griff zu befreien.

»Vielleicht brauchst du jemanden, der dich daran erinnert, was real ist. Ich bin nicht blind. Sie ist es, an die du denkst. Du siehst sie noch immer, und so wird es dir nicht besser gehen können.« Trotz ihrer sanftmütigen Art ließ Maya sich nicht unterkriegen und äußerte ihre Meinung ohne versteckten Vorwurf.

Raj bemerkte, dass er Mühe hatte zu atmen. »Wer bist du,

mir zu sagen, was real ist«, gab er erbost zurück. »Ich weiß, was ich will.«

»In Ordnung«, erwiderte Maya. »Klammere dich an das Unmögliche, wenn du willst, aber irgendwie wirst du darüber hinwegkommen müssen. Ich wünsche es dir wenigstens.«

Eindringlichere Worte hatte sie seit der Trennung nicht gesagt. In Rajs Kopf herrschte vollkommene Verwirrung. Maya schien genau in der Weise auf ihn zuzugehen, wie Molly es vorhergesehen hatte.

»Ich weiß, du denkst, du hast Recht«, murmelte er lahm.

»Du hast also gerade etwas gesehen? Ist vollkommen in Ordnung«, sagte Maya. Als er nicht antwortete, fuhr sie fort: »Ich will dir niemanden wegnehmen, den du geliebt hast. Wie könnte ich! Molly war niemals real für mich, wir sind also keine Feindinnen. Das verstehst du doch, oder?«

Raj starrte Maya an, als wäre sie eine Sprechpuppe, und sagte schließlich: »Was für dich irreal ist, ist für mich sehr, sehr real.«

Ob sie ihn nun besänftigen wollte oder verhindern, dass er fortging – jedenfalls schnitt Maya ein ganz anderes Thema an. »Meine Eltern haben nach meiner Geburt noch einige Zeit in Indien gelebt, deshalb kann ich mich noch gut an meine Ayah erinnern. Sie war die älteste aller Kinderfrauen in den Familien um uns herum, ein mürrisches altes Weib. Vielleicht hatte sie schon meine Mutter und sogar deren Mutter aufgezogen. Die Ayah war sehr abergläubisch, und wenn sie irgendwelche Probleme hatte, ging sie in den Tempel, um dort eine Antwort zu bekommen. Meine Mutter konnte es ihr nicht verbieten. Hatte eine von Ayahs Nichten

Typhus oder die Nachbarin einen Mann, der sie schlug, dann schleppte sie mich einfach dorthin mit.

Aber sie log. Wir gingen nicht in den Tempel, sondern auf einen Friedhof. Ich wäre nie auf den Gedanken gekommen, dass es einen solchen Ort gibt; Hindus werden ja nicht begraben. Hinter dem Friedhofstor setzte mich die Ayah auf das Pflaster, zog mit Kreide einen Kreis um mich und drohte, dass grässliche Dämonen mich bei lebendigem Leib auffressen würden, sollte ich es wagen, mich von der Stelle zu rühren. Ich hatte eine Todesangst und weinte fast die ganze Zeit, solange sie fort war. Wenn sie zurückkam, machte sie immer ein ganz entschlossenes Gesicht. Sie hatte ihre Antwort bekommen.

Als ich älter geworden war, wurde meine Neugier irgendwann größer als die Angst; ich trat aus dem Kreis heraus und folgte der Ayah, als sie fortging. Der Friedhof war sehr verwahrlost, selbst für indische Verhältnisse, überall lagen Sachen herum, die man lieber nicht sehen würde. Ich verlor sie kurz aus den Augen, doch dann entdeckte ich sie, wie sie zwischen den verfallenen Grabsteinen kniete und Selbstgespräche führte. Ich schlich mich an sie heran und berührte sie an der Schulter. Sie stieß einen Schrei aus. Für den Bruchteil einer Sekunde sah ich sie, die, von denen sie ihre Antworten bekam. Ich war fürchterlich erschrocken bei ihrem Schrei. Die Ayah schimpfte mich aus und zog mich an den Haaren, aber sie wusste, dass ich sie auch gesehen hatte. Ich glaube, es hat sie gefreut, denn sie behandelte mich danach viel besser. Wir schlossen einen Pakt, dass wir meinen Eltern nichts erzählen, und sie wissen bis heute nichts davon.«

»Ich habe gedacht, du plädierst für Realitätssinn«, sagte

Raj, »dass du mich in die Realität zurückholen willst von dort, wohin ich deiner Meinung nach abgedriftet bin, wo immer das sein mag.«

»Ja«, erwiderte Maya, »aber der Kreis ist vielleicht größer, als du mir glauben würdest. Und ich bin vielleicht mutig genug, aus ihm herauszutreten.«

10

Raj konnte nicht einschlafen, nachdem er sich an der U-Bahn von Maya verabschiedet hatte. Er lag wach und starrte an die Decke. Es dauerte Stunden, bis er sich von dem Schock erholte, Molly und Maya gleichzeitig zu sehen. Abgesehen von dem Abend, als Raj mit Maya ins Theater gegangen war, hatte er die beiden Geschichten immer trennen können. Das hatte zwar sein Gewissen erleichtert, die Wahrheit jedoch nicht aus der Welt schaffen können. Er liebte sie beide, und noch immer waren beide gleichermaßen lebendig.

Ein normaler Mensch hätte gesagt, ein solches Dilemma sei unmöglich. Ein Mann kann nicht zwei Frauen lieben, von denen eine ein Geist ist. Doch in gewisser Weise war auch Maya ein Geist. Selbst wenn Raj sie wiedergewann – die Vergangenheit ließ sich nicht zurückholen. Wandte er sich ganz Molly zu, würde sie dennoch nicht die Seine sein können.

Durch die Jalousie drang kaltes Wintermondlicht herein und bildete ein Streifenmuster auf seinem Bett. Rajs Verstand suchte weiterhin verzweifelt nach einer Lösung. Molly allein hielt den Schlüssel dazu in der Hand, doch er konnte sie nicht finden. Wie viele Stunden waren inzwischen vergangen? Sechs, acht? Sie kam nicht wieder. Als Raj in sich hineinhorchte, um ihre Stimme zu hören, hörte er nichts als das Dröhnen seiner eigenen Gedanken. Nichts war in der Dunkelheit bei ihm als das kalte Mondlicht, das mittlerweile bis zu seinem Gesicht gekrochen war.

Um vier Uhr morgens sprang er schließlich aus dem Bett, überzeugt, dass nur ein einziger Mensch ihn verstehen konnte. Mit den Füßen stampfend wartete er im eiskalten Wind, bis der erste Bus kam. Eine Stunde später ging er durch dicken Raureif auf die Tür von Serenas Bungalow zu; es war noch eine Stunde bis Sonnenaufgang. Er kauerte sich auf den Stufen zusammen, um sich warm zu halten, und wartete. Er wollte erst klopfen, wenn sich drinnen Leben regte. Als Serena in ihrem alten Morgenmantel die Tür öffnete, war Raj fast zu Eis erstarrt. Sie zog ihn mit sich in die Küche.

»Wenn du aus Liebe sterben willst, kannst du das genauso gut mit einem Frühstück im Bauch«, sagte sie.

»Nur Kaffee.« Ihre Gegenwart weckte Rajs Lebensgeister wieder.

Sie setzten sich nicht an den Frühstückstresen, sondern in die Essecke an den billigen Tisch aus Kiefernholz.

»Ich habe sie gesehen«, begann Raj. »Mehr als einmal. Sie spricht zu mir.«

»Und was sagt sie?«, fragte Serena.

»Sie gibt mir Unterweisung. Meistens, wenn ich bei Patienten bin. Sie führt mich auf etwas hin.«

»Zum Heilen«, sagte Serena ruhig. »Wenn du Glück hast.«

»Wie meinen Sie das?«, fragte Raj.

»Geister führen nicht zum Heilen, aber wenn sie kein Geist ist, dann könnte etwas sehr Wichtiges und Richtiges geschehen.«

Raj wollte ihr so gerne glauben, doch er zögerte. »Es wird noch komplizierter. Maya – meine frühere Verlobte – wird langsam misstrauisch. Ich kann es ihr doch nicht einfach erzählen, aber wenn ich es nicht tue –« Er verstummte.

»Lass sie misstrauisch sein«, erwiderte Serena. »Du stehst kurz vor dem Durchbruch.«

»Durchbruch zu was? Ich habe mich vollkommen verändert. Es kommt mir vor, als wäre ich nur real, wenn Molly in mir ist, und wer würde das glauben?«

»Jeder, der einmal innig geliebt hat«, sagte Serena bestimmt. »Millionen von Menschen sehnen sich danach, einen Verstorbenen wieder zu finden und mit ihm sprechen zu können. Dir ist es geschehen. Du musst also achtsam sein und herausbekommen, warum.« Raj schwieg.

»Ich sehe schon, du hast deine Zwanghaftigkeit noch nicht abgelegt«, fuhr Serena fort. »Du möchtest mehr Begegnungen. Du möchtest sie immer wieder sehen.«

»Ja, unbedingt«, antwortete Raj ohne Zögern. Die Alternative war ein Vakuum, wo Molly einmal gewesen war.

»Willst du mit ihr zusammenziehen?«, fragte Serena. »Und was ist, wenn sie deine Zahnbürste benützt oder anfängt, mit irgendwelchen toten Jungs zu flirten?«

»Sie glauben, ich mache mich zum Narren«, sagte Raj.

»Ich will dir nichts wegnehmen«, erwiderte Serena. »Du sollst bekommen, was du haben willst.« Hätte sie den letzten Satz nicht hinzugefügt, wäre Raj vielleicht vom Tisch aufgesprungen und gegangen, doch nun griff er nach dem Strohhalm, der ihm hingehalten wurde.

»Genau das will ich«, stieß er leidenschaftlich hervor, »und wenn ich alles aufgeben muss und vor die Hunde gehe.«

»Warum bist du so leichtsinnig?«, sagte Serena in scharfem Ton. »Dieses ganze Gejammere und In-die-Dunkelheit-verliebt-Sein. Dieses ganze Selbstmitleid. So geht man nicht mit diesen Sachen um.«

»Wie denn?«, fragte Raj und bemühte sich, seine Erregung zu beherrschen, obwohl sie ständig stärker zu werden schien.

»Molly weiß es«, erwiderte Serena, »vorausgesetzt, dass du Glück hast und sie wirklich ist, wofür du sie hältst.«

Sie stand auf und zog den Morgenmantel fester um sich. »Es dauert eine Weile, bis es warm wird im Haus. Kannst du die Kaffeemaschine ausschalten und dir selbst etwas zum Essen suchen, während ich mich anziehe?«

Raj nickte und ging in die Küche, doch er brachte keinen Bissen hinunter. Ein paar Minuten später stand er im Flur vor der Tür von Serenas Schlafzimmer. Auf der anderen Seite war es still, nur hin und wieder hörte er etwas rascheln. Dann ein Geräusch von Schuhen auf dem Boden. Vermutlich hatte sich Serena hingesetzt, um Make-up aufzulegen. Durch den Spalt unter der Tür zog ein Hauch von Parfüm. Raj dachte daran, was Molly in Bezug auf Maya gesagt hatte.

Ihr gehört zusammen. Mit Maya wirst du leben, was du von mir lernst.

Also hatte ihm Molly die Lösung verraten, nur dass er sie nicht entschlüsseln konnte. Raj wanderte wieder ins Wohnzimmer und ließ sich in denselben Sessel sinken, in dem Sasha gesessen hatte. Als Serena erschien, setzte sie sich auf das Sofa gegenüber und betrachtete ihn.

»Du hast gesagt, dass Molly dir Dinge über deine Patienten erzählt. Ist es richtig, was sie sagt?«, wollte Serena wissen.

»Ja. Aufgrund ihrer Reaktionen würde ich sagen, dass es verblüffend richtig ist«, antwortete Raj.

»Wie erklärst du dir das?«

»Ich kann es nicht erklären. Es ist mir ein Rätsel, sogar während ich tue, was sie will, und sage, was sie mir sagt«, gab Raj zu.

»Das ist gut«, bemerkte Serena und hob, ehe Raj protestieren konnte, die Hand. »Als ich ein kleines Mädchen war, gab es im Dorf eine alte Frau namens Amelia Sanchez, die nach einem Unfall mit dem Fischerboot zwei gebrochene Beine hatte. Amelia war viele Jahre lang ans Haus gefesselt und verdorrte geradezu, weil sie den ganzen Tag draußen in der Sonne neben ihren Krücken saß und darauf wartete, dass die Welt ihr etwas Gutes brächte. Ihr Mann war bei jenem Unfall ertrunken, sie hatte also kaum mehr zu Essen als die Reste, die ihre Kinder ihr brachten, wenn sie sich daran erinnerten.

Du bist ein gebildeter Mensch, deshalb hast du kein Interesse daran, mit Geistern in Verbindung zu treten. Stattdessen willst du das Unmögliche. Aber in meinem Dorf schätzten die Menschen Geister sehr. Die einsame Amelia wurde eine Art Wundertäterin, und wer auch immer das Bedürfnis hatte, mit einem verstorbenen Verwandten zu sprechen, kam zu ihr, selbst wenn der Pfarrer es beobachtete. Bis auf meine Mutter, die darüber spottete und meinte, kein Mensch könne so leichtgläubig sein. ›Ich sehe doch, wie die alte Krüppelliese den Leuten Informationen aus der Nase zieht, bis sie über jeden alles weiß‹, sagte meine

Mutter oft. ›Sie merkt sich den ganzen Klatsch und tut dann so, als käme es von den Toten. Lächerlich.‹

Doch keiner wusste, dass ich die Geister auch sah, deshalb konnte ich mit Gewissheit sagen, dass Amelia nicht schwindelte. Was aber nicht heißt, dass sie nicht gerne hin und wieder ein pikantes Detail einstreute, damit die Leute auch wiederkamen. In Wahrheit sind Geister sehr unglücklich; sie weigern sich, den gütigen Tod anzunehmen. Auch sie sind mit Erwartungen geschlagen. Sie hoffen darauf, wiederkommen oder etwas Wichtiges sagen zu können, das sie zuvor vergessen haben. Manche wollen einfach Rache. Vor allem klammern sie sich an diese Welt, weil sie Angst haben, in das Unbekannte hineinzugehen.

Ich habe mein Geheimnis lange Zeit für mich behalten und bin oft mit frittierten Bananen und getrockneten Kokosflocken zu ihr gegangen, damit ich neben der alten *bruja* sitzen und hören konnte, was sie den Leuten erzählte. Dann ging ich zu meiner Mutter und sagte: ›Du hast Unrecht, Amelia spricht wirklich mit Geistern. Du hast aber auch Recht, denn es ist nur Klatsch, Klatsch aus der anderen Welt, der nichts besser macht.‹ Danach bin ich nicht mehr hingegangen.«

»Sie hatten einen sehr starken Willen als Kind«, sagte Raj.

Serena grinste. »Manches ändert sich nicht. Damals beschloss ich, niemals so einsam zu sein wie Amelia Sanchez und niemals vor der Tür darauf zu warten, dass die Welt mir Antworten bringt. Ich beschloss, mich nicht an die Vergangenheit zu klammern. Ich befreite mich von Erwartungen, ich löste mich von törichten Hoffnungen, ich verlor meine Angst vor dem Unbekannten. Aber das alles ist nichts Ungewöhnliches.«

»Doch, das ist es. Sie untertreiben«, entgegnete Raj.

»Nein, ungewöhnlich war die Sache mit dem Tod. Ich betrachtete ihn ohne Angst und sah, dass der Tod kein Ende ist. Mit dem Tod hört alle Enttäuschung auf, und etwas Wunderbares öffnet sich – das vollkommen Unbekannte. Wenn ich könnte, würde ich mich vor Millionen Menschen hinstellen und rufen: *Habt keine Angst! Die Seele geht beim Tod nur in eine andere Dimension über.* Doch die Leute, die das verstehen, wären wahrscheinlich nicht unter den Zuhörern.« Sie sagte diesen letzten Satz ohne Ironie oder Bedauern. Für sie war es einfach eine Tatsache, die sie akzeptieren musste.

Während er zuhörte, tauchte vor Rajs geistigem Auge ein Bild auf. Er sah Menschen in der Dunkelheit herumgehen, jeder mit einer Taschenlampe in der Hand. Sie befanden sich in einer Kunstgalerie, wanderten von Gemälde zu Gemälde, und der Lichtkegel der Taschenlampe verengte ihr Blickfeld dergestalt, dass sie immer nur ein Bild auf einmal sehen konnten. Den gesamten Raum, in dem ein Meisterwerk neben dem anderen hing, konnten sie nicht wahrnehmen.

Und dann kam Raj eine Erkenntnis. *Die Kunstgalerie ist das Leben. Ich habe nur eine Taschenlampe, aber Molly kann den ganzen Raum sehen.* Weil sie sich in dieser anderen Dimension befindet.

»Jetzt kann ich Ihre Frage beantworten«, sagte Raj. »Warum Molly über meine Patienten Bescheid weiß. Sie sieht bei ihnen alles auf einmal, jedes einzelne Detail. Der Tod hat ihr eine Art Weitwinkelblick gegeben.«

Serena nickte. »Deshalb bin ich auch sicher, dass sie kein Geist ist. Du hast mir den entscheidenden Hinweis gegeben. Jetzt musst du den nächsten Schritt tun und anfangen, sie als etwas anderes zu sehen als die Frau, die du liebst.«

»Als was?«, fragte Raj und empfand plötzlich wieder eine würgende Angst.

»Du musst anfangen, sie als Seele zu sehen«, erwiderte Serena.

Raj stand auf und bemerkte, dass ihm inzwischen die helle Morgensonne ins Gesicht schien. Er musste an die zwei Stunden bei Serena gewesen sein. »Sie verlangen von mir eine Art Kapitulation«, sagte er. »Sie verlangen von mir, Molly aufzugeben, obwohl alles in mir danach schreit, sie zu besitzen. Ich weiß nicht, ob ich das schaffe. Für mich ist sie immer noch die Frau, ohne die ich nicht leben kann. Aber wenigstens sehe ich keine Geister, darin sind wir uns einig.«

Serena lachte schallend, und Raj spürte, wie seine Ohren brennend heiß wurden. »Das Problem ist nicht, ob du Geister siehst, Schätzchen«, sagte Serena. »In deinem Fall geht es darum, nicht mit ihnen zu schlafen.«

Als Raj um zehn Uhr morgens auf dem Weg zum Pavillon aus dem Aufzug trat, sah er Blut an der Wand gegenüber, einen breiten verschmierten Streifen in Brusthöhe, der sich bis etwa zwei Meter vor die Schwesternstation fortsetzte. Es tropfte auf den Boden.

»Claudia«, sagte eine Stimme. Es war Mona, die aus irgendeinem Grund gar nicht schockiert schien. »Sie hat wieder mit Dosen geworfen, nur dass sie sie diesmal zuerst geöffnet hat. Das ist Tomatensuppe. Komm mit.«

Raj folgte ihr in Claudias Zimmer. Man hatte sie auf dem

Bett fixiert. Bei seinem Eintreten stieß Claudia einen grässlichen Schrei aus. Sie warf den Kopf hin und her, um zu verhindern, dass Mathers ihr den Gummikeil zwischen die Zähne schob, den er in der Hand hielt.

»Niemand hat Ihnen etwas getan, niemand wird Ihnen wehtun«, sagte Mathers bedächtig. »Sie hatten einen Anfall, verstehen Sie?« Er blickte sich um, als Raj sich dem Bett näherte.

»Scheißkerl! Verbrecher!«, kreischte Claudia.

»Ich werde ihn nur wieder benützen, wenn wir Sie vor sich selbst schützen müssen«, sagte Mathers.

»Sie werden das Ding überhaupt nicht mehr benützen«, versetzte Raj ärgerlich. »Ich bin hier, Claudia. Es wird alles gut.« Auf der anderen Seite des Bettes standen ein Pfleger und eine Krankenschwester zum Einsatz bereit. Alle blickten angespannt auf ihre Patientin.

»Scheißkerl!«, schrie Claudia wieder, ohne auf Rajs Worte zu reagieren.

»Dr. Mathers, würden Sie bitte Platz machen?«, sagte Raj mit einem Blick, der jeden Protest verbot. Mathers ging schweigend hinaus und nahm den Pfleger und die Schwester mit. Die medizinische Situation kümmerte Raj im Augenblick nicht. Er war viel zu erschüttert von Claudias Zustand. Ihre Augen quollen hervor und rollten in verschiedene Richtungen wie bei einem Pferd, das durchgeht. Ganze Haarbüschel waren ausgerissen, die kahlen Stellen ließen eine fahlgraue Kopfhaut sehen. Sie sah zwanzig Jahre älter aus.

»Ich bin jetzt hier«, wiederholte Raj. Er gab Claudia Zeit, ihn zu erkennen, und als sie ihn bewusst wahrnahm und ihre Augen wieder normal fokussieren konnte, löste er an einem Handgelenk den Riemen. Erst traten die Muskeln an ihrem Unterarm wie dicke Stränge hervor, als würde sie gleich wild um sich schlagen, doch dann wurden sie locker. Raj löste auch den zweiten Riemen und setzte sich.

»Ist das Licht zu hell?«, fragte er, um festzustellen, inwieweit sie wieder ansprechbar war. Claudia sah ihn böse an und schüttelte den Kopf. Raj drehte das Licht dennoch ein wenig herunter. »Puh«, sagte er dann.

Mehr an Unterhaltung fand in den folgenden fünf Minuten nicht statt. Claudia presste den Mund zusammen und starrte stur an die Zimmerdecke.

»Ich hatte keinen Anfall, verdammt noch mal!«, fauchte sie schließlich, und es klang fast wie ein Schrei. »Sie hätten hier sein müssen!«

»Ja, ich wollte, ich wäre hier gewesen.«

Sein besänftigender Ton nahm ihr den Wind aus den Segeln, und es folgten weitere fünf Minuten des Schweigens. »Dieses Mal bin ich schnell wiedergekommen«, sagte Claudia schließlich.

»In Rekordzeit«, bemerkte Raj und achtete darauf, dass es sich keinesfalls nach Kritik anhörte. »Ich dachte, Sie wollten ein langes Wochenende zu Hause verbringen, oder sollte es diesmal eine ganze Woche sein? Irgendetwas ist passiert.«

»Das können Sie laut sagen.« Claudia fuhr mit der Hand in ihre Haare, um sie glatt zu streichen, und spürte die kahlen Stellen. »Du lieber Himmel!«, murmelte sie.

»Erinnern Sie sich, was genau Ihnen passiert ist?«, fragte Raj.

»Der verdammte Stanley Klemper ist mir passiert, vor

ungefähr sechsundzwanzig Jahren«, stieß sie bitter hervor. »Aber diesmal war es besonders schlimm. Ich kann es nicht verstecken.« Eine Erinnerung, die es noch aufzudecken galt, schien ihr ins Bewusstsein zu dringen, und sie stockte. Dann flüsterte sie abgrundtief traurig: »Schlimmer als *je zuvor.*«

»Worüber haben Sie gestritten?«, wollte Raj wissen.

»Über Sie«, erwiderte Claudia.

»Und worum ging es?«, fragte Raj nach und bemühte sich, nicht allzu erschrocken auszusehen.

»Es stört ihn, dass Sie versuchen, mich zu ändern. Er sagt, dass Seelenklempner sich nur in anderer Leute Angelegenheiten einmischen und ihr Leben ruinieren. Ich habe versucht, mich ihm gegenüber zu behaupten, und da hat er angefangen zu toben.«

»Gewalt kann einen sehr einschüchtern«, sagte Raj, »aber wollen Sie sich denn ändern, selbst wenn es Stanley stört?«

Claudia nickte. Obwohl sie verängstigt und aufgeregt war, blickten ihre Augen vertrauensvoll. Raj glaubte – oder wollte glauben –, dass diese Episode kein Rückfall war. »Wenn Stanley mich zu einem Problem macht«, sagte er, »dann deshalb, weil er sich bedroht fühlt. Er hat alle möglichen Bilder von Ihnen. Ein Bild ist die Frau, die er geheiratet hat; ein anderes diejenige, die er betrügen kann, bei der er sich alles erlauben kann; wieder ein anderes die Frau, die er lieben möchte, aber es gelingt ihm nicht. Er fühlt sich schuldig, und auf Sie einzuprügeln ist für ihn vielleicht die einzige Möglichkeit, damit umzugehen.«

Das klappt nicht.

Was?, dachte Raj.

Das klappt nicht.

Sein Herz tat einen Satz. Molly. Es war unverkennbar ihre Stimme in ihm. Rajs Reaktion – eine Mischung aus Euphorie, Erleichterung und Dankbarkeit – war so heftig, dass er Claudia fast vergaß. Sie hatte aufmerksam zugehört und wurde zusehends ruhiger, während sie Rajs Worte in sich aufnahm.

»Stanley sagt, es wird schlimm enden, wenn ich weiter mit Ihnen spreche«, sagte Claudia aufgeregt. »Ich weiß, dass ich nicht länger mit Ihnen rechnen darf –« Sie verstummte, und wieder herrschte langes Schweigen.

»Sie können immer mit mir rechnen«, erwiderte Raj, aber seine Gedanken schweiften ab.

Hör mir zu, sagte Mollys Stimme, und Raj bemerkte ein Lachen darin. *Das klappt nicht, weil es keinen Stanley gibt!*

Er war sprachlos und sah Claudia streng an, doch diese nahm keine Notiz. Ihre Finger wanderten zu einer kahlen Stelle auf ihrem Kopf, zogen sich jedoch sofort wieder zurück.

»Ich muss gesund werden«, murmelte sie, schon fast schlafend. Raj verließ rasch das Zimmer. Er konnte noch Mollys Lachen hören, aber sonst war alles in ihm in Aufruhr. Ärger und Scham erfüllten ihn, als er den Flur entlangeilte.

»Dr. Rabban?«, sprach ihn eine Männerstimme an.

Raj sah Claudia vor seinem geistigen Auge, und sie schien verschleiert. Es waren ihr Gesicht und ihr Körper, und die Worte, die aus ihrem Mund kamen, entsprachen dem, was er hören wollte. Doch sie hatte ein Spiel mit ihm gespielt, um ein Geheimnis zu bewahren. Warum?

»Ich muss mit Ihnen reden, wenn Sie nichts dagegen haben«, meldete sich die Stimme wieder. Vor Raj stand Halverson, der ihm nun eine Hand auf die Schulter legte. »Haben Sie einen Augenblick Zeit?«

»Ja, tut mir Leid, ich war in Gedanken.«

Raj wusste schon im Voraus, dass Halverson beim Gespräch mit ihm den Flur auf und ab gehen würde, und so war es auch. Im Moment konnte Raj an nichts anderes denken, als möglichst schnell fortzukommen, um von Molly alles über die große Täuschung zu erfahren, die sie ihm gerade enthüllt hatte.

»Finden Sie, dass das klug war?«, fragte Halverson.

»Was?«

»Der enge Kontakt zu Mrs. Klemper. Das ist nicht die richtige Vorgehensweise, und ich mache mir Sorgen.« Halversons Stimme klang tatsächlich eher besorgt als Unheil verkündend. Die Geschichte von Rajs beeinträchtigtem Urteilsvermögen hatte sich offenbar herumgesprochen. Das musste es sein.

»Ich denke, dass ich Claudia verstehe«, antwortete Raj vorsichtig.

»Wie erklären Sie sich dann ihren plötzlichen Ausbruch?«, hakte Halverson nach.

»Es gab einen heftigen Streit zu Hause, und sie –« Raj verstummte, denn ihm wurde auf einmal bewusst, dass alles, was er über Claudia sagte, vollkommen falsch sein konnte. »Ich muss sie noch mehr fragen«, schloss er.

»Warum würden Sie ihre Antworten glauben? Sie ist viel zu sehr auf Sie fixiert. Anstatt es zu erkennen und zu stoppen, scheinen Sie dieses Verhalten noch gefördert zu haben. Man könnte sagen, Sie sind verantwortlich für das, was nun geschieht.«

Sie wanderten noch immer den Korridor auf und ab, aber Raj nahm aus den Augenwinkeln wahr, dass Halverson nicht nur besorgt war; er beherrschte sich zwar, aber er war auch wütend.

»Um zu verhindern, dass Patienten sich in Phantasien hineinsteigern«, erklärte er zunehmend vorwurfsvoll, »muss der Therapeut den Unterschied zwischen Phantasie und Realität kennen. Doch Sie wissen nicht einmal, ob diese Frau Wahnvorstellungen hat. Entweder hat sie Sie in ihre Phantasiewelt hineingezogen, oder umgekehrt. Sollte Ersteres der Fall sein, können wir es als Naivität und mangelnde Erfahrung verbuchen. Das ist auch nicht weiter tragisch. Sollte es jedoch umgekehrt sein, nämlich dass Sie die Frau in Ihre Phantasiewelt hineingezogen haben, dann ist das in meinen Augen geradezu kriminell.«

Raj war sich bewusst, dass Leute sie anstarrten. Dass Halverson die Beherrschung verlor, war schon sehr ungewöhnlich; dass es außerhalb seines Büros geschah, war praktisch undenkbar.

»Ich weiß eigentlich noch immer nicht, worum es geht«, sagte Raj leise.

»Sie wissen es nicht?«, entgegnete Halverson und wedelte ihm mit einer Krankenakte unter der Nase herum. »Haben Sie sich überhaupt die Mühe gemacht, mit dieser Frau ein eingehendes Gespräch zu führen und die grundlegenden Fakten zu eruieren?«

»Ja, natürlich.«

»Wirklich?« Halverson schlug den Hefter auf der ersten Seite auf. Sein langer Finger deutete auf eine Zeile am unteren Ende. »Sehen Sie, Doktor?«, sagte Halverson. *»Es gibt keinen Stanley!«*

Halversons Stimme bebte vor Zorn. »Ihr Mann saß fünf Jahre lang im Rollstuhl, wegen MS, und ist am 10. April letzten Jahres gestorben.«

Raj hätte sagen können: Das habe ich gewusst. Er hätte die Schuld dafür auf sich nehmen können, dass er die Sache vermasselt und sich durch seine Unerfahrenheit hatte irreführen lassen. Doch er wusste, dass er an einem Wendepunkt stand. Dass er Mist gebaut hatte, war nur von Belang, wenn er Halversons Sichtweise folgte, doch das tat er nicht, nicht mehr. Mollys Stimme in ihm hatte aufgehört zu lachen. Molly beobachtete ihn jetzt nur mit liebevollem Blick.

Dass Raj schwieg, irritierte Halverson offenbar; er machte einen Rückzieher. »Wir machen alle mal Fehler«, sagte Halverson, »aber Sie haben sich täuschen lassen, und das passiert nur, wenn ein Therapeut sich täuschen lassen will, meinen Sie nicht auch?« Raj nickte; er spürte, dass Halverson langsam der Dampf ausging.

»Ich vermute, Sie haben die Tricks der Patientin, ihre offenkundigen Versuche, Ihre Anerkennung zu erringen, nicht bemerkt. Warum?«

»Ich weiß nicht genau. Aber ich weiß, was real ist. In dieser Hinsicht liegen Sie falsch«, erwiderte Raj.

»Wie kommen Sie zu diesem Schluss, junger Mann?«, schnauzte ihn Halverson an. Sein Urteilsvermögen wurde in Frage gestellt.

»Weil ich weiß, dass Stanley nebensächlich ist«, sagte Raj. »Wenn wir dem Problem auf den Grund kommen, wird Claudia wieder gesund, mit oder ohne ihn.«

Halverson bezweifelte es. »Sie können hier stehen und das sagen? Vielleicht wirken Sie heimlich Wunder«, sagte er. »Vielleicht geht Ihnen das Leid der anderen zu nahe, vielleicht möchten Sie einfach geliebt werden und holen sich dieses Gefühl an der falschen Stelle. Erschüttert eine dieser Hypothesen eventuell Ihre Gewissheit?«

»Nein, ich glaube nicht«, entgegnete Raj in bestimmtem Ton.

Halverson starrte ihn zornig an. »Sie haben eine Patientin, die sich selbst Verletzungen beigebracht hat, auch wenn es sich zu Ihrem Glück nur um ein blaues Auge und ausgerissene Haarbüschel handelt. Und vermutlich sind ihre Probleme durch Ihre Behandlung noch größer als kleiner geworden. Denken Sie mal darüber nach, und dann unterhalten wir uns wieder.«

Halverson drehte sich um und ging, und Raj bemühte sich, die Blicke der neugierigen Augen zu vermeiden, die seine Demütigung begierig verfolgt hatten. Es waren meistens Patienten, denn die Mitarbeiter der Klinik hatten so viel Anstand, den Kopf abzuwenden, wenn sie an ihnen vorbeiliefen. Raj ging weiter zu seinem ursprünglichen Ziel, dem Ärztezimmer.

»Gab wohl Stunk, hm?«, meinte Habib mitfühlend, als Raj ins Zimmer trat. Die Szene mit Halverson machte wahrscheinlich schon die Runde im Pavillon, wenn man auch die Einzelheiten nicht kannte.

»Na ja, sie haben mich auf dem Kieker«, erwiderte Raj.

»Du bist ein Idealist, das ist der Punkt«, meinte Habib, »und auch wenn es komisch klingt, das ist einfach kein Job für Idealisten.«

»Und was ist die Alternative?« Raj kannte die Antwort –

Mollys Antwort –, doch er wollte Habibs Meinung hören, bevor er unter diesen Teil seines Lebens einen Strich machte.

Habib schüttelte den Kopf. »Vielleicht gibt es für dich gar keine. Du hast vergessen, wie bösartig die Patienten hier sein können. Der Wahnsinn ist bösartig. Ihr Idealisten wollt das nicht wahrhaben.«

Habib äußerte seine Ansicht mit einer gewissen Vorsicht, was ihm gar nicht ähnlich sah, als hätte er Angst, ein zerbrechliches Wesen zu zerstören. Doch Raj war mit sich im Reinen.

Es ist Zeit zu gehen, sagte Mollys Stimme.

»Ich gehe jetzt nach Hause«, sagte Raj. »Ich glaube, mich wird heute niemand mehr vermissen.« Er musste ein Lächeln unterdrücken, als er Habibs langes Gesicht sah.

Dieser Mensch hat Angst um dich. Beruhige ihn, indem du ihm die Wahrheit erzählst.

»Ich habe kein Problem damit«, sagte Raj und sah Habib offen an. »Wenn ich bei Claudia keine Nähe zugelassen hätte, hätte es keine Besserung gegeben. Selbst wenn sie mich mit ihren Phantasien an der Nase herumgeführt hat; sie hat es getan, weil ich ihr gewissermaßen Appetit auf etwas gemacht habe – nennen wir es ruhig beim Namen – Liebe. Sie wollte mehr Liebe, deshalb hat sie sich als Opfer dargestellt. Ihre Methoden waren bizarr, und es war abzusehen, dass sie sich damit selbst schaden würde, aber es ist weder verwerflich noch verrückt, Liebe zu wollen.«

»Ich verstehe«, sagte Habib. »Gut.« Falls Raj erwartet hatte, dass ihm vor Bewunderung die Luft wegblieb, sah er sich enttäuscht. »Ich sehe dir an, dass du immer noch denkst, dass du Recht hast«, fügte Habib hinzu.

»Ja.«

Streite nicht mit ihm. Er hat es begriffen, sagte Mollys Stimme.

Mit einem Mal war ihm Habib nicht mehr wichtig. Raj wusste, wo er sein sollte, drehte sich um und ging, ohne noch ein Wort zu sagen. Claudia saß im Bett, das Tablett mit dem Mittagessen vor sich, und starrte auf ein Schüsselchen mit rotem Wackelpudding.

»Sie sind also wieder da«, bemerkte sie nüchtern, ohne zu erkennen zu geben, wie viel sie bereits über den Vorfall auf dem Korridor wusste. Raj setzte sich auf die Bettkante. Seine Nähe ließ Claudia leicht zusammenzucken.

»Das soll kein Therapiegespräch sein«, sagte er. »Wir können uns einfach nur unterhalten.«

Claudia senkte den Kopf und stellte das Tablett auf den Rollwagen zurück. »Ich habe Ihnen wohl einen Bären aufgebunden«, sagte sie nicht sehr überzeugt.

»Das stimmt.«

Warte nicht, bis sie erzählt. Sag ihr, wie du die Sache siehst.

»Ich glaube, Sie haben Stanley in ein Monster verwandelt, weil Sie ihn zu sehr geliebt haben«, begann Raj. »Mit Ihren Schilderungen, wie schlecht er Sie behandelt hat, haben Sie sich Gefühle bewahrt, die sich sonst vielleicht vollkommen aufgelöst hätten. Kann das sein?«

Claudia wandte den Blick ab und hielt ihre Hände umklammert, um Raj nicht wegzustoßen.

»Sie wollten sich diese kostbaren Gefühle um jeden Preis bewahren, denn sie waren alles, was Sie hatten. Eine Durchschnittsliebe stürzt die Menschen nicht in derartige

Verzweiflung. Ich vermute, Stanley war in Ihren Augen alles andere als durchschnittlich«, sagte Raj sanft.

Es dauerte einen Augenblick, ehe Claudia sprechen konnte. »Zu seiner Zeit war er der wunderbarste Mann, den ich mir vorstellen konnte«, sagte sie mit verträumter Stimme. »Kannten Sie meinen Doktor, den von früher?«, fragte sie Raj; er schüttelte den Kopf. »Er stand auf Träume und anderes dummes Zeug. Ob ich meine Mutter geliebt hätte. Es war absolut sinnlos, und ich musste zusehen, wie es meinem Stanley jeden Tag schlechter ging. Ich hatte immer das Gefühl, dass ich diesen Mann nicht verdiente. Seine Eltern sagten, er sei ein Dummkopf, mich zu heiraten. Es hat lange gedauert, bis er nur noch dahinvegetierte, und am Ende blieb mir, ihm die Windeln zu wechseln und Flüssignahrung zu geben.«

»Sie hatten panische Angst«, sagte Raj. »Mehr, als Sie bewältigen konnten.«

»Meine Welt brach zusammen, und viel ist mir nicht übrig geblieben.« Claudia lachte, doch es klang Bitterkeit durch. »Ich schätze, Sie würden sagen, ich war nicht recht bei mir, lange Zeit nicht.«

Sie versuchte nicht, Raj für sich zu gewinnen, sondern erzählte einfach, was sie erlebt hatte. Ihr ausdrucksloses graues Gesicht war das eines Menschen, dem das Leben oft übel mitgespielt hatte. Raj sah sie an, und für einen Moment schob sich ein anderes Bild davor.

Anfangs, als er und Habib befreundet waren, waren sie einmal zu viert ausgegangen. Habibs Mädchen, sie hieß Christie, hatte sich wie ein kleines Kind an ihn geklammert und ihren Kopf auf seine Schulter gelegt, während sich alle anderen mit der Speisekarte beschäftigten. Sie lachte unkontrolliert über alles, was irgendjemand sagte, und ließ immer wieder den Mund offen, sodass man das halb zerkaute Essen sehen konnte. Raj war schockiert, als er erfuhr, dass Habib sie am selben Nachmittag in der Klinikambulanz aufgelesen hatte.

»Sie ist aber keine Patientin«, hatte sich Habib verteidigt. »Sie hat ihren manischen Vater in die Klinik gebracht, der seine sämtlichen Kreditkartenkonten überzogen hat. Er wollte gerade einen neuen Volvo bezahlen.« Raj hatte nicht sonderlich überzeugt ausgesehen, und Habib hatte grinsend hinzugefügt: »Sie ist momentan ein bisschen daneben. Macht mir nichts aus. Nimm es als ihre geheimnisvolle Aura.«

»Sie ist ungefähr so geheimnisvoll wie ein Milzriss. Das kannst du nicht machen«, sagte Raj.

»Ich lasse einfach der Natur ihren Lauf. Was ist so schlimm daran?«, entgegnete Habib. Zwei Wochen später, nachdem er einmal mit ihr geschlafen hatte, ließ er das Mädchen fallen.

Claudia war dieses Mädchen dreißig Jahre später, eine schutzlose Seele, eingehüllt in zu viele Erfahrungen, sodass niemand mehr, weder sie noch jemand anderer, sie unter dem verfilzten Gewirr ihrer Vergangenheit sehen konnte. Raj musste darauf vertrauen, dass eine Seele, trotz allem, gesehen werden will. Das ist ihr einziger Wunsch auf der Welt, und gleichzeitig der am schwersten zu verwirklichende.

Ich möchte sie von ihrem Leid erlösen, dachte Raj und wartete auf Mollys Antwort.

Noch nicht. Es gibt noch mehr zu lernen. Aber bald.

»Ich muss zu einem Gespräch mit meinem Supervisor«, sagte Raj und erhob sich.

»Wird man Sie feuern?«, fragte Claudia.

»Im schlimmsten Fall werden sie mich nach diesem Jahr einfach gehen lassen. Machen Sie sich keine Sorgen«, antwortete Raj lächelnd und wandte sich zur Tür.

»Es tut mir Leid«, sagte Claudia zu seinem Rücken.

Bald, wiederholte Mollys Stimme in ihm.

11

Als Raj zum »Verhör« in Halversons Zimmer trat, ließ ihn dieser in dem tiefen Ledersessel Platz nehmen, der für seine Privatpatienten reserviert war. Er äußerte seine persönliche Enttäuschung darüber, dass ein viel versprechender junger Arzt einen falschen Weg einschlug.

»Die Realität ist ein Elefant, den wir nicht wegschieben können, keiner von uns«, sagte Halverson. »Sie steht einfach da; sie ist, was sie ist. Psychiatriepatienten glauben das nicht, sie wollen diese Tatsache nicht akzeptieren. Irgendwann packt sie der Zorn, wenn die Realität sich nicht bewegen will, wie sie es gerne hätten. Sie schenkt ihnen keine Liebe, wenn sie sie am nötigsten brauchen. Sie tut nicht alles Mögliche, um sie zu trösten oder vor Kränkungen zu schützen. Die Realität ist nicht Mami.«

Der letzte Satz versetzte Raj einen kleinen Schock. Für einen kurzen Moment war er sicher, dass Halverson »Die Realität ist nicht Molly« gesagt hatte.

»Wenn die Menschen auf die Realität hinreichend zornig sind, beginnen sie so zu tun, als gäbe es sie nicht. Sie laufen fort in den Wald der Phantasie, um dort, unter den Bäumen, ihre geheimen Wunden zu lecken. Sie sind abgrundtief enttäuscht, und das ist tragisch, und Alleinsein macht große Angst, aber der Mensch gewöhnt sich daran. Es gibt keinen anderen Weg.«

Halverson hielt inne und stocherte mit einem metallenen Stopfer in seiner Pfeife herum. Mit seinem grauen Bart ähnelte er frappierend einem traurigen alten Affen.

Raj hätte auf der Stelle seinen Job hinwerfen können,

nur wollte er lachen, besonders über Halversons Elefanten. Was für ein Schwindel, bloße Augenwischerei. Eine Ausrede, die man stets zur Hand haben konnte, damit man niemals einen Blick hinter den Vorhang tat.

»Und wenn ich Ihnen beweisen könnte, dass Sie falsch liegen?«, sagte Raj, als Halverson seine Pfeife gestopft hatte.

»Wie wollen Sie das denn machen?«, entgegnete Halverson ungeduldig.

»Indem ich die Realität für diese Patienten verändere«, antwortete Raj.

Halverson schüttelte den Kopf. »Ich glaube, Sie haben mich nicht verstanden.«

»Ich habe Sie so verstanden, dass es sinn- und nutzlos ist, diese Menschen zu lieben. Der Wahnsinn ist viel zu mächtig, und die Realität schert sich einen Dreck darum. Kommt das ungefähr hin?«, sagte Raj.

Auf einmal war es mit Halversons gutmütiger Gelassenheit vorbei. »Ich könnte Sie ohne weiteres wegen Anmaßung von Befugnissen verklagen«, blaffte er. »Denken Sie, dass Sie schlauer sind als alle Therapeuten dieser Klinik?«

Ohne zu fragen, ob er gehen könne, stand Raj auf und verließ das Zimmer. Er konnte nichts Konkretes vorweisen, nichts, was Halverson akzeptieren würde. Doch ebenso wenig hatte er nicht die Absicht, sich verheizen zu lassen. Mittlerweile hatte es geschneit, und es lag immerhin so viel Schnee, dass er den Verkehrslärm dämpfte. Die Gehsteige verwandelten sich im Handumdrehen zu Wassergräben aus braunem Matsch. Raj lief die Treppen zu seinem Apartment hinauf und fand zwei Nachrichten auf dem Anrufbeantworter. Die eine war von seinen Eltern, die ihn daran erinnerten, dass sie gemeinsam Weihnachten feiern wollten. Die andere war von Maya.

»Barry ist heute vorbeigekommen, um mit mir zu reden. Er ist ausgeflippt wegen dem Baby – wen wundert's – und sagt, es ist nicht seines. Ich habe gesagt, wir sollten das in Gegenwart von Sasha besprechen. Nicht gerade das, was er hören wollte. Ich bin runtergegangen, um nachzusehen, ob sie zu Hause ist, aber sie war nicht da, und als ich zurückkam, war Barry verschwunden. Was soll ich jetzt tun? Ruf mich bitte an.«

Als Raj sie zurückrief, fand Maya seine Stimme verändert. »Du klingst ziemlich munter«, sagte sie.

»Ich habe ein paar Entscheidungen getroffen«, sagte Raj.

»Was betreffend?«

»Mehrere Sachen. Aber eine ganz besonders. Du hast mal etwas gesagt von ›die Toten auferwecken‹. Mir ist bewusst geworden, dass Molly für mich nicht tot ist.«

Maya schwieg, um das Gehörte zu erfassen. »Ich bin froh darüber«, sagte sie dann.

»Es ist vielleicht schwer zu verstehen, aber diese Entscheidung hat in mir das Bedürfnis geweckt, dich wieder zu treffen, so wie früher«, erklärte Raj.

»Warum?« Maya klang nicht schockiert; sie versuchte, wie bei einem Puzzle geduldig zusammenzufügen, worauf Raj hinauswollte.

»Weil es kein Entweder-oder mehr gibt, nicht mehr du oder Molly«, sagte Raj.

»Du willst uns beide?«, fragte Maya.

»Das wollte ich immer«, erwiderte Raj. »Ich wusste nur nicht, wie das gehen sollte, und jetzt weiß ich es. Wenn du jemals gedacht hast, ich würde dich nicht mehr lieben, ist das mein Fehler. Ich habe nie aufgehört, dich zu lieben. Du hast kürzlich gesagt, du könntest auch in einem größeren Kreis leben oder vielleicht sogar aus ihm heraustreten. Nun, jetzt bitte ich dich darum.«

»Du bittest mich darum, eine Dreierbeziehung mit einer Toten zu akzeptieren? Eigentlich wollte ich es nicht so formulieren, aber es ist doch die Wahrheit, oder?«, sagte Maya. »Wie soll das funktionieren?«

»Es funktioniert, wenn keiner von uns beiden über den anderen urteilt. Es funktioniert, wenn wir nicht versuchen, einander zu besitzen«, erwiderte Raj. Ihm wurde bewusst, dass er nun das, was Serena ihm ans Herz gelegt hatte, nämlich sich dem Schicksal hinzugeben, von Maya verlangte.

»Das ist alles ziemlich kompliziert«, sagte Maya. »Wir sollten es nicht am Telefon besprechen, sondern uns lieber treffen.«

»Einverstanden.«

Raj würde zu Mayas Apartment kommen, sobald er sich freinehmen konnte. Doch sie wollte nicht, dass sie dort blieben. »Wir müssen Sasha finden«, sagte sie. »Lass uns zuerst nachschauen, ob sie zu Hause ist. Dann beschäftigen wir uns mit unserer privaten Sache.«

»Sagen wir, in einer Stunde?«, fragte Raj.

»Gut.« Maya hielt inne und sagte dann: »Wenn du gedacht hast, dass ich jemals aufgehört habe, dich zu lieben, ist das auch mein Fehler.« Als sie aufgelegt hatte, klang in Raj noch ihre Stimme nach, in der Erleichterung, Verwirrung und Hoffnung miteinander kämpften. Sie brauchte mehr Zeit und vielleicht auch mehr Raum, als er gedacht hatte.

Raj fühlte sich stark, als er in seinem schimmeligen Bad unter der warmen Dusche stand. Es hatte ihm Selbstvertrauen gegeben, dass er sich der Auseinandersetzung mit Halverson gestellt hatte, und dieses Selbstvertrauen verwandelte sich nun in Euphorie. Er würde Molly haben, weil *Es* sie ihm geben würde. Serena hatte es ihm gesagt, aber Raj vertraute nicht nur darauf; er wusste es. Ehe sein Verstand alles durchdenken konnte, hatte sich in ihm bereits ein Kern des Vertrauens gebildet. Claudia hatte ihn etwas Großartiges gelehrt.

Die Seele will gesehen werden.

Für die meisten Menschen bedeutet dieses Bedürfnis eine Demütigung. Es ist zu unschuldig in einer Welt, in der Unschuld und Arglosigkeit als Überlebensfertigkeit nichts zählen. Seine Seele in der Öffentlichkeit unverhüllt zu zeigen gilt als peinliche Entblößung. Die Menschen wenden sich von einem ab, wie sie sich von Verrückten, Heiligen, Dichtern, Visionären und Genies immer abgewendet haben. Doch die bunt gemischte Schar von Verrückten und Genies teilt sich ein Geheimnis. Sobald man den Schock des Nacktseins überwunden hat, taucht etwas Unglaubliches auf: *Es*.

Es war die Macht, die Molly in sein Leben gebracht hatte. *Es* war der Samen, den sie keimen sehen wollte. *Es* ist das Licht, das den Menschen zu leuchten beginnt, wenn sie erwachen. Und *Es* würde alle Konflikte lösen, in die Raj sich verstrickt hatte.

Nun begriff Raj, warum ihm Serena gesagt hatte, dass er Molly als Seele sehen müsse und nicht als Tote, die er im Leben einmal geliebt hatte. Wenn man den Menschen als Seele sieht, ist er nichts anderes als *Es*. Körper und Persönlichkeit lösen sich auf, übrig bleibt nur das Geheimnis.

Wenn man mit den Augen der Seele sieht, gibt es keinen Unterschied zwischen Lebenden und Toten. Allesamt sind nackt.

Raj blieb zu lange unter der warmen Dusche, und als er herauskam, fühlte er sich leicht schwindelig und schwitzte. Er schlang sich ein Handtuch um die Hüfte, öffnete das Badezimmerfenster und stellte sich davor, ließ seinen Körper von kalter Luft und wirbelnden Schneeflocken kühlen. Dann zog er sich an und machte sich sofort auf den Weg. Auf der Straße hielt er ein Taxi an, das Richtung Innenstadt unterwegs war.

»Fahren Sie über den Broadway«, sagte er zum Fahrer.

»Da verlieren Sie zehn Minuten am Times Square. Wir sollten lieber den West Side Highway nehmen«, erwiderte der Fahrer.

»Macht nichts«, entgegnete Raj. Wie viele andere Dinge, die er seit Mollys Tod vermieden hatte, war er nie mehr über den Broadway gegangen. Er hatte ihn allzu schmerzlich an die Sommernächte mit ihr erinnert, doch ein Jäger folgt stets der Spur.

Trotz des Schneetreibens waren Massen von Menschen unterwegs. Auf den Fußgängerüberwegen schoben sich noch Leute vorwärts, wenn die Ampel auf Rot schaltete, so dass die Taxis im Gewühl nur im Schritttempo vorankamen oder stehen bleiben mussten. Der acht Stockwerke hohe Bildschirm auf zwei Seiten des NASDAQ-Gebäudes erhellte die Nacht wie ein Freudenfeuer in Technicolor. Riesige, fröhlich bunte Reklametafeln reckten sich in den dunklen Himmel.

»Lassen Sie mich hier raus«, rief Raj und klopfte an die Trennscheibe aus Plastik.

»Wir sind noch nirgendwo«, sagte der Fahrer, der langsam ärgerlich wurde. Raj warf ihm einige Geldscheine hin und tauchte in die Menschenmenge ein. Es war faszinierend. Die Leute schoben sich voran wie eine einzige kompakte Masse, sodass Raj sehen konnte, wie die Körper Dampf abgaben. Raj ging um den Häuserblock herum, in den inzwischen das Disney-Imperium eingezogen war. Die Pornoläden und Striplokale waren verschwunden. Mickey Mouse siegt über Schmuddelkram.

Auf dem Gehsteig ein paar Meter weiter machten zwei schwarze Jungen Breakdance neben einem Ghettoblaster. Sie kreisten und wirbelten in Rückenlage auf den Händen, ohne auf den schmutzig braunen Matsch zu achten. Der eine konnte im Kopfstand schnelle Drehungen vollführen und erntete damit johlenden Beifall von den Zuschauern. Raj fühlte sich ungeheuer frei, doch er musste weiter. Er war ein Jäger.

Ihm war bewusst, dass er sich in einem eigenartigen Zustand befand. Er war fast ausschließlich von schwarzen und Latino-Gesichtern umgeben, dazwischen auch einmal ein weißes, und doch konnte er in jedem lesen wie in einem offenen Buch. Es waren keine Gesichter von Gesichtslosen. Er sah Angst vorbeigehen und Langeweile, er sah aufgestauten Zorn und sogar ein bisschen Liebe. Hätte er mit irgendeinem dieser Menschen nur fünf Minuten sprechen können, er hätte ihn durch und durch gekannt, dessen war er sich sicher.

Raj fror, denn es war kälter, als er gedacht hatte, und durch seine dünne Lederjacke drang der eisige Wind bis auf die Knochen. Doch es widerstrebte ihm, sich in einem der nach Fett riechenden Esslokale aufzuwärmen. Er schickte sich an, den zur Eighth Avenue ausgerichteten Häuserblock zu umrunden, als er einen Schrei hinter sich hörte.

Er ging mit schnellen Schritten zurück und sah an der Kreuzung, mitten auf der Straße, einen kleinen Jungen liegen, der sein Bein umklammerte. Ein Wagen war mit quietschenden Reifen zum Stehen gekommen.

»Sie haben ihn angefahren, verdammt!«, schrie ein Passant wutentbrannt und hämmerte an die Windschutzscheibe. Im Innern des Wagens konnte Raj das erschrockene Gesicht eines Mannes mittleren Alters im Mantel erkennen, ein Vorstädter aus Rockaway, der nach New York gefahren war, um das Lichtermeer zu bewundern. Er schien ängstlich und unschlüssig, was er tun sollte, doch er hätte gar nicht weiterfahren können, selbst wenn er gewollt hätte. Der Wagen stand eingekeilt in der Menschenmenge. Hinter ihm in der Dunkelheit hatte sich eine Autoschlange gebildet, und es wurde ärgerlich gehupt.

»Lassen Sie mich durch, ich bin Arzt«, sagte Raj und kniete sich neben den Jungen. »Nimm deine Hand weg. Ich muss dein Bein abtasten. Ich tue dir nicht weh.« Der Junge stöhnte und wand sich vor Schmerzen und hielt weiter sein Bein umklammert.

»Lieg still. Du musst mich nachschauen lassen«, sagte Raj. Er spürte Menschen in seinem Rücken. Einer von ihnen stieß so fest gegen ihn, dass er vornüberfiel.

»He!«, rief Raj, der sich gerade noch mit den Händen auf der kalten, nassen Straße abfangen konnte. Als er wieder aufschaute, war der Platz neben ihm leer. Der verletzte Junge war aufgesprungen und davongeflitzt; Raj konnte ihn gerade noch verschwinden sehen. *Aha.*

»Sind Sie in Ordnung?«, fragte jemand. »Die Ampel hat

umgeschaltet.« Raj schüttelte eine helfende Hand an seinem Ellenbogen ab. Der Wagen aus Rockaway war ebenfalls fort. Raj stand auf und spurtete los. Der Junge war nicht mehr zu sehen, aber weit konnte er nicht gekommen sein.

Es war nicht einfach, sich auf dem glatten Gehsteig durch die dicht gedrängten Menschen zu schlängeln. Raj dachte, er hätte den anderen Kerl gesehen, der den wütenden Passanten gespielt hatte, aber vielleicht war er es gar nicht. Die Ampel für Fußgänger schaltete wieder auf Rot, doch Raj ließ sich dadurch nicht aufhalten, und das war gut so, denn ein Stück weiter vorne erspähte er die beiden. Sein Instinkt sagte dem Jungen, dass Raj ihn verfolgte. Er warf einen Blick über die Schulter und lief weiter.

Raj legte einen Sprint ein, obwohl seine Lungen schon brannten, und holte ihn ein, packte ihn am Kragen und drehte ihn zu sich herum.

»Du oder er! Gib meine Brieftasche zurück!«, brüllte er. Der Freund des Jungen war in einigen Metern Entfernung stehen geblieben. Raj deutete auf ihn und sagte: »Ich bringe deinen Freund zur Polizei, wenn du sie nicht zurückgibst, hörst du?«

Der andere Junge, der wie etwa fünfzehn aussah, zögerte nur den Bruchteil einer Sekunde, dann gab er Fersengeld.

»O Mann! Er ist mein Cousin«, winselte der Junge und begann zu weinen.

»Ich möchte nur meine Brieftasche zurück«, sagte Raj.

»Ich hab sie nicht«, jammerte der Junge.

»Dann gehen wir jetzt zur Polizei«, erwiderte Raj und packte den Jungen, um ihn mit sich fortzuziehen. Er war wütend, spürte aber dennoch, welch ein Federgewicht der Junge war. Er mochte noch nicht einmal zwölf Jahre sein.

»Nein, Mister, bitte!« Der Junge fummelte eine Weile in seinen Taschen herum und brachte dann die Brieftasche zum Vorschein. In dem Moment, als Raj sie in die Hand nahm, begann der Junge wie wild zu zappeln, um sich aus Rajs Griff zu befreien.

»Ich darf keinen Ärger kriegen«, schluchzte er. »Meine Familie! Das ist mein erstes Mal, ich schwöre es!«

Er wirkte derart verängstigt und Mitleid erregend, dass Raj ihn fast hätte gehen lassen. Doch ihm wurde etwas bewusst.

»Du hast eine große Zukunft vor dir«, sagte Raj. »Ich meine, ich hätte nicht erwartet, dass jemand in deinem Alter schon so ein Profi ist.« Der Junge hörte schlagartig auf zu weinen und wartete argwöhnisch ab, was Raj als Nächstes tun würde.

»Ich brauche nicht in die Brieftasche hineinzusehen, oder?«, fragte Raj. »Dein Kumpel hat das Geld herausgenommen, ehe er sie dir zugesteckt hat. Ganz schön clever.« Der Junge verkniff sich ein Grinsen – er war noch nicht in Sicherheit.

»Wir haben Ihnen die Karten gelassen. Dafür sind wir zu jung«, sagte der Junge.

»Das bezweifle ich.«

Raj packte den Jungen noch etwas fester am Kragen und spähte in seine Brieftasche. Keine Karten.

»Ich hatte einen schönen Abend, ehe wir uns begegnet sind«, murmelte Raj. »Aber das interessiert dich vermutlich nicht.«

Der Junge hatte aufgehört zu zappeln und überlegte; die Kälte war weniger schlimm als die Polizei. Er schlüpfte aus seiner Baseballjacke, und fast wäre es ihm gelungen zu flüchten, doch Raj war schneller und hielt ihn an den knochigen Schultern fest. Raj drehte den Jungen zu sich herum, und jetzt schien er wirklich Angst zu haben, denn er starrte ihn mit weit aufgerissenen Augen an.

Lass ihn bezahlen. Es fiel ihm schwer, dem Racheimpuls zu widerstehen. Er blickte dem Jungen in die Augen und sah hinter der Angst eine Härte, der jedes Mitgefühl fremd war. Doch da war noch etwas anderes. Hinter dieser Härte gab es jemanden, den Raj kannte. Das Bild eines Menschen erschien kurz vor seinem inneren Auge, wie ein Blitz an einem bewölkten Sommerhimmel, und er hörte eine leise Stimme.

Siehst du mich nicht? Wirklich nicht?, sagte Mollys Stimme.

»Sie sehen aus, als ob Ihnen schlecht ist«, sagte der Junge. Vielleicht war es auch ein Passant. Raj überkam ein unheimliches Gefühl, das ihm tatsächlich eine leichte Übelkeit verursachte.

Hast du gedacht, ich sei nur in dir?

Ja, dachte Raj. Wenn du nicht für immer zurückkommen kannst, sollst du in mir sein. Wir lieben uns. Deshalb trage ich dich in mir.

Molly antwortete nicht. Raj hatte sich aufgemacht, *Es* zu finden, und hier war *Es*. Verborgen in einem lausigen kleinen Burschen mit kriminellen Absichten.

»Wenn Sie kotzen müssen, nicht auf mich«, sagte der Junge, doch seine Stimme klang weit entfernt. Raj ließ ihn los. Nun konnte er undeutlich Molly erkennen, wie das Licht einer Kerze, verschattet durch den Körper des Jungen. Das Licht wurde heller, als würde es ganz herauskommen. Raj unterdrückte ein Schluchzen. Vielleicht sah er so schwach aus, dass der Junge keine Angst mehr hatte. Anstatt fortzulaufen, wich er nur ein paar Schritte zurück und blieb dann stehen. Neben ihm stand Molly.

Raj streckte die Hand aus. Der Junge, der die Bewegung falsch verstand, flitzte davon. Molly lief nicht fort, doch die Kerze erlosch flackernd.

Warte.

Raj wollte ihr hinterherrufen, doch er wusste, dass es keinen Sinn hatte. *Es* lief nicht mit dem Jungen fort, sondern verlor lediglich seine Konturen, löste sich wie ein Phantom in Erinnerung auf. Raj legte den Kopf in den Nacken und blickte in den kalten, dunklen Himmel, von leiser Ehrfurcht erfüllt. Um ihn herum war Stille, und er spürte, wie sich Schneeflocken, kleine prickelnde Zeichen der Reinheit in der Stadtluft, auf seinem Gesicht niederließen. Dann rempelte ihn ein Passant an, und es war vorüber.

Maya sah froh aus und zugleich beunruhigt, als sie die Tür öffnete und ihn in den Flur zog.

»Ich habe mir langsam Sorgen gemacht«, sagte sie.

Raj hatte sich zwar trotz der Episode am Times Square nicht verspätet, doch als er kurz vor Mayas Wohnung um die Ecke bog, hatte ihn irgendetwas zum Stehenbleiben veranlasst. Die vertraute Welt war ins Wanken geraten, sie löste sich auf; das war eindeutig. Möglicherweise öffnete sich ihm eine andere Welt. Würde Maya das erkennen und akzeptieren? Würde sie bereit sein, ihm zu folgen? Nach einer Weile war ihm klar, dass er sie nicht länger warten lassen durfte, aber die Antwort hatte er noch immer nicht gefunden.

»Was war los?«, fragte Maya. Sie wirkte entspannt und

hatte ihm an der Tür einen Kuss gegeben, doch Raj war sicher, dass sie sich mit seinen seltsamen Entdeckungen nicht beschäftigen wollte.

»Ich habe beinahe einen Kriminellen gestoppt«, antwortete Raj. »Einen Nachwuchskriminellen, besser gesagt.«

Maya half ihm aus seiner Lederjacke. »Lass mich mit dem Haartrockner drübergehen. Du willst sie doch bestimmt nicht ruinieren«, sagte sie und verschwand in Richtung Bad. »Ich wusste gar nicht, dass man einen Kriminellen ›beinahe‹ stoppen kann.«

»Mir ist es gelungen.«

Raj ließ sich auf der Sofakante nieder, um die Polster nicht nass zu machen. »Ich musste zu Fuß gehen, ich hatte kein Geld mehr«, erklärte er. Maya erschien in der Tür mit der Jacke in der Hand, über der sie mit dem Haartrockner hin und her wedelte.

»Das kann einem bei Kriminellen leicht passieren. Ich bin jedenfalls sehr froh, dass du da bist. Barry kommt mit der ganzen Sache überhaupt nicht klar, und Sasha macht alles nur noch schlimmer.«

»Wieso?«

Maya antwortete nicht, sondern fragte zurück: »Könnte Sasha in ihrem Zustand gewalttätig werden?«

»Kommt darauf an. Soll das heißen, dass sie Barry bedroht hat?«, sagte Raj. »Oder Schlimmeres?«

»Es könnte schlimmer sein, es ist nicht ganz klar. Man könnte es vielleicht Belästigung nennen. Sie lässt ihn nicht in Ruhe und taucht zu allen möglichen Zeiten bei ihm auf. Nicht immer wie eine Lady angezogen, und manchmal hat sie überhaupt nichts an, Punkt.«

»Sasha ist paranoid«, erwiderte Raj. »Sie kann mit Stress

nicht normal umgehen. Es kann sein, dass sie in Panik gerät, und ein anderes Mal wieder kann diese Angst in Wut umschlagen.«

»Ich verstehe.« Maya biss sich auf die Lippen und wandte sich ab. Raj blickte sich im Zimmer um, das offensichtlich hastig in Ordnung gebracht worden war. Doch Maya hatte ein Tuch aus roter Seide über eine Tischlampe geworfen, und Raj konnte Patschuli-Duft riechen.

»Bei Sasha wirst du immer mit einem gewissen Misstrauen rechnen müssen, vergiss das nicht. Erwarte nicht von ihr, dass sie dir vertraut.«

»Sie fing gerade an, mir zu vertrauen«, wandte Maya ein.

»Nein, nicht wirklich. Ihre Krankheit macht es unmöglich.« Raj war fast wie in Trance gewesen, als er bei Maya angekommen war, doch jetzt hatte er wieder einen klaren Kopf. Dass er seine Fähigkeiten als Arzt beweisen musste, gab ihm wieder Kontrolle über einen Bereich seines Lebens. Er spürte ein leises Bedauern, als er wieder auf den Boden der Tatsachen zurückkam – es war, als würde er ein fernes Ufer vollkommen aus den Augen verlieren.

Maya stellte den Haartrockner ab und reichte ihm seine Jacke; sie wirkte jetzt unschlüssig und traurig. Sie verließen eilends die Wohnung und gingen zum Studentenheim. Auf dem Flur von Barrys Stockwerk waren inzwischen noch ein paar Glühbirnen mehr ausgebrannt, und das Gerümpel in den Ecken hatte sich um einige weitere archäologisch interessante Schichten vermehrt. Ein kräftig aussehender Mann in Uniform klopfte gerade an Barrys Tür. Der Sicherheitsdienst des Campus.

»Ist er da?«, fragte Raj.

»Er versteckt nur noch schnell irgendwelche Sachen«, antwortete der Mann nachsichtig.

Die Tür ging auf, und Barry stand vor ihnen. Er wirkte genauso unsicher wie beim letzten Mal, als Raj ihn gesehen hatte; er trug auch wieder denselben Pyjama. »Was'n los?«, murmelte er automatisch.

»Wir haben Ihre Beschwerde registriert«, sagte der Mann vom Sicherheitsdienst. »Ich wollte nur mal nachsehen. Ist sie wieder da gewesen?«

Barry wandte langsam den Blick. »Alles bestens«, sagte er. »Gehören die zu Ihnen?«

Der Wachmann blickte zu Raj und Maya. »Nie gesehen. Ihnen geht es also gut? Ich gehe mal rauf zu der Lady, alles andere überlassen wir Ihnen.« Mit anderen Worten, man würde Barrys Eltern verständigen, falls er sich noch einmal beschweren würde. Der Wachmann nahm das Schweigen des Jungen als Ende ihrer Unterhaltung und wandte sich zum Gehen.

»Moment noch«, schaltete sich Raj ein. »Ich wäre Ihnen dankbar, wenn Sie uns mitkommen lassen würden. Ich bin der Arzt des Mädchens.«

Der Wachmann zuckte gleichgültig mit den Schultern. Raj sah Barry an, der bereits wieder die Hand an der Tür hatte, um sie ihm vor der Nase zuzuschlagen. »Wir müssen uns unterhalten«, sagte er.

»Nein, danke.«

Die Tür schlug zu, der Schlüssel drehte sich im Schloss. Barry hatte seine Höhle erfolgreich verteidigt.

Der Mann vom Sicherheitsdienst führte sie zu Sashas Zimmer und hämmerte an die Tür. Drinnen war nichts zu hören. Er wartete eine Minute, dann rief er: »Miss?« Als keine Antwort kam, zog er einen Schlüsselbund aus der Hosentasche und sperrte auf.

Im Gegensatz zu der zwanghaften Ordnung, die Raj beim ersten Mal gesehen hatte, herrschte nun ein heilloses Durcheinander. Die Schubladen der Kommode sahen aus, als wären sie explodiert, Essensreste lagen herum. Der Wachmann schien nicht sonderlich überrascht.

»Sie sollten mal die Buden der Jungs sehen«, sagte er. »Sieht aus, als gibt es hier nichts zu tun für mich. Ich überlasse es Ihnen, was Sie machen, Doc.«

Raj wollte noch etwas sagen, doch Maya legte den Finger auf die Lippen. Als der Wachmann gegangen war, bedeutete sie ihm, sich leise in eine Ecke des Zimmers zurückzuziehen.

Raj formte lautlos das Wort »Warum?« mit dem Mund.

Maya schüttelte den Kopf und setzte sich in dem nun stillen Zimmer auf einen Stuhl, nachdem sie zuvor einen Berg zerknitterter Kleidungsstücke weggeräumt hatte.

»Ich bin's. Ich hoffe, Du erinnerst dich. Niemand sonst ist hier«, sagte sie.

Das Zimmer antwortete nicht. Nach einer Weile fuhr Maya fort: »Es sind viele beängstigende Dinge passiert, ich weiß, aber ich kann helfen. Kannst du mir sagen, ob du mich verstehst?«

Es gab eine winzige Bewegung an einer Ecke des Bettüberwurfs, vielleicht nicht einmal das. Maya ließ sich langsam auf alle viere nieder. Der braune Fleck auf dem Teppich war noch da, den Erdkegel jedoch hatte inzwischen jemand entfernt. Maya spähte in das dämmerige Dunkel unter dem Bett.

»Ich komme ein wenig näher«, sagte sie sanft. »Es ist alles gut.«

Durch den dunkelsten Schatten schien ein Zittern zu gehen. Flach auf dem Boden liegend, schob sich Maya langsam unter das Bett, und Raj kniete sich hin, um den weiteren Verlauf zu verfolgen. Als seine Augen sich an das Dämmerlicht gewöhnt hatten, entdeckte er Sasha, die sich mit einem schmutzigen Kissen in den Armen in einer Ecke zusammengerollt hatte. Sie war angezogen, und ihre Haare sahen zwar strähnig und ungewaschen aus, aber ihr Zustand schien sich nicht verschlechtert zu haben.

»Ich komme noch ein wenig näher«, sagte Maya.

Das Mädchen gab keine Antwort, hob jedoch eine Hand, um sich die Nase abzuwischen, und dann nieste sie. Raj war erleichtert; Sasha wirkte nicht, als hätte sie schon mehrere Tage unter dem Bett verbracht.

»Ich nehme an, du hast uns an der Tür gehört«, sagte Maya behutsam.

»Niemand weckt die Prinzessin auf«, sagte Sasha. Sie nieste erneut und begann von allein unter dem Bett hervorzukrabbeln. Raj erhob sich und streckte ihr helfend eine Hand entgegen. Unter Sweatshirt und weiten Jeans zeichnete sich bereits ein Bäuchlein ab.

»Der Mann ist fort, nur wir sind hier«, sagte Raj. Sasha murmelte etwas und tappte zum Bad. Durch den Türspalt sah Raj, dass sie sich das Gesicht wusch. Ein gutes Zeichen.

Inzwischen kam auch Maya unter dem Bett hervor und fragte: »Hast du Hunger, Sasha? Kann ich dir irgendetwas besorgen?«

Sasha erschien in der Tür des Badezimmers mit einem

Pillenfläschchen aus Plastik in der Hand. »Braves Mädchen«, sagte sie.

»Ja, ich sehe, Sie haben Ihre Tabletten genommen«, erwiderte Raj.

Sasha nickte und verschwand wieder im Bad; die Toilettenspülung rauschte. Als sie wieder zum Vorschein kam, hielt sie ein leeres Glas mit zwei Zahnbürsten in der einen Hand, und mit der anderen fuhr sie sich durch die Haare. Raj hatte den Eindruck, dass sie zu etwa fünfzig Prozent in der Realität war.

»Haben Sie schon jemandem von dem Baby erzählt?«, fragte Raj. »Bald werden Sie einmal in der Woche zum Arzt gehen müssen.«

»Muss ich nicht«, widersprach Sasha mit ihrer schleppenden Stimme.

»Von wegen! Sie werden bald zu zweit sein, und Ihr Baby braucht Hilfe«, entgegnete Raj.

Sasha schien langsam zu begreifen. »Sie können helfen«, sagte sie.

»Sicher, hin und wieder, aber Sie brauchen auch einen Kinderarzt.«

»Niemand außer Ihnen«, beharrte Sasha mit erhobener Stimme. Ihr Gesicht verzerrte sich; sie knallte das Glas auf den Tisch und fuhr sich dann mit der flachen Hand über den Mund, wobei sie eine lange Speichelspur auf ihrer Wange hinterließ.

»In Ordnung«, sagte Raj. »Aber kommen Sie morgen in die Klinik, wenn Maya Sie hinbringt?«

»Nur Sie«, wiederholte Sasha. »Oder ich bringe Sie um.«

Puh.

Raj erschrak, bemühte sich jedoch, sich nichts anmerken

zu lassen, aber sein Mund wurde ganz trocken. »Haben Sie in letzter Zeit das Bedürfnis verspürt, jemandem wehzutun?«, fragte er ruhig.

»Und die Mäuse auf dem Feld verstecken sich, wenn Regen fällt«, plapperte Sasha mit hoher Kinderstimme. Raj nahm es als Zustimmung.

Er fasste ihre Hand, um sie zu beruhigen. Maya zog ein Taschentuch hervor und wischte Sasha den Speichel von der Wange.

Plötzlich tauchte eine Erinnerung auf: Raj sah Maya, wie sie Sasha auf der Station, an jenem Tag vor einigen Monaten, den verschmierten Lippenstift abgewischt hatte. Seltsam. Dieses Mädchen hatte die Tendenz, sich in ein kleines Kind zu verwandeln. Ein einfacher Weg, um die Leute für sich einzunehmen, aber schwierig im Alltagsleben.

So schnell, wie sie wütend geworden war, so schnell beruhigte sich Sasha auch wieder. Sie blickte auf das Schneetreiben vor dem Fenster, summte ein wenig vor sich hin und drückte zart Rajs Hand.

»Wir haben um Mitternacht die Glocken läuten hören«, murmelte Sasha leise.

Das stimmt, dachte Raj. Als Sasha schläfrig wurde, sorgte er dafür, dass sie sich hinlegte, und dann verließ er mit Maya das Zimmer. Sie gingen schweigend die Treppe hinunter.

»Sie ist nicht in Ordnung«, sagte Maya.

»Wir müssen etwas tun«, bekräftigte Raj. »Schnell und unorthodox.«

Mit einem Taxi fuhren sie zu Mayas Apartment zurück. Als er sie aussteigen ließ, spürte Raj, dass sie es gerne gehabt hätte, wenn er mit nach oben gekommen wäre. Ihr liebevoller Umgang mit Sasha hatte einen tiefen Eindruck bei ihm hinterlassen. Raj fragte sich, wie er es je zu einem inneren Konflikt zwischen ihr und Molly hatte kommen lassen können. Viele Fragen waren noch offen, selbst jetzt. Er versicherte Maya, dass er bald wiederkommen würde.

»Ich werde diesen Abend nicht vergessen«, sagte sie. »Es war, als wären wir wieder zusammen.

Raj blickte ihr nach, während sie die Treppe hinaufging. Vorerst hatte er der Nacht noch mehr zu sagen als ihr.

12

Raj wusste, dass er im Grenzbereich des Unmöglichen lebte. Alles war von einer kühlen Stille umgeben, das Wundersame schien zum Greifen nah. Es kam vor, dass er den mageren Arm einer todkranken alten Frau nahm, um den Puls zu fühlen, und plötzlich gegen das starke Bedürfnis ankämpfen musste, ihr sanft über das runzlige Gesicht zu streicheln.

Auf dem Korridor begegnete ihm Habib. »Wie ist die Luft da oben?«

»Was?« Raj war sich kaum bewusst, wer ihn ansprach.

»Nichts. Sieh bloß zu, dass du uns nicht davonfliegst.«

Ein paar Tage vor Weihnachten fand Raj in seinem Brieffach in der Klinik einen langen, schmalen Umschlag vor. Er enthielt eine Mitteilung, die ihn nicht sonderlich überraschte.

»Nehmen Sie den Brief nicht als Kündigung«, sagte Halverson, als Raj ihn darauf ansprach. »Es ist nicht einmal eine Suspendierung.«

»Ist es wegen diesem einen Fall, den ich Ihrer Meinung nach vermasselt habe? Oder weil ich Ihr Büro verlassen habe, ohne um Erlaubnis zu bitten?«, fragte Raj.

Halverson war sichtlich unbehaglich zumute. »Wir mussten die Interessen der Klinik und Ihre persönliche Situation gegeneinander abwägen. Wenn Sie jetzt einen Monat unbezahlten Urlaub nehmen, können Sie die Zeit im kommenden Sommer hereinholen. Ich erwarte im Moment keine Dankbarkeit von Ihnen –«

»Tatsächlich?«, warf Raj ein.

»– aber Sie werden mir vielleicht dankbar sein, wenn Sie wieder einen klaren Kopf haben.«

Es lief darauf hinaus, dass Raj nach Neujahr bereits nicht mehr auf der Station sein würde, und er hatte den Verdacht, dass eine Rückkehr von einer neuen Beurteilung und dem Versprechen seinerseits abhängig gemacht werden würde, sich strikt an die Vorgaben zu halten. Er würde nicht bestehen, das wusste er. Von Halversons Büro aus ging er direkt zum nächsten Telefon und rief Maya an. Er wollte sie über die Feiertage bei sich haben, aber er wusste auch, dass sie selbst entscheiden musste, ob sie in seiner neuen Welt mit ihm leben konnte.

»Deine Eltern feiern Weihnachten?«, fragte Maya zweifelnd.

»Irgendwann, als ich klein war, haben sie mit Weihnachtsgeschenken angefangen, damit ich mich nicht ausgeschlossen fühle, und das haben sie einfach beibehalten. Ich weiß es auch nicht genau«, sagte Raj.

»Meinst du wirklich mich oder –?«

»Oder was?«

»Oder bin ich nur ein Ersatz für jemand, der nicht dabei sein kann?«

Raj wollte keine Ausflüchte mehr machen. »Molly wird da sein. Das ist nun mal so.«

»Weil du es so willst?«, fragte Maya.

»Es ist nicht meine Absicht, dass sie zwischen uns steht«, erwiderte Raj, »auch wenn es vielleicht so aussieht. Verbring einfach mehr Zeit mit mir und entscheide dann, ob ich bin, was du willst, trotz dieser Geschichte mit Molly.«

Maya willigte widerstrebend ein, konnte jedoch nicht länger reden, weil sie zu viel Arbeit hatte, wie sie sagte. Raj war sich bewusst, dass er von ihr verlangte, aus ihrem Kreis herauszutreten. Mit ihm auszugehen war eine Sache, sein großes Geheimnis zu teilen eine ganz andere. Er war nun ein Außenseiter, jemand, der in seiner nächsten Diet-Coke eine Offenbarung suchte. Es konnte sein, dass er vollkommen abdriftete oder sich etwas Seltsames ereignete. Irgendwie würden sich die Teile des Puzzles zusammenfinden, wenn er Vertrauen hatte.

Später am Nachmittag, die zusammengeknäuelte Kündigung in der Tasche seines Arztmantels, schloss Raj sich der Visite an. Er marschierte am Ende einer Gruppe anderer Praktikanten und Ärzte von Zimmer zu Zimmer, ohne zu irgendeinem Patienten einen Kommentar abzugeben. Der Oberarzt, der die Visite leitete, ein chinesischer Neurologe namens Dr. Ho, führte sie zum letzten Zimmer.

In einer Ecke stand eine Transporttrage, auf der eine ältere Frau ausgestreckt lag. Sie war blass und starr, wandte nicht den Kopf und schien starke Beruhigungsmittel bekommen zu haben. Neben ihr stand Mathers.

»Wie geht es ihr?«, fragte Ho, ohne sich die Mühe zu machen, die Patientin selbst anzusprechen. »Sind Sie bereit zum Vortrag?«

Mathers nickte. »Mrs. Berg geht es gut. Keine Probleme soweit«, erklärte er.

Ho sah die Verordnungen durch. »Warum ist diese Patientin angesichts der leichten Sedierung vollkommen starr und unansprechbar?«, fragte er in die Runde.

»Sieht mir nach einer Katatonie aus«, antwortete jemand.

»Teilweise zu Recht«, erwiderte Ho. »Aber schauen Sie.« Er hob den Arm der Frau hoch und ließ ihn wieder fallen. »Wie Sie sehen, ist die Gliedmaße für eine Katatonie nicht starr genug.« Ho nahm eine lange Nadel aus der Tasche und stach damit an mehreren Stellen leicht in ihr Bein. »Und wir beobachten ein leichtes Zucken. Fahren Sie fort, Doktor.«

Mathers zog seine Notizen zu Rate. »Mrs. Berg leidet seit dem frühen Erwachsenenalter durchgängig an chronischer Depression. Medikamentöse Therapien bringen keine Besserung. Man hat schon relativ bald beschlossen, es mit Elektrokrampftherapie zu versuchen. Sie hat im Laufe der Jahre zwanzig solcher Behandlungen bekommen, jedoch ohne signifikante Wirkung.«

Raj hörte nur mit halbem Ohr zu. Er schob sich an der Gruppe vorbei, bis er unmittelbar vor der Frau stand, die man durchaus für tot hätte halten können, hätte sich der Brustkorb nicht leicht gehoben und gesenkt.

»Wann hat sich ihr Zustand verschlechtert?«, fragte Ho.

»Das wissen wir nicht genau«, antwortete Mathers. »Ihre erwachsenen Kinder haben sie am Montag im Stuhl sitzend so vorgefunden.«

»War sie ansprechbar?«, fragte Ho weiter.

»Sie starrte auf den Fernsehschirm und hatte eine leere Tiefkühlpackung Tacos auf dem Schoß. Offenbar bemerkte sie nicht, dass die Bildröhre durchgebrannt war«, erwiderte Mathers.

Sie werden alles noch schlimmer machen. Raj hatte auf Mollys Stimme gewartet, und nun hörte er sie. *Sie möchte sterben.*

Mathers legte Mrs. Berg die Hand auf die Stirn. »Wir versuchen es heute noch einmal mit Elektroschock. Man hat bei diesem Fall schon mehrere Ärzte hinzugezogen, und keiner ist sich hundert Prozent sicher, aber die Familie möchte, dass etwas getan wird.«

»Klingt ziemlich nach Routine«, bemerkte jemand am hinteren Ende der Gruppe. Mathers wartete auf einen Kommentar von Ho, der jedoch vermutlich weder für ein großartiges Lob noch scharfe Kritik eine Veranlassung sah. Mrs. Berg war dreiundsiebzig, und niemand konnte sich vorstellen, dass man sie auf eine Couch legte, um ein Leben zu analysieren, das rapide seinem Ende zuging.

Lass mich ein wenig mit ihr allein, sagte Molly.

Das ist unmöglich, dachte Raj. Sie würden die Patientin fortbringen, sobald die Visite vorbei war. Aber er spürte, wie dringend wichtig es Molly war.

Als die Gruppe sich zum Gehen wandte, meldete Raj sich zu Wort. »Warum lassen wir sie nicht einfach in Ruhe?«, sagte er. »Sie zeigt seit Jahrzehnten keine positive Reaktion auf die Elektroschocks. Scheint ziemlich sinnlos.«

»Ich bin anderer Meinung«, widersprach Mathers. »Es ist gut belegt, dass Elektroschocks bei älteren Patienten mit dieser Art plötzlich auftretender Involutionspsychose helfen. Und selbst wenn nicht, sind sie immer noch unsere beste Chance.«

Nein. Mollys Stimme blieb hartnäckig. Raj spürte, was er tun musste, ohne es zu wissen. Mit allen anderen Patienten hatte er reden können. Seit ihr Fernseher den Geist aufgegeben hatte, gehörte Mrs. Berg nicht mehr zu dieser Kategorie.

»Wie ich das sehe, ist Ihre Vorgehensweise im Grunde ein absoluter Fehlschlag«, fuhr Raj fort, um Zeit zu schinden.

Mathers wandte sich zu ihm um. »So weit würde ich nicht gehen«, entgegnete er.

»Inwiefern hat die bisherige Behandlung dann Ihrer Meinung nach einen Erfolg gebracht?«, bohrte Raj nach.

»Bei der Depression, die sich nie gebessert hat? Beim abgestorbenen Teil ihres Kortex, der sich vermutlich nicht einmal zuverlässig an die Namen ihrer Kinder erinnert? Oder vielleicht den Albträumen, in denen sie sich vor Scham verkriechen möchte, weil sie Elektroschocks bekommen musste – wie viele Zyklen, sagten Sie? Zwanzig? Das macht ungefähr hundertdreißig Mal!«

Mathers starrte ihn an. »Das sind lediglich Mutmaßungen. Wie begründen Sie Ihre Behauptungen?«

Raj hatte keine Chance zu antworten. Er stieß zwei Praktikanten zur Seite und beugte sich über die starr daliegende Frau mit den leeren Augen. *Was tust du da?,* dachte er, denn es war nicht er, sondern Molly, die nun seine Hände an Mrs. Bergs Schläfen legte.

Lass deine Hände dort. Ich tue, was ich tun muss.

In der Gruppe regte sich Unruhe. »Bitte entfernen Sie sich von der Patientin«, sagte Ho in bestimmtem Ton. Als Raj keine Anstalten machte, nickte Ho Mathers zu, der ihn am Arm fortzuziehen versuchte.

»Weg da«, blaffte Raj, stieß ihn mit einer abwehrenden Bewegung zurück und legte sofort wieder seine Hände an die Schläfen der Frau. Er konnte nicht spüren, dass irgendetwas passierte.

»Ich weiß nicht, auf welchem Trip Sie sind, aber mitnehmen können Sie die Patienten nicht«, sagte Mathers ärgerlich. Er packte Raj bei den Schultern und drehte ihn herum.

»Was ist hier los?«, fragte eine tiefe Stimme, und Halverson, der bisher in der Tür gestanden hatte, trat ins Zimmer. Man machte ihm Platz, öffnete ihm eine Gasse zu der Transporttrage. Raj stand vor ihm, die Augen leicht verschleiert.

»Wollen Sie nicht meine Frage beantworten?«, sagte Halverson fordernd.

»Dieser Frau wurden über einhundertdreißig Elektroschocks zugemutet, die ihr absolut nicht gut getan haben. Ich habe versucht, weitere zu verhindern«, erwiderte Raj ruhig, ohne jeden Trotz. Doch es war ziemlich egal, was er sagte, denn Mrs. Berg öffnete die Augen und setzte sich auf.

Halverson trat zwei Schritte zurück und riss dann Ho, der staunend Mund und Nase aufsperrte, die Krankenakte aus der Hand.

»Ich möchte nach Hause gehen, bitte«, sagte Mrs. Berg mit zittriger Stimme. »Das Mädchen hat gesagt, ich könnte gehen.«

»Welches Mädchen?«, wollte einer der Praktikanten wissen.

»Sie halluziniert«, bemerkte ein anderer.

»Streichen Sie die geplante Behandlung und bringen Sie die Patientin in dreißig Minuten in mein Büro«, ordnete Halverson barsch an. Raj hatte sich bereits zum Gehen gewandt.

»Kommen Sie mit«, sagte Halverson. Als er Raj auf den Korridor gezogen hatte, sah er ihn mit einem unergründlichen Ausdruck an. »So etwas habe ich in meinem ganzen Berufsleben noch nicht erlebt. Diese Frau ist wieder wach. Welche Interaktion gab es zwischen Ihnen beiden vor dieser Visite?«

»Wir sind uns nie begegnet«, erwiderte Raj.

»Und Sie erzählen mir wirklich die Wahrheit? Sie haben die Frau mit einer Berührung aus einem beinahe katatonischen Zustand geholt? Praktizieren Sie Geistheilung?«

»Es wäre ein Fehler, wenn Sie das annehmen würden«,

sagte Raj, ließ Halverson stehen und machte sich auf den Weg zum Aufzug. Aus den Augenwinkeln nahm er Claudias Zimmer wahr. Die Tür stand offen; eine der Lernschwestern machte gerade das leere Bett zurecht.

»Kommen Sie zurück. Das ist wirklich bemerkenswert! Wir müssen darüber reden!«, rief Halverson ihm nach.

»Es gibt nichts zu reden!«, rief Raj zurück. In diesem Moment wusste er ganz sicher, dass er nicht mehr zu den Mathers' und Halversons gehörte. Nur als er in den Aufzug trat, spürte er ein winziges Zögern, weil er nicht wusste, ob es Claudia besser ging oder ob man sie lediglich übers Wochenende wieder nach Hause entlassen hatte.

Durch die Stadt fegte ein bitterkalter Wind, der einem durch Mark und Bein ging. Raj blickte, in seinen Bademantel gehüllt, auf die Straße hinunter und sah, wie die Menschen die Arme um sich schlangen, damit ihre Knochen nicht vor Kälte klapperten. Maya hatte einen Leihwagen genommen und würde ihn abholen. Am Abend fand die Weihnachtsparty bei seinen Eltern statt.

Das Telefon läutete. Raj verließ das Schlafzimmer und ging zum Apparat. »Hallo?«

Am anderen Ende sagte eine dieser Roboterstimmen: *Hier ist AT & T. Sie haben ein R-Gespräch von – Anrufer, bitte nennen Sie Ihren Namen.*

»Dornröschen.« Die Stimme war fast unhörbar schwach.

Übernehmen Sie die Gebühren?

»Sasha, sind Sie es?«, fragte Raj.

Übernehmen Sie die Gebühren?

»Ja!«, sagte Raj genervt. »Himmelherrgott!«

Während ihm der Roboter munter dankte, überkam Raj

ein sehr ungutes Gefühl. Zwei Worte können viel Verzweiflung ausdrücken. Wäre Sasha geistig klar gewesen und hätte einen Grund gehabt, ihn anzurufen, hätte sie ihren Namen genannt.

»Hallo?«, sagte Raj und bemühte sich, entspannt zu klingen, doch die Verbindung brach ab.

Fünfzehn Minuten später hielt Maya in einem grauen Sedan vor dem Haus. Raj hatte sich in eine Ecke des Eingangs gedrückt und sprang nun schnell in den Wagen, um dem kalten Wind zu entgehen. Da sie keine Anstalten machte, sich zu ihm herüberzubeugen, übernahm er die Initiative und gab ihr einen Kuss. »Du siehst gut aus«, sagte er.

»Ich fühle mich komisch«, erwiderte Maya.

»Es wird bestimmt nett.«

»Das meine ich nicht.« Sie legte den Rückwärtsgang ein und setzte zurück bis zu einem schmalen Durchgang neben seinem Haus. »Ich dachte, ich hätte dort drinnen jemanden gesehen.«

Raj verstand sofort, was sie dachte. »Es ist Heiligabend, und es ist Sasha. Ich bin ziemlich sicher.«

»Mein Gott, sie tut mir so Leid, aber –«, sagte Maya mit brüchiger Stimme.

»Lass. Wir werden sie heute Abend nicht finden«, erwiderte Raj.

»Das ist es nicht«, entgegnete Maya. Sie schüttelte, über das Lenkrad gebeugt, verzweifelt den Kopf. »Können wir denn immer nur in dieser verdammten Situation zusammen sein? Sie ist doch nicht unser krankes Kind!«

Raj beugte sich hinüber und gab ihr noch einen Kuss. »Darüber musst du dir jetzt keine Gedanken machen«, sagte er sanft.

»Du hast gesagt, wir müssten etwas tun, aber es entgleitet alles, genau wie du«, sagte Maya, den Tränen nahe.

»Nein, das wird nicht geschehen«, entgegnete Raj. »Wir sind zusammen, und du hast Recht, sie ist nicht unser krankes Kind. Ich kann von meinen Eltern aus ein Krisenzentrum anrufen.« Maya wandte ihm ihr Gesicht zu und schien zu akzeptieren, was er sagte.

Raj legte seine Hand auf Mayas Hände. »Wir könnten auch bei mir bleiben, wir beide allein«, sagte er.

»Wirklich?«, fragte Maya. Sie setzte sich gerade hin und schüttelte den Kopf. Obwohl sie immer noch aufgeregt war, warf sie einen Blick in den Spiegel und brachte ein schwaches Lächeln zustande. »Das können wir deinen Eltern nicht antun.«

Die Tür öffnete sich so schnell, als hätte Daddy-ji dahinter Wache gestanden. Er schloss Raj überschwänglich in die Arme.

»Mein Junge, mein Junge«, stieß er erleichtert hervor. »Ich hätte es nicht überlebt, wenn du dir meine Bowle hättest entgehen lassen. Amma, alles in Ordnung!«, rief er über die Schulter.

Raj hatte keine Ahnung gehabt, dass sie sich derartige Sorgen gemacht hatten. Einige Zimmer weiter hörte er einen Mixer brummen; seine Mutter bereitete das Kokosnuss-Chutney mit Minze und grünem Chili zu, wie immer erst kurz vor dem Essen.

»Willst du nicht Maya begrüßen?«, sagte Raj, als er sich von einem der Tentakel befreit hatte. »Bleib bei meinem Vater, er dreht sonst durch.«

»Was für ein Unsinn! Ich bin einfach in einer Bombenstimmung. Das sollten wir alle sein!« Daddy-ji wurde richtig ausgelassen. »Du bist ein wunderschönes Mädchen. Wir freuen uns sehr, dass du wieder einmal bei uns bist. Auch wenn dich dieser Schlingel hat herbringen müssen.«

Während Maya lächelnd nickte, ging Raj in die Küche zu Amma. Sie stand still am Herd und wartete auf ihn, wie es ihre Art war. »Da bist du also«, sagte sie. »Ob ich dich noch erkenne?«

Sie hielt ihm die Wange hin, und Raj gab ihr einen Kuss. Er betrachtete seine Mutter, die sich für ihn besonders sorgfältig geschminkt und frisiert hatte. Beim Make-up – reichlich Rouge und Henna – hatte sie ein wenig übertrieben, doch Raj war gerührt.

»Hast du die Pistazien schon hineingegeben?«, fragte Raj. Er meinte die besondere Zutat, das i-Tüpfelchen, bei Ammas Festtagsgericht, dem Reis-Biryani.

»Natürlich nicht. Warte ich damit nicht immer, bis du da bist?«

Raj drückte ihr noch einen Kuss auf die Wange. Es fiel ihm nicht schwer, in seine gewohnte Rolle des heimgekehrten Prinzen zu schlüpfen. Seine Eltern machte es glücklich, und in diesem Jahr beruhigte es zudem sein schlechtes Gewissen, dass er sie vernachlässigt hatte.

»Maya, komm doch mal!«, rief Raj. »Du wirst Augen machen!«

Innerhalb von fünf Minuten herrschte eine fast unwirkliche Harmonie. Maya durfte die *Makhani*-Sauce rühren und den Fasan im Rohr gebührend bewundern. Später erzählte ihr Raj von Daddy-jis nicht ganz ungetrübter Liebe zur britischen Lebensart. Sein eigener Vater, Rajs Großvater, war Butler in einem vornehmen Herrenclub in Bombay gewesen, und die Familie hatte selbst nach der Unabhängigkeit seine Vorstellungen von Vornehmheit beibehalten. Dann war da noch die Bowle.

»Probier doch, probier doch«, drängte Daddy-ji und drückte Maya ein Glas in die Hand. »Du errätst bestimmt nicht, was alles drin ist.«

»Wodka, Joghurt und Rosenwasser«, bemerkte Raj, der gerade ins Wohnzimmer gekommen war, wo auf einer Anrichte, die ganz in weiße, mit der Göttin Devi in Gold bedruckte Seide gehüllt war, die Bowle stand. »Ich habe ihm einmal über die Schulter geschaut.«

»Aber das wahre Geheimnis kennst du nicht, darauf kannst du wetten!«, rief Daddy-ji aus. »Trink aus, Mädchen! Noch nie war eine so niedliche junge Dame unter meinem Dach zu Gast!« Da er sonst überhaupt keinen Alkohol trank, war er schon ganz schön beschwipst. Maya musste heftig lachen, trank aber trotzdem ihr Glas aus.

»Denk dir nichts dabei«, flüsterte Raj ihr ins Ohr. »Es ist nur das Rosenwasser.«

Er ließ den Abend dahingleiten und ging nur einmal hinaus, um im Schlafzimmer zu telefonieren. In der Notaufnahme der Klinik war niemand eingeliefert worden, auf den Sashas Beschreibung passte. Aus einem Gefühl heraus versuchte er es auch in der Ambulanz des Universitätskrankenhauses.

»Und das ist alles, was Sie mir sagen können?«, fragte er barsch. »Begreifen Sie denn nicht, dass sie in Gefahr sein könnte? In Ordnung, es ist nicht Ihre Schuld. Gute Nacht.«

Als Raj auflegte, hörte er, wie Maya hinter ihm ins Zimmer trat. »Sie haben mich auflaufen lassen«, sagte er.

»Datenschutz. Außerdem darf niemand ohne die Erlaubnis ihrer Eltern Sashas Unterlagen einsehen.«

Du wirst sie finden.

Raj fuhr herum. Neben dem Bett stand Molly. »Heute Nachmittag in der Klinik haben wir gute Arbeit geleistet«, sagte sie und setzte sich neben ihn. »Das war's wohl, schätze ich.«

Rajs Herz klopfte wie wild. »Das war was?«, murmelte er und fürchtete sich vor ihrer Antwort.

»Mit deiner Geistergeschichte.«

Molly trug das schwarze Etuikleid, das Raj für die Trauerfeier ausgesucht hatte, und dieser Umstand machte ihm mehr Angst als das, was sie sagte.

»Es ist doch nur ein Kleid«, meinte Molly lächelnd.

»Du darfst mich nicht verlassen. Ich weiß nicht, wohin ich soll. Ich weiß nicht, wozu ich noch tauge«, flehte Raj sie an.

»Maya zu lieben«, erwiderte Molly. »Du hast heute Abend deine Entscheidung getroffen.«

»Das kann doch nicht die Antwort auf alle meine Fragen sein!«, protestierte Raj. *So hat alles angefangen,* dachte er verzweifelt.

»Komm, entspanne dich«, sagte Molly. Sie legten sich auf das Bett, über das eine Musselindecke gebreitet war, und Raj schlang die Arme um sie. Erst als seine Tränen trockneten und die Wangen kühlten, bemerkte er, dass er weinte. Mollys erste Worte bei ihrer Rückkehr waren gewesen: »Fang jetzt bloß nicht an zu weinen.« Mit dieser Enttäuschung musste sie nun leben.

»Du wirst ein Heiler sein«, fuhr Molly sanft fort. »Heute Nachmittag in der Klinik hast du erlebt, was getan werden könnte. Vielleicht wirst du nie mehr in jene Welt zurückkehren, aber es gibt andere Möglichkeiten. Du wirst sie finden.«

Raj konnte nicht zuhören. Es kam ihm vor, als würde ihm das Herz entzweibrechen. Dann zog ihn Molly hoch, sodass sie beide auf dem Bett saßen.

»Schau«, sagte sie und zeigte auf die faltige Musselindecke.

Mollys blasse Hand strich über die Hügel und Täler des Stoffes, der feinen, fast durchsichtigen Qualität aus Indien.

»Du denkst, ich bin einfach in deinem Leben aufgetaucht und dann wieder verschwunden«, sagte Molly. »Das stimmt nicht. Diese Hügel und Täler sind wie einzelne Menschenleben. Sie scheinen getrennt, doch wenn du genau hinsiehst, sind sie Teil eines großen Ganzen. Dieses große Ganze ist die Liebe. Wir kommen in dieses Leben, um nur Liebe zum Ausdruck zu bringen. Wir kommen, um zu erkennen, wer wir sind. Wir sehnen uns nach einem segensreichen Dasein. Nur diese Dinge sind real.«

»Ich habe dir gesagt, dass ich einen Handel gemacht habe«, fuhr Molly ruhig fort. »Doch ich bin nicht als Mensch zurückgekommen. Der Mensch, den du siehst, ist nur ein verschwommenes Abbild der Realität. Der Tod befreit uns von diesem Trugbild.«

»Was bist du dann?«, fragte Raj.

»Schau hin.« Raj löste den Blick von Mollys Gesicht und sah wieder auf die verknitterte Decke mit ihren Falten. Molly nahm ein Stück Stoff auf, presste es zusammen und ließ es wieder fallen.

»Es tauchen neue Falten auf, aber du kannst nicht sagen, dass sie geboren wurden, oder dass die alten Hügel und

Täler gestorben sind. Sie alle sind Manifestationen dieser einen Realität der ewigen Liebe, einem Meer des Seins, in dem alles enthalten ist. Unsere Hoffnungen machen uns zuversichtlich, unsere Verzweiflung läßt uns mutlos werden. Doch wir sind nie getrennt von der Liebe. Alle Ereignisse, alle Dinge, alle Beziehungen sind Manifestationen der Liebe, die sich in unendlich vielen Formen darstellen.

»Und was ist mit Schmerz und Leid?«, fragte Raj.

»Manche der Falten werden zerdrückt, doch schließlich wieder geglättet. Die Liebe kann das. Sie versteht jede Regung, die ein Mensch jemals gehabt hat, und obwohl es Leid gibt, überwiegt die Liebe.«

»Kannst du denn erwarten, dass ein Mensch, der allein unter Schmerzen stirbt, das akzeptiert?«

»Mit der Zeit. Man muss einen langen Weg gehen und unzählige Erfahrungen machen, um es zu begreifen, aber wenn man stirbt, erkennt man die Wahrheit sofort, ohne jeden Zweifel. Liebe. Weisheit. Glück. Aus ihnen fließt alles andere.«

Raj senkte den Blick, und der Musselin begann zu schimmern, als wäre er aus Licht gewoben. Die Falten wurden zu Lichtwellen, die nach wenigen Sekunden zerflossen. Da erkannte er, dass sein Leben ebenso vergänglich und unbeständig war. Alles Habenwollen war nichtig, alles Festhaltenwollen sinnlos. Doch es gab keine Angst im Sterben, denn die nächste Sekunde war Geburt – eine immerwährende Erneuerung.

Es blieb nur noch eine Frage. »Wer bist du wirklich?«, fragte er Molly.

»Ich bin die Liebe. Das hast du, glaube ich, schon immer gewusst«, erwiderte sie lächelnd.

Ob Molly zehn Minuten oder nur den Bruchteil einer Sekunde bei ihm gewesen war – Raj wusste es nicht. Doch in diesen kurzen Momenten erkannte er plötzlich, dass ihre Leben – Mollys, Mayas und sein Leben – auf ewig miteinander verbunden waren. Sie hatten zusammen Entbehrungen ertragen und waren vor dem Krieg geflüchtet, hatten in kargen Steppen Hunger gelitten und zahllose Gottheiten verehrt. Während der Sintflut waren sie nie getrennt worden, auch wenn sie sich noch so oft aus den Augen verloren hatten. Jeder Neubeginn barg Freude, jedes Ende die Chance auf Hoffnung.

Er hörte, wie der Wind an den Fensterscheiben rüttelte, als wollte er sich mit Gewalt Einlass verschaffen. Während der Raum festere Konturen annahm, verwandelte sich Molly. Raj konnte sie nicht mehr berühren; sie besaß kaum noch die Gestalt einer Frau. Sie verwandelte sich in schimmerndes Licht und verschwand.

Er spürte eine leichte Berührung an der Schulter. »Raj?«

Maya stand mit ihrem Glas Bowle im Zimmer. Raj blickte starr auf seine Hand, die immer noch den Hörer des Telefons hielt.

»Sie wollten mir keine Auskunft geben«, hörte er sich sagen und fühlte sich noch weit, weit fort. »Aber ich glaube, Sasha war heute dort. Ich werde es selber überprüfen, sobald ich kann.«

Als er geendet hatte, hatte das Zimmer wieder seine reale Form, und Raj blickte auf und nahm Maya wahr, ohne das Gefühl zu haben, dass er sich in Luft aufgelöst hatte.

»Jetzt gleich?«, fragte Maya.

Raj schüttelte den Kopf und legte den Hörer auf. »Im

Moment ist nur eine Nachtschwester da. Die Sache wird bis morgen früh warten müssen. Komm.«

Er zog Maya mit sich ins Wohnzimmer, wo Daddy-ji und Amma an einem runden Tisch saßen, den sie in die Mitte des Raumes geschoben hatten. Beide bemühten sich, so zu tun, als wäre nichts geschehen. Raj brach das Eis mit einem Kompliment und einem Trinkspruch. Der restliche Heiligabend verlief heiter, sofern man nicht allzu viel an den Wind dachte, der beharrlich in das Haus einzubrechen versuchte, und jemanden in seinem Gefolge.

Auf dem Heimweg herrschte eine leise Spannung von Jetzt-oder-nie zwischen ihnen. Maya gab nicht zu erkennen, ob sie sie nervös machte. Nach dem Essen, als Amma den gewürzten *chai* brachte, hatte sie unter dem Tisch Rajs Hand ergriffen.

»Ich müsste eine ganze Menge akzeptieren«, sagte sie nun. »Alles würde anders sein.«

»Vielleicht besser«, meinte Raj.

»Ich weiß nicht, ob mir das gelingt«, erwiderte Maya, obwohl sie ihm gerne glauben wollte.

»Es muss auch nicht besser sein«, antwortete Raj. »Stell dir vor, ich bin ein Gesicht, das du schon tausendmal an tausend Orten gesehen hast. Das bist du für mich, und Molly ebenso. Wenn jemand einen Seelenverwandten findet, muss ihre Liebe jenseits von Gesichtern, Masken und Körpern existieren. Du wirst nicht begreifen, wer ich bin, ehe du mich, Raj, nicht erkannt hast. Ich werde nicht begreifen, wer du bist, ehe ich nicht dich, Maya, erkannt habe. Erscheint dir das möglich?«

»Du verlangst von mir, außergewöhnlich zu sein«, sagte Maya.

»Du bist außergewöhnlich, das weiß ich schon lange«, erwiderte Raj.

In Mayas Wohnung liebten sie sich; über der Lampe hing das rote Seidentuch. Sie entkleideten sich rasch und wortlos und ließen ihre Kleider liegen, wo sie hinfielen. Ihre Begegnung war weder von Scheu geprägt noch von Hast und Eile. Sie bewegten sich miteinander in ebensolcher Harmonie, wie Raj sich früher mit Molly bewegt hatte. Verglichen mit ihr war Maya weniger distanziert; als Raj sich neben sie legte, empfingen ihn ihre Arme ohne jede Zurückhaltung.

Die Zimmerdecke vibrierte von den wummernden Bässen einer Tanzmusik, die über ihnen in voller Lautstärke dröhnte. »Es ist, als würde man sich unter einer Elefantenherde lieben«, flüsterte Raj ihr ins Ohr.

Maya lachte und streckte sich ihm erneut entgegen. Als Liebespartnerin hatte sie eine fast spielerische Art; sie lächelte gerne und schien niemals in einem Meer von Leidenschaft zu versinken, sondern eher sanft auf ihr dahinzutreiben. Eine Frau mit vielen Facetten, und keine war bei Raj verschwendet. Er war wach und präsent wie niemals zuvor. Als sie zum Ende gekommen waren, hatte die hämmernde Musik aufgehört, und Raj wusste, dass nur Maya allein mit ihm im Bett war.

Er sah zu, wie sie einschlief, und hätte sich gerne an sie gekuschelt, doch um Mitternacht stand Raj auf, zog sich leise an und verließ die Wohnung. Sein Instinkt sagte ihm, dass wenn er den Durchbruch schaffen wollte, nun der Zeitpunkt dafür gekommen war.

Die Station war in dieser Nacht unterbesetzt, und als Raj aus dem Aufzug trat, sah er eine ihm unbekannte Schwester am Empfang sitzen, die gleichgültig aufblickte und sich dann wieder ihrem Buch zuwandte. Die Tür zu Claudias Zimmer war geschlossen. Raj trat ein, ohne anzuklopfen.

Claudia schlief nicht, lag nicht einmal im Bett, sondern stand am Fenster und sah hinaus. Sie drehte sich um.

»Da«, sagte er und hielt ihr eine Papiertüte hin.

»Für mich?«, fragte sie erstaunt.

Raj zog eine halb volle Plastikflasche hervor. »Es wird Ihnen nicht besonders schmecken, es sei denn, Sie sind an Joghurt mit Wodka gewöhnt.« Er stellte sein Mitbringsel auf das Tischchen neben dem Bett. Claudia ging nicht auf ihn zu, schenkte ihm aber ein schiefes Lächeln.

»Ein Versöhnungsgeschenk wird's wohl nicht sein, oder?«, sagte sie.

»Ich war auf dem Rückweg von einer Weihnachtsfeier, bei der alle ziemlich glücklich waren«, erwiderte Raj. »Da habe ich an eine alte Hexe gedacht, die es wahrscheinlich nicht ist.«

»Ach ja? Ich glaube, Sie hätten bei der Geburt einen kräftigeren Klaps auf den Hintern gebraucht«, entgegnete Claudia kratzbürstig, aber keineswegs nachtragend.

»Ich werde hier keine Therapiegespräche mehr führen«, sagte Raj, »und das habe ich zum Teil Ihnen zu verdanken. Deshalb habe ich mir die Freiheit genommen, Ihren Fall in einer langen Notiz zu erläutern, die nun bei Ihrer Akte liegt.«

Claudia griff nach der Plastikflasche und prostete ihm damit zu, ehe sie einen Schluck nahm.

»Interessiert es Sie nicht, was ich geschrieben habe?«, wollte Raj wissen.

»Nicht besonders.«

»Ich hätte schreiben können, dass Sie eine Borderline-

Persönlichkeit haben, die von Gefühlen aus der Vergangenheit überflutet wird, mit denen sie ohne eine Maske aus Aggression nicht zurechtkommt. Das würde die Sache ungefähr treffen.«

»›Hexe‹ ist viel kürzer. Ist dieses Zeug parfümiert?«, fragte Claudia.

»Es ist Rosenwasser drin, ja. Ich hätte auch schreiben können, dass Ihre Empfindung, immer schlecht behandelt worden zu sein, Sie derart verbittert hat, dass Sie kein Gewissen mehr haben. Sie trampeln die Grenzen anderer Menschen ebenso gefühllos nieder, wie die Ihren in der Vergangenheit niedergetrampelt worden sind. Warum sonst würden Sie von Gefühlen überflutet, an die Sie sich nicht erinnern, die Sie aber dennoch nicht vergessen können?«

Claudia verkrampfte sich; sie überwand ihre Abneigung gegen die parfümierte Bowle und nahm einen tiefen Schluck aus der Flasche.

»Nichts von alledem habe ich geschrieben«, fuhr Raj fort, »sondern nur diesen einen Satz: ›Ich habe noch keinen Menschen getroffen, der es so sehr verdient, geheilt zu werden.‹« Ehe Claudia reagieren konnte, ging Raj zur Tür und schaltete das Licht aus, tauchte das Zimmer in beinahe vollkommene Dunkelheit.

»He!« Claudia klang irritiert, aber nicht ängstlich.

Raj ging in der Dunkelheit zu ihr hinüber. Er wusste, wenn er Recht hatte, würde sie nicht gegen ihn opponieren. Er ertastete die Flasche in ihrer Hand und stellte sie beiseite. »Setzen Sie sich jetzt hin, und seien Sie ganz still«, sagte er.

Nach kurzem Zögern gehorchte sie. Raj stand leicht nach vorn gebeugt vor der zusammengesunkenen Gestalt, deren

Umrisse er kaum wahrnehmen konnte. Von allen Geheimnissen, die er in sich trug, hatte er ein ganz Besonderes für diesen Augenblick aufgespart. Er strich mit seinen Händen über ihrem Körper entlang und um ihn herum, langsam und sachte. In dem leichten Luftwiderstand spürte er ihren Schmerz und die Mauer, die sie errichtete, um nicht wieder gedemütigt zu werden. Ein Wirrwarr von Gefühlen hatte ihr die Luft zum Atmen genommen, Jahr für Jahr, bis sie sich vom Leben immer mehr zurückzog. All das konnte Raj verstehen. Sich in einen zutiefst verletzten Menschen einzufühlen ist nicht schwer.

Das wahre Geheimnis jedoch war, dass diese unsichtbaren Fäden des Leids gelöst werden konnten. Der zusammengeballte Schmerz war nicht unsichtbar. Er umgab sie wie ein dichter, schmutziger Kokon. Raj begann daran zu ziehen, und nach und nach lösten sich die Fäden. Es war sogar einfach, sobald man einmal den Unterschied zwischen einer Seele und dem Gespinst, das sie umgibt, erkannt hatte. Nimm von einem Menschen alles, was Probleme machen kann, und was übrig bleibt, muss die Seele sein.

»Doktor?« In der Tür stand die Nachtschwester. Sie wollte schon nach dem Lichtschalter fassen, doch dann zögerte sie. »Ist das Ihre Patientin?«

»Ich glaube, sie ist niemandes Patientin mehr«, antwortete Raj und machte selbst das Licht an.

»Gut, in Ordnung. Entschuldigung, dass ich einfach so hereingeplatzt bin.« Die Schwester ging, zweifellos mit der Absicht, eine kurze Notiz darüber zu verfassen oder einen Zettel unter Halversons Tür durchzuschieben. Claudia durchlief ein leichter Schauer, als sie zu ihm aufblickte.

»Was haben Sie gemacht?«, flüsterte sie.

»Nichts«, erwiderte Raj. »Ich sorge dafür, dass Sie morgen früh entlassen werden. Sie werden keinen neuen Arzt mehr bekommen. Sie brauchen keinen mehr.«

Claudia gähnte. »Das war die scheußlichste Bowle, die ich je getrunken habe, aber sie hat voll reingehauen«, sagte sie. Raj hob ihre Beine ins Bett und wartete noch fünf Minuten, bis sie eingeschlafen war.

Am nächsten Morgen machte Raj in der Ambulanz der Uniklinik den jungen Arzt ausfindig, der am Vortag mit Sasha gesprochen hatte.

»Schwierige Geschichte«, murmelte er zuerst ausweichend. Doch dann beschloss er, es mit den Vorschriften nicht ganz so genau zu nehmen, vielleicht weil Raj auch indischer Herkunft war. »Sie war extrem unruhig, aber das ist nicht der Grund, warum wir sie einweisen wollten. Ich kann Ihnen ihre Akte nicht zeigen, aber ich denke, Sie können es sich selber zusammenreimen.«

Der junge Arzt blickte zu einer Lernschwester, die einem Basketballspieler gerade die geplatzte Lippe nähte. Die Wunde blutete stark, und auf dem Tisch neben dem Kopf des Jugendlichen waren einige rote Schmierer zu sehen. Raj wurde bewusst, dass am Tag zuvor Sashas Blut auf diesen Tisch getropft war.

»Der Stress macht ihnen zu sehr zu schaffen«, sagte der junge Arzt.

»Aber Sie haben sie nicht eingewiesen?«, bohrte Raj nach.

Der junge Arzt schüttelte den Kopf. »Nein, das Mädchen ist gleich wieder davongelaufen. Ich habe bei ihren Eltern angerufen, aber nur den Anrufbeantworter erreicht. Der Sicherheitsdienst auf dem Campus ist alarmiert; man behält ihr Zimmer im Auge, falls sie zurückkommt. Eigentlich dürfte ich Ihnen gar nicht so viel erzählen.«

Raj bedankte sich und ging. Er hatte noch nie einen derart strahlenden Weihnachtsmorgen erlebt; außerdem war Sonntag, und es gab wenig Verkehr, sodass keine Abgase die frische Luft verpesteten. Raj marschierte über das Campusgelände mit der schwachen Hoffnung, irgendwo Sasha zu entdecken. Doch es war vorbei, so oder so. In der Ambulanz würde sie als Selbstmordversuch vermerkt, und deshalb würden ihre Eltern aktiv werden müssen, ob sie wollten oder nicht. Vermutlich würden bei dieser Nachricht auch einige Studienkollegen das große Zittern bekommen, sodass Sasha an der Uni sicherlich nicht mehr sehr willkommen sein würde.

Es gab nur noch einen Ort, an dem er sie möglicherweise aufspüren konnte. Raj nahm ein Taxi und fuhr zu Serenas Haus. Als er an die Tür klopfte, rief eine laute Stimme: »Herein!«

Raj trat in das Wohnzimmer. In einer Ecke lehnte ein mickeriger Weihnachtsbaum von der Sorte, die beim Händler übrig bleiben, wenn man vergisst, früh genug einen zu kaufen. Unmittelbar vor ihm standen sich Sasha und Serena gegenüber.

»Nichts kann die Nacht aufhalten!«, gellte Sasha. Sie trug eine Jogginghose und ein löcheriges T-Shirt, ihre ungewaschenen Haare hingen strähnig herunter. Serena wollte nach ihr greifen, um sie zu beruhigen, doch Sasha entzog sich ihr mit einem Sprung. Sie registrierte nicht einmal, dass Raj im Zimmer war.

»Wir müssen zusehen, dass du dich mal hinsetzt«, sagte Serena bedächtig. »Schau doch, wer gekommen ist.«

Sasha begann schrill und durchdringend zu kreischen, streckte die Arme in Kreuzigungspose aus und warf den Kopf zurück.

Serena und Raj sprangen gleichzeitig zu ihr hin und griffen nach einem ausgestreckten Arm. Sasha warf sich in manischer Verzweiflung hin und her und trat um sich. Serena konnte ihren Arm kaum noch festhalten.

»Ich kann ihr keine Spritze geben, ich habe meine Tasche nicht dabei«, sagte Raj. »Holen Sie irgendeine dicke Schnur, oder reißen Sie ein Bettlaken in Streifen. Lassen Sie sie los, ich glaube, ich kann sie allein festhalten.«

Serena nickte und ließ Sashas Arm los. Raj zog den anderen Arm nach unten, während er mit einem Fuß von hinten gegen Sashas Kniekehle drückte, um sie aus dem Gleichgewicht zu bringen. Stattdessen konnte sich das Mädchen befreien, und als Raj aufblickte, hielt sie eine Pistole in der Hand, deren silbriger Lauf direkt auf seine Brust zielte.

»Lieber Gott, ich danke dir, denn die Bibel sagt es mir«, leierte Sasha in klagendem Ton. Sie hielt die Arme mit der Waffe ausgestreckt, sodass Raj ihre bandagierten Handgelenke sehen konnte, an denen durchgesickertes Blut dunkle Flecken hinterlassen hatte.

Eigentlich hätte Raj in diesem Augenblick nur Panik empfinden können. Stattdessen blickte er Sasha ganz ruhig in die Augen und sah, was Sasha nicht sehen konnte. Diese wahnsinnige Maske war nicht sie. Die Flut von Leid, die sie davontrug, war nicht sie. Ohne dass Molly ihm geholfen hätte, sah Raj ein schwebendes, schimmerndes Licht, das nur für die Seele sichtbar war. Unentwegt dringt das Licht tief ein, um den Menschen zu erwecken. Raj erkannte, dass dies nicht nur für ihn oder Molly oder jeden anderen galt, der sich danach sehnt, erweckt zu werden. Das Licht geht durch Leid und Schmerz hindurch. Seine unsichtbare Gegenwart heiligte den Lauf der Pistole und die Hand, die sie hielt.

Raj sagte sich, dass Sasha die Pistole fallen lassen würde, ohne es laut auszusprechen, denn sie würde nun in der Lage sein, sich selbst mit seinen Augen zu sehen. Er wartete. Sasha zögerte. Sie konnte hier ein Ende machen, wie ihre Stimmen ihr befahlen, und wieder von Angst gejagt in die Dunkelheit davonlaufen.

»Tiddlibu«, sagte Sasha.

Serena war etwa drei Meter zu ihrer Linken wie angewurzelt stehen geblieben. »Worauf wartest du?«, sagte sie mit ruhiger Stimme und sah Raj in die Augen. »Lass dich umpusten. Oder willst du zum Mittagessen bleiben?«

»Wollen Sie mich verkohlen«, sagte Raj. »Ich könnte hier sterben!«

»Ich habe eine Neuigkeit für dich, Süßer. Jemand hat dir geholfen, die Sache zu meistern«, erwiderte Serena.

Der Klang ihrer Stimmen lenkte Sasha ab. Sie senkte die Pistole ein wenig, und in diesem Moment sprang Serena auf sie zu, warf sie mit dem vollen Gewicht ihres Körpers zu Boden und riss ihr die Waffe aus den Händen.

»Au!«, schrie Sasha, hörte jedoch schnell auf, sich zu wehren.

»Niemand will dir wehtun«, sagte Raj, um sie zu beruhigen. Danach brachten sie Sasha zum Sofa. Das Mädchen ließ sich kraftlos niedersinken. Ihre manische Wut war einer dumpfen Benommenheit gewichen.

Serena hatte tatsächlich Recht, dachte Raj. Er hatte es in der Hand. Er hatte die geistig verwirrte, schizophrene Sasha in jenem Augenblick auf rätselhafte Weise dazu gebracht, ihn zu erschießen, damit er sich mit Molly vereinen konnte. *Du bekommst, was du möchtest.* Serena hatte ihm das schon einmal gesagt, damals, als er so verzweifelt gewesen war.

»Ich freue mich, dass du doch hier bleiben willst«, sagte Serena, als könnte sie seine Gedanken lesen. »Willkommen auf der Spielwiese.«

»Ja«, stieß Raj schwer atmend hervor. Er hatte gar nicht bemerkt, unter welcher Anspannung er gestanden hatte.

Raj rief in der Klinik an und vereinbarte, dass Sasha auf seine Anordnung hin stationär aufgenommen werden sollte. Während der Fahrt dorthin in Serenas Wagen blieb das Mädchen stumm und wirkte vollkommen abwesend. Es dauerte mehrere Stunden, bis Raj die Klinik wieder verlassen konnte, doch Serena hatte auf ihn gewartet. Er bat sie, ihn bei Mayas Wohnung abzusetzen.

»Du glaubst, du hättest sie retten können, oder?«, sagte Serena.

»Ich habe mich ablenken lassen. Aber ich werde eine zweite Chance bekommen«, erwiderte Raj. Er war sich dessen sicher. *Jede Seele will gesehen werden,* dachte er, *doch manche sind besonders schwer zu erkennen.*

Ehe sie ihn im Zentrum aussteigen ließ, sagte Serena noch etwas Erstaunliches: »Lass mich sterben, damit ich bei den Engeln sein kann. Dann werde ich die Engel bitten, mich sterben zu lassen, damit ich bei den Sternen sein kann. Wohin ich danach gehe, kann sich niemand vorstellen.«

»Was ist das?«, fragte Raj.

»Ein Gedicht. Pass gut auf dich auf.«

Serena fuhr in der Dämmerung davon, die ebenso strahlend klar schien, wie der ganze Tag gewesen war. Es war noch früh, doch zwischen zwei Gebäuden im Westen konnte man schon die Venus, den Abendstern, sehen. Was immer jenseits der Sterne lag, es war jemand gekommen, das Geheimnis zu enthüllen.

Gedanken des Autors

Wenn die Liebe sich frei entwickeln kann, kennt sie keine Grenzen. Sie findet die geheimsten Stellen, die niemals auf Liebe hoffen durften, und sobald sie diese berührt, ist das Ergebnis vorherbestimmt. Die Liebe siegt. Dasselbe gilt für das Heilen – dies haben sie gemeinsam. Raj Rabban hatte unglaubliches Glück, dass er einen Menschen fand, der erkannte, dass er zum Heiler bestimmt war. Er wurde ein Heiler, weil Molly ihn mit den Augen der Seele sah.

Mir ging Raj danach nicht mehr aus dem Kopf. Ich musste immer wieder an all die Menschen denken, die keine Molly finden; die niemals erleben, dass jemand zu ihnen »Ich liebe dich« sagt. Ich wünschte mir, dass Raj in fünf Jahren wiederkäme und den Menschen erzählte, wie er weiterhin Liebe schenkte und heilte. Es wäre dem Autor eine große Freude, wenn er nur ein paar Sätze sagen würde, an die man sich in schweren Zeiten und wenn es an Liebe mangelt, erinnern kann:

Liebe ist kein bloßes Gefühl. Sie trägt Wahrheit in sich und ist daher Gesetz.

Liebe geht Hand in Hand mit unserer inneren Vorstellung. Du bekommst, was du haben möchtest, deshalb habe den Wunsch nach der höchsten Liebe, die du dir vorstellen kannst.

Die einzig vollkommene Liebe geht über das Persönliche hinaus. Willst du jemandem deine größte Liebe schenken, erkenne zuerst, wer dieser Mensch wirklich ist. Willst du die größte Liebe bekommen, erkenne zuerst dich selbst in diesem Menschen.

Göttliche Liebe existiert. Sie kommt in den Menschen zum Ausdruck.

Die Liebe, die aus der Seele kommt, überwindet den Tod.

Glaube nicht, dass irgendetwas realer ist als deine Seele.

Würde Raj uns diese Dinge sagen, ich glaube, sie wären die Wahrheit, aber niemals die ganze Geschichte. Wie oft Sie auch Liebe empfunden haben mögen: Sie wird immer geheimnisvoll und grenzenlos bleiben. Ebenso wie Gott ist uns die Liebe ein Stück voraus, und jedes Mal, wenn wir denken, wir hätten aufgeholt, schlüpft sie wieder davon.

Alles ist möglich, wie Serena auf ihren Plan schrieb, seien Sie also vorbereitet. Und sollten Sie zu der Sorte von Lesern gehören, die bei einem neuen Buch zuerst die letzte Seite aufschlagen: Am Ende ist Liebe.

Immer.